Auteure britannique à succès, Diane Jeffrey est née dans le comté du Devon, en Angleterre. Elle est professeure d'anglais à Lyon. Elle a écrit sept thrillers psychologiques, publiés en Grande-Bretagne chez HarperCollins, et qui lui ont conféré une notoriété au Royaume-Uni, aux États-Unis, au Canada et en Australie. *The Guilty Mother* a figuré sur la liste des best-sellers du journal *USA Today* et est resté pendant plusieurs semaines dans le « Top 100 » des livres numériques les plus vendus au Royaume-Uni. Son deuxième roman, *Écarts de conduite* (*The Other Couple*) est paru en France aux éditions Istya & Cie, en 2025.

DE LA MÊME AUTEURE

Écarts de conduite
Istya & Cie, 2025

Diane Jeffrey

THE GUILTY MOTHER

ROMAN

Traduit de l'anglais
par Jean Esch

Istya & Cie

TITRE ORIGINAL
The Guilty Mother

ÉDITEUR ORIGINAL
HQ Digital, un imprint de HarperCollins

ISBN 979-10-414-1999-9

For my mum and dad,
with much love and many thanks

PROLOGUE

Melissa

Octobre 2018

Les hurlements avaient cessé. Mais les pensées continuaient à s'agiter dans ma tête afin de captiver mon attention. Je regardai mes mains, les retournai pour examiner mes paumes. Mon avenir y était peut-être tracé, à côté de ma ligne de vie. Je fis tourner un anneau en or imaginaire autour du troisième doigt de ma main gauche. Une fois, deux fois, trois fois. La peau lisse à cet endroit, là où se trouvait jadis une alliance, prouvait que j'avais été mariée. Pas juste une fois. Deux.

Des vagues de nausée me submergeaient lorsque nous roulions sur un dos d'âne. Je voulais dire au chauffeur que je craignais de vomir. Je sentais le goût de la peur dans ma bouche et j'avais besoin d'air frais. Mais le conducteur n'aurait pas pu m'entendre, même si j'avais crié. Quand vous êtes malade en voiture, on dit qu'il faut regarder dehors, mais la vitre était trop étroite et trop haute. En me dévissant le cou, j'entrapercevais uniquement des carrés de ciel gris entre les branches nues des arbres ou parfois les derniers étages de quelques immeubles. Et ça faisait tourner la tête à force. Alors, je baissais les yeux, honteuse, et je regardais mes mains, noueuses et sèches. C'étaient les mains d'une charmante vieille dame, pas celles d'une meurtrière de sang-froid.

J'avais l'impression de revenir sur mes pas, de voyager dans le passé. Cinq ans plus tôt, on m'avait emmenée dans un fourgon blanc semblable à celui-ci, et voilà que tout recommençait. Ce n'était plus le même endroit, ce n'était plus la même ville – Londres avait remplacé Bristol –, mais là aussi, de nouveau, des gens allaient me scruter à la loupe, me juger et décider de mon sort. Au moins, cette fois, il y aurait deux ou trois visages amicaux au milieu de cet océan d'hostilité. Deux ou trois personnes qui croyaient en moi.

J'espérais qu'elles seraient trois. Mon chiffre porte-bonheur.

La première fois qu'on m'avait emmenée ainsi, je ne pensais qu'à une seule chose : je ne reverrais jamais Amber et Ellie, je ne les tiendrais plus jamais dans mes bras. Ce souvenir s'imposa soudain à moi. Si vivace et douloureux que j'en eus le souffle coupé.

Juste au moment où je me demandais si nous étions encore loin, le fourgon s'arrêta. On m'aida à en descendre. Nous étions arrivés à destination, mais mon voyage ne faisait que commencer. J'observais le décor. À cette heure matinale, il n'y avait qu'une poignée de gens dans cette petite rue. Et peut-être même qu'ils n'étaient pas là pour moi.

J'avalai de grandes bouffées d'air, comme si on m'avait privée d'oxygène, et la nausée reflua peu à peu. Il m'apparut soudain que ma tenue convenait davantage à un service funéraire dans une église qu'à un procès en appel. Je lissai ma jupe noire, tant bien que mal, car mon poignet droit était maintenant menotté à la main gauche de la policière. Mes jambes faiblissaient à chaque pas, tandis que l'on me conduisait dans la salle sécurisée sous le bâtiment grandiose du palais de justice.

Première partie

CHAPITRE 1

Jonathan

Avril 2018

Impuissant, je regarde Noah frapper Alfie, de nouveau.

« Rends-le-moi ! gémit Alfie.

– Arrêtez, tous les deux ! » dis-je d'un ton sec en leur jetant un regard sévère dans le rétroviseur.

Ils ne m'ont pas vu, et c'est comme s'ils ne m'avaient pas entendu non plus. Je reporte mon attention sur l'horloge du tableau de bord. Ils vont arriver en retard à l'école. Encore. Ce sera la troisième fois cette semaine. Et nous ne sommes que mercredi.

J'éteins la radio, en soupirant, et les regarde dans le rétro. Alfie tente de frapper Noah à son tour, mais Noah esquive le poing de son petit frère, et se moque de lui, ce qui le fait enrager de plus belle. Il se met à pleurer.

« Noah, dis-je, tu as trois ans de plus que lui. Essaye de te comporter comme un grand. » Je grimace. Parfois, quand j'ouvre la bouche, les paroles de mes parents en sortent. « Rends-lui son spinner, s'il te plaît ! » Je supplie à présent. Ça me ressemble davantage. La vie serait plus simple si je cédais à Noah et l'autorisais à s'asseoir devant.

Au moment où je me gare devant l'arrêt de bus, à

quelques mètres de l'entrée du collège de Kingswood, Noah rend son jouet à son frère. Puis il jaillit hors de la voiture et s'éloigne sans même un « au revoir ».

Je tourne au coin pour rejoindre l'école primaire. Je me gare sur les croisillons jaunes et allume mes warnings. Alfie et moi descendons de voiture.

« Je vais aller m'excuser auprès de ta maîtresse, dis-je en récupérant le sac d'Alfie sur le siège avant.

– Je peux y aller tout seul », répond-il en claquant la portière et en levant vers moi ses yeux couleur chocolat.

Des doigts invisibles me pincent le cœur.

« Je sais bien, mais on est en retard et…

– Les *papas* n'entrent jamais. » La manière dont il prononce ces mots semble sous-entendre que c'est un privilège réservé aux mamans, et cette fois, la main broie mon cœur. « De toute façon, ajoute-t-il, elle sait que tu as un problème avec la ponctualité. Elle est habituée. Et si tu restes garé là… » Il pointe un doigt accusateur sur la Ford Focus. « … tu vas encore avoir une amende. »

Je n'arrive pas à croire que c'est mon fils de neuf ans que j'entends parler ainsi. J'ébouriffe ses cheveux et lui tends son sac, avant de me rasseoir au volant. Une vague de tristesse me submerge en le voyant s'éloigner. Il me rappelle tellement sa mère. Trop. En introduisant la clé dans le contact, je le regarde franchir les portes de l'école en courant.

Quinze minutes plus tard, soit avec quinze minutes de retard, je me glisse sur mon siège, devant mon poste de travail, à côté de Kelly, notre journaliste stagiaire, qui m'adresse un grand sourire. Je lui souris à mon tour, en faisant semblant de ne pas voir qu'elle s'empresse de fermer la fenêtre Facebook sur son ordinateur.

Une perceuse se met à hurler quelque part dans le bureau, alors je sors et mets mes bouchons d'oreille.

Maintenant que j'ai été nommé officiellement chef de service, j'aurai bientôt mon propre bureau. Autant que je puisse en juger, c'est l'unique avantage inhérent à cette promotion, qui s'est traduite par une augmentation de salaire symbolique et une réelle augmentation de ma charge de travail. Mais dans l'immédiat, les locaux sont en pleine rénovation, à la demande de notre nouvelle rédactrice en chef. La nécessité de mettre fin au travail en open space est à peu près la seule chose sur laquelle nous sommes tombés d'accord depuis six mois qu'elle a repris les rênes.

Le but, c'est d'assembler des panneaux de Perspex et des parois en bois afin de créer des box et de réduire ainsi le volume sonore du plateau, en même temps que le niveau de stress des journalistes qui y travaillent. En outre, cela est censé booster la productivité de *The Redcliffe Gazette* (*The Redcliffe Rag*, *Le Torchon*, comme on le surnomme), mais j'imagine que dans le cas de Kelly, cela lui permettra surtout de passer plus de temps sur les réseaux, sans avoir le sentiment d'être surveillée.

J'ai eu le temps d'allumer mon ordinateur, de répondre à quelques mails et d'aller me chercher un café quand Kelly s'adresse à moi.

« Pardon ? » dis-je en retirant un de mes bouchons d'oreille et en évitant de regarder le diamant qui orne son joli petit nez.

« Ça vient de me revenir. Saunders voulait vous voir dans l'Aquarium dès votre arrivée. »

Je marmonne un « Merci. »

« De rien. »

Elle n'a pas perçu mon ton sarcastique ou peut-être a-t-elle choisi de l'ignorer ; en tout cas, elle se reconcentre sur son écran.

« Elle a dit pourquoi elle voulait me voir ? »

Kelly secoue ses cheveux blonds coupés au carré. Il est rare que Claire me convoque dans son bureau de bon matin. Ça sent mauvais.

Je lève la main pour frapper à la porte du bureau vitré de notre nouvelle rédactrice en chef, mais elle m'a vu approcher et me fait signe d'entrer. Debout devant la fenêtre ouverte, elle bafoue joyeusement la loi en allumant une Marlboro. Mes préférées. J'ai arrêté depuis plusieurs années, juste avant la naissance de Noah, mais chaque fois que j'entre dans ce bureau, cette vieille habitude se rappelle à mon bon souvenir, et j'ai envie d'une cigarette.

Entre deux bouffées, elle plisse ses lèvres fines et me regarde en faisant battre ses longs cils. Je connais bien cet air. Il signifie qu'il n'y a aucune discussion possible. Alors, non, je ne vais pas aimer cet entretien.

Réprimant un soupir et adoptant une posture de soldat au repos, j'offre une assez bonne imitation du type patient, en attendant que Claire termine sa cigarette. Finalement, elle l'écrase dans un cendrier posé sur le rebord de la fenêtre, qu'elle referme.

Petite et menue, Claire possède un long nez droit, une mâchoire anguleuse, des pommettes saillantes et des joues creuses. Ses cheveux courts sont teints, couleur noir corbeau. Un crayon à papier réside de manière quasi permanente derrière son oreille droite, mais je ne l'ai jamais vue l'utiliser. Elle a des yeux d'un vert saisissant, qui me transpercent à cet instant.

Elle va droit au but.

« Vous avez entendu parler, j'en suis sûre, de la demande de révision de cette femme, Slade.

– Oui, évidemment. »

Moi-même, je ne me trouve pas très convaincant. La

veille au soir, j'ai bossé tard pour actualiser un article sur la toile, alors je n'ai pas regardé les infos, et ce matin, dans la voiture, j'ai arrêté la radio, car les garçons se battaient. Résultat, je ne sais absolument pas de quoi parle Claire, mais pas question de l'avouer.

« J'aimerais que vous creusiez un peu cette affaire », reprend-elle, sourcil dressé. Elle n'est pas dupe. « On sait juste que de nouvelles preuves sont apparues. Découvrez ce qui se passe. Interrogez des membres de la famille. Il y a de quoi faire la une, j'en suis sûre. Et je n'ai pas besoin de vous dire qu'un bon article pourrait attirer des bandeaux de pub pour notre version numérique. Je veux que la *Gazette* sorte ce scoop avant même que le *Post* en entende parler. »

Le *Rag* n'est qu'un modeste hebdomadaire. Nous sommes en sous-effectif, sous-payés et surchargés de boulot, et nous sommes tous multitâches. Mais Claire est très ambitieuse et elle s'est fixé pour objectif de dépasser le tirage du *Bristol Post* ainsi que d'attirer plus de lecteurs en ligne que leur site, *Bristol Live*. Personnellement, je doute que cela arrive dans un futur proche, si tant est que cela arrive un jour.

« Je pense à un énorme titre en première page, enchaîne Claire en écartant les bras symboliquement. Je pense à des interviews exclusives de son fils et de son mari. Je pense à des photos inédites du bébé… »

Elle poursuit dans cette veine et je me déconnecte. Pour ma part, je pense plutôt pizzas et *Paddington 2* avec Noah et Alfie, ce soir après leurs devoirs. Mais je réprime un gémissement de frustration, car je viens de me rappeler que je dois aller voir une pièce de Tchekhov pour pondre un article destiné à notre supplément mensuel. Je perçois les fluctuations de la voix de Claire, mais elle me paraît étouffée, comme si j'avais remis mes bouchons d'oreille. Perdu dans mes pensées, je hoche et secoue la tête quand cela me semble judicieux, et j'émets un petit grognement de temps à autre.

Je m'arrache à ma rêverie quand Claire aboie :

« Compris ?

– Oui, oui.

– Bien. »

Je ne sais toujours pas de quoi elle parle. Slade. C'est un nom de famille très répandu dans la région de Bristol, mais il m'évoque vaguement quelque chose. Une sonnette d'alarme retentit. Un souvenir lointain et endormi se réveille paresseusement dans un recoin de mon esprit. Sans que je puisse le faire remonter à la surface. Un souvenir désagréable, j'en suis certain. Mon ventre se noue. Bien que je n'arrive pas à me rappeler qui est cette femme, une voix dans ma tête me conseille de ne pas raviver ce souvenir. Un étrange sixième sens m'incite à garder mes distances.

« Nous avons terminé », déclare Claire. Me voilà congédié. « Oh, Jonathan ? Envoyez-moi Kelly, voulez-vous ? Que cette fille ait pu décrocher un diplôme avec une grammaire aussi épouvantable, ça me dépasse. »

Elle coince une mèche imaginaire derrière son oreille, ce qui fait tomber le crayon. En le ramassant, je me surprends à me demander si elle portait les cheveux longs autrefois.

« Très bien. »

Je sors du bureau. Pauvre gamine. Si Claire possède quelque chose de plus aiguisé que les traits de son visage, c'est sa langue, et je me dis que Kelly va en être la cible.

« À votre tour », dis-je à Kelly en me rasseyant dans mon fauteuil pivotant.

Je la suis des yeux jusque dans l'Aquarium et regarde,

à travers la vitre, Claire faire les cent pas dans son bureau. Elle secoue la tête de manière exagérée, agite l'index et, pour finir, s'immobilise, les mains sur les hanches. Évidemment, je n'entends pas ce qu'elle dit à cette distance, mais tout dans son langage corporel indique qu'elle est en train de passer un sacré savon à notre stagiaire. Kelly me tourne le dos. Toutefois, je devine, à voir sa tête baissée, rentrée dans les épaules, qu'elle le prend très mal. Soudain, Claire lève les yeux et me surprend à les observer, alors je fais pivoter mon siège face à mon ordinateur portable.

Je m'autorise à contempler le fond d'écran pendant plusieurs secondes. Une photo de vacances, prise il y a presque quatre ans. Alfie et Noah, tout sourire, sont assis sur le banc en mosaïque de Gaudi, dans le parc Güell à Barcelone. Mel, coincée en sandwich entre les garçons, me regarde droit dans les yeux pendant que je les photographie avec mon téléphone.

C'est une photo épouvantable, floue et surexposée. Noah mime des oreilles de lapin derrière la tête de sa mère. Mais c'est la dernière photo que j'ai prise de Mel. Lors de notre dernier été en famille.

Ressaisis-toi, Jon. Au boulot !

Je tape « Slade Bristol appel » dans le moteur de recherche et obtiens plusieurs résultats. Les articles les plus récents en ligne – postés par *The Plymouth Herald*, *The Bristol Press* et *The Bristol Post* – datent de la veille. Quelques mots attirent mon attention tandis que je les fais défiler : *La cour d'appel acceptera-t-elle la demande de révision de Melissa Slade ?... Melissa Slade fait appel de sa condamnation pour meurtre.*

Melissa Slade.

En voyant son nom complet, tout me revient en mémoire, d'un coup. Mes mains sont prises de tremblements au-dessus du clavier. J'hésite à poursuivre. C'est alors que je remarque un article publié par *The Redcliffe Gazette*, en bas de la page. Je reconnais la manchette, alors je clique dessus. Je sens mon front se plisser en découvrant la signature : *J. Hunt*. Je commence à lire, mais ça n'imprime pas. C'est comme si je déchiffrais une langue étrangère.

Je reprends depuis le début. Les mots demeurent dénués de sens et pourtant, c'est moi qui les ai écrits. Néanmoins, je parviens à saisir l'essentiel.

Je regarde la date. Décembre 2013. Juste après le procès de Slade. Huit mois avant nos vacances à Barcelone. Dans une autre vie.

Quelques secondes plus tôt, je contemplais la photo de Mel et des garçons que j'avais prise en vacances. Et voilà que je me retrouve face aux yeux bleu-vert hypnotisants de Melissa Slade, qui m'adresse son sourire aux dents d'une blancheur éclatante. Sa pure beauté contraste avec le gros titre qui s'étale sous ce portrait.

MELISSA SLADE CONDAMNÉE À PERPÉTUITÉ POUR MEURTRE.

Cette femme a tué sa fille.

Non, je refuse de m'occuper de cette affaire. Je demanderai à Claire de trouver quelqu'un d'autre.

Soudain, je prends conscience de la présence de Kelly à côté de moi : ses reniflements bruyants traversent mes bouchons d'oreille. Je ne l'ai pas entendue revenir. Je plonge la main dans la poche intérieure de ma veste, suspendue sur le dossier de mon siège, pour prendre un mouchoir propre que je lui tends. Après s'être mouchée, elle parvient à esquisser un sourire mouillé de larmes.

Elle dit quelque chose. J'ôte mes bouchons d'oreille et lui demande de répéter.

« Pourquoi elle est aussi dure avec moi ? »

Claire peut être dure avec tout le monde. En raison de sa vivacité d'esprit et de son intelligence affûtée, elle se montre peu patiente avec les gens qui ne font pas assez d'efforts à son goût.

« Je ne sais pas, Kelly. Claire est une perfectionniste et elle est très exigeante avec tout le monde. »

J'aimerais mettre fin à cette conversation, mais je vois sa lèvre inférieure trembloter.

« Qu'a-t-elle dit exactement ? »

Je ne veux pas qu'elle recommence à sangloter. Je ne sais pas gérer ce genre de situation.

« Elle a dit que mon dernier article était illisible à cause de toutes les erreurs grammaticales et des fautes d'orthographe.

– Ce n'est pas un problème insurmontable. Vous utilisez le correcteur quand vous tapez ? »

Finalement, je propose de jeter un coup d'œil à un de ses articles, davantage pour passer à autre chose que par bonté d'âme. Elle a choisi un sujet intéressant, les sans-abri à Bristol, mais ça manque de détails. Pendant que je corrige son texte, j'en profite pour lui dispenser quelques conseils. Elle devrait interviewer une personne qui vit dans la rue afin d'introduire un point de vue humain.

« Et ajoutez quelques photos. »

Je relis ensuite le premier jet d'un article destiné aux pages « arts et spectacles » du magazine mensuel, et consacré au scandale qui frappe une vedette locale. C'est le genre de potins sur lequel je ne m'arrêterais pas en temps normal, mais Kelly a su trouver le ton sensationnaliste adapté au sujet, et je ne relève qu'une seule faute d'orthographe.

« C'est très bien, Kelly », dis-je, et ce commentaire lui arrache un petit sourire.

Du coup, elle se sent encouragée à me parler de son projet de vlog hebdomadaire consacré aux spectacles.

« J'en toucherai un mot à Claire, promets-je. Elle ferait bien d'envisager un sérieux lifting. »

Le large sourire de Kelly se transforme en froncement de sourcils.

Je m'empresse d'ajouter :

« Pour le *Rag*, évidemment. Non, non, gardez-le », dis-je en voyant qu'elle me tend le mouchoir en tissu.

Elle le roule en boule dans sa main.

Elle pose sur moi un regard intrigué, comme si elle essayait de me percer à jour.

« Je crois que mon grand-père est la seule autre personne que je connaisse qui utilise de vrais mouchoirs. »

Je ne sais pas trop quoi répondre et je m'apprête à ironiser sur cette comparaison peu flatteuse, puis me ravise.

« Je m'en sers pour nettoyer mes lunettes. »

Je n'ai pas l'occasion de reparler à Claire avant le milieu de l'après-midi. J'ai relu plusieurs articles sur l'affaire Slade, dont les miens. Quelques détails demeurent flous dans mon esprit, mais je suis certain d'une chose : je ne veux pas m'en occuper.

Dans le bureau de Claire, ça sent la cigarette. Et de nouveau, j'éprouve l'envie immédiate de m'en griller une. Même après toutes ces années, le manque n'a pas totalement disparu. Si elle allume une Marlboro, je décide de lui en taper une, mais apparemment, elle en a moins envie que moi. Elle se penche en avant, les coudes sur le bureau, le menton sur les mains.

Tout d'abord, je lui présente le projet de vlog de Kelly, conscient de gagner du temps pour ne pas évoquer l'affaire Slade.

« Nous en parlerons plus en détail lors de la prochaine réunion éditoriale, mais pourquoi pas ? Cette fille présentera mieux sur l'écran que sur le papier », répond Claire d'un ton cassant.

S'ensuit un silence, qu'elle rompt rapidement.

« Autre chose ?

– Euh, oui. Au sujet de la demande de révision déposée par Melissa Slade…

– Oui ?

– Vous ne pouvez pas confier ça à quelqu'un d'autre ?

– Allons, Jonathan, c'est un sujet passionnant, et vous êtes mon meilleur journaliste.

– Je vous remercie, mais il n'y a personne d'autre qui peut s'en charger ? »

Claire soupire. Elle sort une tablette de chewing-gum du paquet posé sur son bureau, ôte l'emballage et la plie pour l'introduire dans sa bouche.

« Y a-t-il une raison qui vous en empêche ? » demande-t-elle.

Oui. Une excellente raison, même. Mais pas question de l'avouer à Claire. Je n'en parle jamais. À personne.

« C'est juste que je suis débordé en ce moment. » Son expression m'indique qu'elle n'est pas convaincue. « Au niveau du boulot, je veux dire. »

J'ignore si Claire a des enfants, mais je sais qu'elle ne supporte pas que ses employés utilisent l'excuse de leur progéniture pour manquer une deadline ou réclamer un allègement de leur charge de travail.

« Je vais au théâtre ce soir pour faire un papier sur *La Cerisaie*, pour le magazine. Et demain, je dois couvrir la Journée du Sport à l'école du coin, et…

– Jonathan, je vous offre la possibilité de devancer la meute. C'est du journalisme d'investigation.

– Je ne peux pas, Claire.

– Et pourquoi, nom d'un chien ?

– C'est personnel. »

Je dois faire un effort pour contrôler ma voix.

« Ça aussi.

– Que voulez-vous dire ?

– Il faut que ce soit vous. Ça ne peut pas être quelqu'un d'autre. L'idée ne vient pas de moi. Elle vient de… votre nom… »

Elle s'interrompt brusquement, comme si elle s'apercevait qu'elle en avait déjà trop dit.

« Qui vous a demandé de…

– Quoi qu'il en soit, vous savez aussi bien que moi que je n'ai personne d'autre. »

Je me creuse la cervelle pour trouver un journaliste susceptible de me remplacer. Il faut que je me sorte de ce pétrin.

« On ne sait jamais, Jonathan. Ils se sont peut-être trompés et en fait, Melissa Slade est innocente depuis le début.

– Tu parles.

– Ce serait un angle formidable, ajoute Claire, comme si je n'avais rien dit. Envoyée en prison, alors qu'elle n'a pas commis ce crime. »

Une image surgit dans mon esprit. Melissa Slade assise dans le box des accusés au tribunal de Bristol. Impassible et froide. J'avais été présent dans cette salle d'audience presque chaque jour. Je ne l'avais pas vue verser une seule larme. Pas une seule fois durant les trois semaines de procès.

« Elle a été déclarée coupable, dis-je. Elle l'a tuée. »

Je sors de l'Aquarium en coup de vent, en me retenant de justesse de claquer la porte.

CHAPITRE 2

Melissa

Je vois quelqu'un depuis mon arrivée ici. Un psy. Ce n'est pas stigmatisé, contrairement à dehors. Toutes les détenues que je connais ont rendez-vous régulièrement avec le psychiatre de la prison. Bref, c'est lui qui a suggéré que cela pourrait avoir des vertus thérapeutiques si je racontais par écrit ma « version des faits ». Je n'aime pas ce terme : on dirait que ma version n'est qu'une des hypothèses probables, et non pas la vérité.

Au début, j'étais réticente à l'idée d'endurer tout ça de nouveau, de revivre ce drame qui a été – et est toujours – si traumatisant. Mais j'ai décidé de faire une tentative, pour voir si ça m'aidait en effet. Et s'il se peut que quelqu'un lise mon récit un jour – mon fils, Callum, peut-être –, je l'écris pour moi-même avant tout, car je peux toujours sauter les passages trop douloureux.

Cela ressemblera à un journal intime, j'imagine, mais je n'ai pas l'intention de raconter ce qui se passe ici au jour le jour. Par quoi commencer ? Je devrais sans doute me concentrer sur les faits qui ont conduit à mon incarcération. Tout a débuté quand mes filles, Amber et Ellie, étaient encore des nourrissons. Si je pouvais remonter le temps – et chaque jour que Dieu fait, je regrette que ça ne soit pas possible –, je retournerais à cette époque.

Janvier-février 2012

Ce n'était pas la même chose quand j'ai ramené Callum à la maison. J'étais sur un petit nuage. C'était vraiment la période la plus heureuse de ma vie, exactement comme tout ce qu'on vous raconte. Callum était un bébé calme et du coup, j'avais l'impression de tout bien faire. Pour ma plus grande joie, les kilos de la grossesse avaient disparu en très peu de temps, grâce à un peu d'exercice, sans même suivre de régime particulier. Simon et moi continuions à voir nos amis, dont beaucoup avaient eux-mêmes des enfants. Ma meilleure amie, Jenny, attendait son premier bébé. Durant son congé maternité, elle débarquait à la maison presque quotidiennement pour nous voir, Callum et moi, et aussi, disait-elle, pour « apprendre les ficelles ».

Je passais plusieurs minutes par jour à regarder Callum dormir, émerveillée par la perfection de ce minuscule être humain que j'avais créé. Durant ma grossesse, j'avais dévoré au moins une demi-douzaine d'ouvrages consacrés à la maternité, mais rien ne m'avait préparé à ce tsunami d'émotions qui me frappa de plein fouet après la naissance. Jamais je n'avais éprouvé un tel amour inconditionnel, accompagné d'une peur intense. J'étais terrorisée à l'idée de ne pas pouvoir le protéger. C'était une énorme responsabilité. Dès l'instant où je l'ai mis au monde, il est devenu *mon* monde, et je suis devenue le sien. Mon magnifique petit garçon, ma vie.

Avec Ellie et Amber, en revanche, ce fut très différent, sans que je sache pourquoi. Peut-être parce que Michael n'était pas d'un grand soutien, comme l'avait été Simon. Peut-être était-ce à cause de mon âge. J'avais treize ans de plus, j'approchais de la quarantaine. Ou bien parce qu'elles étaient deux. Je ne sais pas.

Je me souviens très bien de la première fois où j'ai compris que quelque chose ne tournait pas rond chez moi. En captant mon reflet dans le miroir au-dessus du canapé, un après-midi. Je n'ai pas reconnu la femme qui était devant moi. J'avais les cheveux gras, le visage marbré et les yeux rougis par le manque de sommeil. Et je me suis aperçue que j'étais en pyjama depuis trois jours et trois nuits. La veste était tachée de vomi de bébé. Je n'aurais su dire depuis quand je n'avais pas pris de douche. J'avais une sale tête, je me faisais peur.

Amber – à moins que ce soit Ellie – se mit à hurler. C'était l'heure du repas. Mais au lieu d'aller vers elle, je fonçai dans la salle de bains.

« Maman sent mauvais, lançai-je par-dessus mon épaule, d'une voix qui ne ressemblait pas à la mienne. Elle a besoin de prendre une douche. »

Je ne me pressais pas. Je restai plusieurs minutes sous le jet brûlant. Je m'aspergeai de déodorant, me maquillai légèrement et séchai mes cheveux. Après quoi, je fus obligée de remettre mes vêtements de grossesse, car je n'avais pas retrouvé ma silhouette d'avant, mais au moins je me sentais propre.

Impression de courte durée. Vite remplacée par un sentiment de culpabilité écrasant en revenant dans le salon et en découvrant mes deux filles en train de brailler. Ce vacarme devait s'entendre de la salle de bains – sauf quand j'étais sous la douche ou en train de me sécher les cheveux – et surtout de la chambre, située juste au-dessus. À croire que j'avais fait abstraction de leurs cris.

J'accomplis les gestes routiniers en pilotage automatique. J'allongeai mes filles sur leurs coussins pour pouvoir les nourrir toutes les deux en même temps avec deux biberons et je changeai leurs couches. Quand elles furent calmées et sanglées dans leurs transats, j'allai me préparer un petit déjeuner dans la cuisine. Il était trois heures de l'après-midi.

Assise devant la table en bois, je me souviens d'avoir jeté un coup d'œil à la pendule. Il était maintenant trois heures et demie. Mon porridge était toujours dans le bol devant moi, je n'y avais pas touché. Je le contemplais. Je n'avais aucun appétit. Qu'est-ce qui me trottait dans la tête depuis une demi-heure ? Aucune idée.

Je ne songeai même pas à nettoyer le bazar dans la cuisine. Je retournai dans le salon, avec des semelles de plomb, comme si j'avais des fers aux pieds. Je regardai les jumelles. Mes petites filles. Parfaites. Amber était brune, comme Michael et sa fille, Bella. Ellie était blonde, comme Callum et moi.

Je me souvenais de m'être réveillée en nage la nuit précédente, après un cauchemar particulièrement réaliste : je dormais, un bébé dans chaque bras, et je sentais qu'elles allaient tomber par terre. Ce n'était pas la première fois que je faisais ce cauchemar. Loin de là. Il était même devenu récurrent.

En repensant à ce rêve, deux conclusions me vinrent à l'esprit. Premièrement, il reflétait ma peur d'être une mauvaise mère. En même temps, cela prouvait que je me souciais d'elles. Je ne voulais pas qu'il leur arrive quelque chose. Et je trouvais cela rassurant, car c'était la preuve que je ne souffrais pas d'un quelconque déséquilibre psychique. Non ?

En les regardant gigoter dans leurs transats, je les trouvais adorables. Simplement, je ne ressentais aucun lien affectif. Aucune émotion. Je ne parvenais pas à établir une relation. Aussi mignonnes et souriantes soient-elles, la vérité, c'était que je n'aimais pas mes filles.

Hormis une sorte de torpeur détachée, je n'éprouvais rien du tout, en réalité.

J'essayai d'en parler à mon mari.

« Tu crois que je leur en veux ?

– Possible, répondit-il. Si je veux être honnête, ça m'arrive à moi aussi, parfois. Après tout, on n'avait pas vraiment prévu cette grossesse. »

Exact. J'étais tombée enceinte après avoir eu une gastro. J'avais peut-être vomi ma pilule. Évidemment, je m'en suis aperçue seulement deux mois après – trop tard –, quand j'ai recommencé à vomir. À cause des nausées matinales cette fois.

« Notre vie sexuelle est quasi inexistante, ajouta Michael, dont le regard suggérait qu'il me jugeait responsable de cette situation, plus que les jumelles.

– Ça va s'arranger.

– Et on ne voit plus beaucoup nos amis.

– Je suis désolée, Michael. Je n'y peux rien. Je ne me sens pas capable de fréquenter des gens. Je suis épuisée en permanence. »

Mais il n'y avait pas que ça. Je sentais que je n'avais plus rien en commun avec mes amis. Leurs enfants avaient à peu près le même âge que mon fils, Callum, et que ma belle-fille, Bella ; et ils étaient aux prises avec les problèmes d'adolescents rebelles et de résultats scolaires, comme nous, mais contrairement à nous, ils en avaient fini avec les couches, les biberons la nuit et tout le matériel pour bébé.

« Au moins, tu vas au travail, toi », dis-je dans un soupir.

C'était peut-être mon principal regret. J'avais fait une brillante carrière dans la police. J'avais été nommée inspectrice principale à trente-six ans, et trois ans plus tard, je menais ma deuxième grande enquête sur un meurtre quand j'avais appris que j'étais enceinte. Finalement, j'avais été contrainte de passer le relais pour partir en congé maternité. Et mettre de côté mon aspiration à gravir un échelon supplémentaire. J'espérais que c'était temporaire, mais au cours des semaines qui avaient suivi la naissance des jumelles, je me disais que je n'aurais jamais la force de reprendre le travail.

« Il faut bien que quelqu'un fasse bouillir la marmite, répondit Michael.

– Je sais. C'est juste que je me sens un peu… prisonnière.

– Pourquoi tu ne vas pas courir ? L'exercice te ferait du bien. »

Avant de découvrir que j'étais enceinte, j'étais accro au sport. Je faisais deux ou trois marathons par an, plus quelques ultra-trails. Quand les jumelles étaient nées, Michael m'avait acheté une poussette spéciale pour que je puisse courir avec elles. Mais l'hiver n'en finissait pas, Amber avait le nez qui coulait en permanence, elle n'arrêtait pas de renifler, et j'étais constamment fatiguée. Je n'avais pas utilisé une seule fois cette poussette spécial jogging. Je n'avais fait aucun sport depuis une éternité. Le conseil de Michael était judicieux, malheureusement, l'envie me manquait.

Je ne savais pas comment m'extraire du gouffre obscur dans lequel j'étais tombée. Et puis, un après-midi, Jenny me rendit visite. Je croyais qu'elle m'évitait, mais peut-être était-ce sa vie trépidante qui s'était immiscée entre nous, bien qu'elle habite au bout de la rue. À moins que ce soit *moi* qui l'aie évitée…

Jenny débarqua presque à l'improviste, et quand elle entra dans la maison, je vis mon intérieur avec ses yeux. Nous vivions dans une porcherie. Elle nous fit du thé et appela sa femme de ménage. Dix minutes plus tard, une jeune femme sonna à ma porte et se présenta avec un fort accent d'Europe de l'Est : « Irena, je fais le ménage. » Dans d'autres circonstances, cette formule m'aurait amusée, mais le manque de sommeil m'avait fait perdre mon sens de l'humour.

« Habillons les filles, dit Jenny. Et sortons prendre l'air. »

Et donc, pendant qu'Irena faisait le ménage chez moi, Jenny et moi, nous avons emmené Amber et Ellie au parc. Ce devait être après l'école, car il y avait un tas d'enfants. Nous suivions l'allée, Jenny poussait les jumelles, quand je remarquai une femme assise sur un bac. Elle paraissait aussi épuisée que moi, vidée, hébétée. Elle ôtait l'emballage d'une tablette de chocolat pour sa petite fille, qui trépignait.

Deux femmes venaient en sens inverse ; l'une avec une poussette, l'autre tenant un bambin par la main. Elles bavardaient et riaient ; leurs visages animés et maquillés irradiaient une énergie juvénile. Tout semblait facile en les voyant et elles me donnaient l'impression d'être une ratée, je me sentais inférieure à ces deux adorables mamans. Jamais je ne serais à la hauteur, me dis-je. Et je fondis en larmes.

Tenant la poussette d'une main, Jenny me prit par le coude et me conduisit vers un banc à quelques mètres de là. Elle me serra contre elle et me massa la nuque pendant que tout mon corps était secoué de violents sanglots. Je ne saurais dire pendant combien de temps je pleurai ainsi. Je sentais les regards des passants et j'avais honte, mais apparemment, Jenny s'en fichait.

« Tu as besoin d'aide, dit-elle, quand j'arrêtai enfin de pleurer. Tu ne peux pas gérer seule deux bébés et deux adolescents. »

Elle sortit de son sac à main un paquet de mouchoirs en papier et m'en tendit un.

« Bella me donne un coup de main quand elle est là, dis-je. Et Michael… »

Que faisait-il, au juste ? Une image me vint à l'esprit, spontanément : Michael haussant les sourcils d'un air désapprobateur. Sans que je puisse rattacher un événement précis à cette image. C'était un regard qu'il m'adressait souvent ces temps-ci. Quand il rentrait à la maison à une heure raisonnable et que le dîner n'était pas près. Ou quand il rentrait tard et que la maison était sens dessus dessous.

Jenny n'insista pas.

« Je croyais que ta mère t'aidait, elle aussi ?

– Oui, mais on s'est disputées. »

Je n'entrai pas dans les détails. C'était une dispute sans importance, causée par mon incapacité à écouter les conseils de ma mère et par le fait qu'elle préférait distribuer des critiques et des ordres, plutôt que d'apporter des suggestions et son aide. J'aurais sans doute dû prendre mon téléphone pour l'appeler, mais j'aurais aimé qu'elle fasse le premier pas, pour une fois.

« Je vais en discuter avec Irena en rentrant, dit Jenny. On va mettre en place un planning permanent. Et ensuite, on te prendra rendez-vous chez le médecin. À partir de maintenant, il faut que tu t'accordes un peu de temps pour toi. Chaque jour. Pour faire de l'exercice, aller chez le coiffeur, t'offrir un soin du visage. Ou simplement te détendre, souffler. »

Je regardais Jenny d'un air ahuri. J'avais à peine la force de me lever le matin ni le temps d'accomplir les tâches ménagères élémentaires. Les jours fastes, je réussissais à m'habiller et à me brosser les dents avant que Michael rentre le soir. Comment diable pourrais-je sortir de chez moi pour faire du sport ou me relooker ?

Jenny répondit à la question que je n'avais pas formulée.

« Il te faut une nounou. On va t'en trouver une. »

Je n'étais pas certaine que ce soit une bonne idée et je ne savais pas comment réagirait Michael. On pouvait facilement se payer une nounou, même si Michael était du genre radin (lui disait « économe »), mais je touchais les indemnités journalières de maternité.

« Merci, dis-je. Tu es géniale. »

Je me remis à pleurer, en songeant que je ne méritais pas d'avoir une telle amie.

« Bien sûr que si, dit Jenny d'un ton ferme, et je m'aperçus que j'avais exprimé cette pensée à voix haute. Il faut que tu arrêtes de réagir de cette manière. Tu n'es pas toi-même en ce moment, voilà tout.

– Comment tu as su ?

– Si tu as surmonté haut la main l'épreuve de la maternité avec Callum, moi, j'ai eu un peu plus de mal avec Sophia. »

Je devinais que c'était un euphémisme. Jenny n'était pas du genre à attirer l'attention et elle n'aurait pas voulu que je m'apitoie sur son sort. Je l'étreignis.

Finalement, au lieu de me trouver une nounou, Jenny me trouva une jeune fille au pair. Avec le recul, c'était une erreur, évidemment, de laisser Clémentine entrer dans notre foyer. Mais nous ne pouvions pas prévoir qu'elle allait bouleverser nos vies. Surtout la mienne.

CHAPITRE 3

Jonathan

Avril 2018

Au moment même où je débranche mon ordinateur portable pour quitter le bureau, mon téléphone m'annonce l'arrivée d'un texto. C'est Nina, ma nounou. Je le lis en jurant dans ma barbe.

Kelly se tourne vers moi.

« Qu'est-ce qui se passe ?

– Je devais aller voir *La Cerisaie* ce soir, dis-je distraitement en tapant une brève réponse sur le clavier de mon téléphone, mais Nina me fait faux bond. »

J'envoie le message et en levant la tête, je découvre le regard vide de Kelly.

« C'est une pièce de théâtre, dis-je. De Tchekhov.

– Je sais. » Elle ne semble pas du tout vexée, et je suis un peu honteux de l'avoir sous-estimée. « Je ne l'ai pas vue. Par contre, j'ai vu *La Mouette* et *Les Trois sœurs*. Personnellement, je préfère Ibsen. »

S'ensuit un silence embarrassé, que je ne sais pas comment combler. Pour ma part, je ne supporte pas Ibsen ni Tchekhov, d'ailleurs. En vérité, je ne suis pas un grand amateur de théâtre, sauf les spectacles pour enfants à Noël, mais je sens que ce n'est pas la chose à dire.

Kelly met fin au silence, tout en ajoutant une dose d'embarras.

« C'est pour écrire un article dans le magazine ? » Elle n'attend pas ma réponse. « Je peux y aller avec vous, si vous ne voulez pas y aller seul.

– Hein ? Oh, non, non. Nina était censée garder les enfants. Ce n'est pas ma petite amie. »

Ma petite amie s'appelle Holly. Holly est mignonne et intelligente – elle est pathologiste – et je sors avec elle depuis dix-huit mois environ. Je suis triste de devoir annuler mes plans avec elle ce soir et en même temps, je suis content de ne pas me taper cette pièce. Néanmoins, je suis obligé de bidonner une critique.

« Oh. » Kelly semble déçue et je comprends que le théâtre est plus son dada que le mien. « Je peux faire la baby-sitter, si vous voulez. Pour vous remercier de m'avoir aidée tout à l'heure.

– C'est très gentil, Kelly, mais superviser votre travail fait partie de mon boulot, et je ne peux décemment pas accepter votre proposition. Cela étant, j'ai deux places. Ça se joue au Bristol Old Vic. Vous connaissez quelqu'un qui pourrait vous accompagner ? »

Son visage angélique s'éclaire et elle hoche la tête.

« Oui. Ma mère est une intello. Je suis sûre qu'elle serait ravie d'y aller avec moi ! »

J'ouvre mon tiroir et en sors l'enveloppe qui contient les billets.

« J'aurai besoin d'un compte-rendu pour pondre mon article. » Kelly acquiesce de nouveau. « Et si vous voulez, je vous filerai un coup de main pour votre reportage sur les sans-abri. »

Sur le chemin du retour, j'appelle Holly pour annuler notre soirée.

« Oh, t'en fais pas, c'est pas grave, dit-elle, mais je

sens bien, au ton de sa voix qu'elle ment. Si tu veux, je peux… »

Elle n'achève pas sa phrase. Je devine cependant ce qu'elle allait dire. Alors que nous sortons ensemble depuis un an et demi, je n'ai toujours pas parlé d'elle à quiconque, et surtout pas à mes fils. Elle meurt d'envie de venir chez moi pour faire leur connaissance. C'est un sujet qu'elle aborde fréquemment ces derniers temps, et que j'esquive. Je suis sûr qu'elle me prend pour un phobique de l'engagement, mais ce n'est pas ça. Je crois que je suis en bonne voie de passer à autre chose, comme l'aurait voulu Mel ; c'est juste que dans l'immédiat, cette situation me convient.

« Je saurai me faire pardonner, je te le promets. »

Ce soir-là, pendant que je fais une pizza et regarde *Paddington 2* avec mes fils, j'en oublie quasiment Melissa Slade. Je la sens tapie dans un recoin de mon esprit, prête à me sauter dessus, mais dans l'immédiat, je parviens à la repousser.

Mais dès que j'ai éteint la télé et couché les enfants, il n'y a plus aucune distraction pour faire tampon entre moi et mes pensées, et impossible de chasser le souvenir de Melissa Slade.

Je n'ai pas le courage de rallumer mon ordinateur ce soir, mais je me sers de mon téléphone pour survoler d'autres articles publiés en ligne, au sujet du procès et du premier appel.

Mel était obsédée par cette affaire. Elle rêvait d'avoir une fille (on essayait d'avoir un deuxième enfant à l'époque) et elle ne pouvait pas croire que cette femme avait tué la sienne. Mel était comme ça : une bonne personne qui ne voyait pas le mal chez les autres. « Présumée innocente jusqu'à preuve du contraire, Jon », me disait-elle, je m'en souviens, quand nous évoquions le procès de Melissa Slade, le soir, lorsque je rentrais du tribunal.

Nous n'avons jamais discuté de l'appel qui a suivi, en novembre 2014. Mel était morte deux mois plus tôt.

Une larme serpente sur ma joue. J'aimerais tellement qu'elle soit là. Pour lui demander son avis. Je ne sais pas quoi faire. Que ferais-tu, Mel ? À peine cette question a-t-elle pénétré dans mon esprit que la réponse surgit.

Tu peux y arriver, Jon. La voix dans ma tête est celle de Mel. La voix de la raison. *Cela n'a rien à voir avec nous. Rien à voir avec ce qui est arrivé à notre famille.*

« Présumée innocente jusqu'à preuve du contraire ? dis-je à voix haute. Elle a été reconnue coupable ! »

Renversé contre le dossier du canapé, je m'endors un instant, mais c'est un sommeil agité. Je me réveille en sursaut, avec un torticolis. Je monte voir Noah et Alfie avant de me traîner jusqu'à mon lit.

Le lendemain, après avoir couvert la Journée du Sport à l'école du coin, je rédige une critique théâtrale à partir des commentaires enthousiastes de Kelly et du programme qu'elle m'a rapporté. Elle a également pris quelques photos avec son portable et je sélectionne une des meilleures. J'ajoute son nom à côté du mien, au début de l'article.

À l'heure du déjeuner, j'honore ma promesse. Kelly semble déroutée tout d'abord en me voyant acheter trois sandwiches, mais quand elle comprend, j'ai droit à ce grand sourire qui est sa marque de fabrique. Apparemment, il y a des travaux dans toute la ville, c'est pourquoi, au lieu de prendre ma voiture, nous marchons jusqu'à Temple Way, où nous prenons le bus pour Cabot Circus. La bouche pleine de sandwich au bacon-salade-tomate, je briefe Kelly avant que nous descendions à l'arrêt du centre commercial.

« Ce qu'il vous faut, c'est une approche originale. Vous écrivez qu'il y a deux fois plus de sans-abri à Bristol qu'au niveau national, ce qui est choquant, et vous indiquez qu'une association caritative locale a transformé des containers en logements, ce qui est fantastique, mais c'est déjà de l'histoire ancienne. Ce qu'on veut voir, ce sont les visages derrière les faits et les chiffres. Vous devez apporter un élément nouveau. »

Kelly acquiesce vigoureusement et mord dans son sandwich. Quand elle ne sourit pas, elle hoche la tête, me dis-je injustement.

Tandis que nous parcourons les rues piétonnes aux abords du centre commercial, je songe que nous aurions dû venir après le travail, le soir. Puis nous tombons sur une femme assise à l'entrée d'un magasin, les genoux contre la poitrine, son sac de couchage roulé à côté d'elle. Une banderole « Liquidation » barre la vitrine de cette boutique qui a mis la clé sous la porte.

« Voilà votre angle d'attaque, dis-je à Kelly en montrant la femme.

– Hein ? Oh, je comprends. L'ironie de la situation. Une femme dort à la belle étoile devant un bâtiment vide, alors que la municipalité a promis d'ouvrir des immeubles inoccupés pour accueillir les sans-abri.

– Non. Ce n'est pas ce à quoi je pensais. Mais ça pourrait fonctionner également. Je pensais plutôt à…

– Les femmes qui dorment dans les rues de Bristol.

– Exact. »

Je tends à Kelly un sandwich au bacon et un billet de dix livres, en lui précisant que je l'attends au Costa Coffee un peu plus loin.

« N'oubliez pas de la prendre en photo. »

Pendant que j'attends Kelly, j'ouvre l'application

« Notes » de mon téléphone et inscris les noms des membres de la famille de Melissa Slade.

Michael Slade, son mari, père des jumelles.

Simon Goodman, son ex-mari, père de son fils.

Comment s'appelait ce gamin déjà ? Je me réfère à mon article sur Internet. Je n'avais pas indiqué son prénom, uniquement son âge. À l'époque du procès, il avait treize ans. Je consulte d'autres articles en ligne. À première vue, le prénom du fils n'apparaît nulle part. En revanche, la mère de Melissa, elle, est mentionnée dans le *Post*. Je l'ajoute à la liste.

Ivy Moore.

Je me rends ensuite sur le site de People Finder. Cela devrait m'aider à localiser quelques-uns des membres de la famille de Melissa, à condition qu'ils soient inscrits sur les listes électorales et n'aient pas demandé à être rayés de cet annuaire en ligne. Je ne m'occupe pas de Michael Slade pour le moment. J'ai son adresse d'il y a cinq ans, mais je ne peux pas imaginer qu'il soit resté dans cette maison après ce qui s'y est passé. Il y a certainement des milliers de Slade à Bristol et dans sa banlieue, mais je ne serais pas surpris qu'il ait déménagé. Dans un cas comme dans l'autre, retrouver sa trace ne sera pas facile.

En tapant Simon Goodman, j'obtiens une vingtaine de résultats. Je fronce les sourcils. Je ferai le tri plus tard, quand je disposerai d'un écran plus grand. J'ai davantage de chance avec Ivy Moore. Un seul résultat. Elle figure sur les listes électorales. Avec son adresse complète. Sous la mention « autres occupants » apparaît un certain George Moore, sans doute le père de Melissa. L'âge semble correspondre. L'un et l'autre ont une soixantaine d'années.

Je viens juste de copier et de coller leurs adresses

dans mon appli quand Kelly se matérialise devant moi. Je me lève, bois mon café d'un trait, en grimaçant parce qu'il est froid à présent, et récupère ma veste.

« Ça s'est bien passé ? »

Elle hoche la tête et me fait un grand sourire. Ses deux tics corporels sont synchronisés.

« On retourne au journal, alors. »

Les parents de Melissa Slade habitent à Hanham, pas très loin de Kingswood, mon quartier, alors je décide de faire un petit détour en rentrant chez moi. Dans l'espoir d'échapper aux embouteillages, je quitte le bureau plus tôt que d'habitude. Arrêté au premier feu rouge, j'en profite pour entrer le nom de leur rue dans mon GPS.

En me gardant devant le domicile d'Ivy et de George Moore, je remarque la présence d'une voiture dans l'allée. La chance me sourit, on dirait. A priori, ils sont chez eux. Ma longue expérience de journaliste me permet de deviner qu'ils refuseront sans doute de me parler. J'observe cette maison accolée aux autres, toutes semblables. Melissa a-t-elle grandi là ? Avait-elle des frères et sœurs ? Allaient-ils à l'école dans le quartier ? Je me promets de poser ces questions à ses parents.

C'est George Moore qui vient m'ouvrir quand je sonne à la porte. Il possède un visage immédiatement sympathique. Ses sourcils gris et broussailleux retombent au-dessus de ses yeux bleus chaleureux. Je sais qu'il a une soixantaine d'années, mais son dos voûté et ses mouvements lents le font paraître beaucoup plus âgé. Ses cheveux (ce qu'il en reste) sont d'un gris un peu plus clair que ses sourcils.

« Monsieur Moore ? Je m'appelle Jonathan Hunt. Je suis journaliste. Je travaille pour *The Redcliffe Gazette* », dis-je, main tendue.

Après un moment d'hésitation, il la serre. J'y vois un signe encourageant.

« Pourrions-nous parler de votre fille Melissa quelques instants ? On m'a chargé d'écrire un article sur sa demande de révision, et j'aimerais faire un compte-rendu exact.

– Généralement, ma femme ne…

– Votre épouse est là, monsieur Moore ? »

Je parie que c'est elle qui porte la culotte dans ce couple.

« Euh, non. Mais elle ne va pas tarder à rentrer.

– Alors, peut-être que nous pourrions bavarder un peu, vous et moi, en attendant ? » Comme il ne réagit pas, j'ajoute : « Monsieur Moore, je mets toujours un point d'honneur à rapporter les faits de manière objective, vous avez ma parole. Je n'écris pas d'articles à sensation. Je ne déforme pas les paroles ni la réalité. Je ne m'intéresse qu'à la vérité. »

À mon grand étonnement, il ouvre la porte et me fait entrer dans un petit salon. La télé est allumée.

La pièce est propre (le ménage vient d'être fait à en juger par les traces d'aspirateur sur la moquette rose élimée), mais encombrée. Le moindre centimètre carré des meubles en bois foncé accueille un magazine ou un livre ; des figurines en porcelaine jouent des coudes sur les rebords de fenêtres ; des coloriages et des tableaux en feutrine réalisés par des enfants sont accrochés aux murs.

J'admire les œuvres.

« Mes fils font beaucoup d'activités manuelles, dis-je. Ils aiment fabriquer des maquettes d'avions ou de voitures. Et le plus jeune, Alfie, adore dessiner.

– Mon petit-fils, Callum, aimait beaucoup le dessin lui aussi quand il était gamin. Et les Lego, le Meccano. »

Montrant les tableaux, il précise : « C'est Melissa qui a fait tout ça, enfant. »

Ses yeux se voilent lorsqu'il prononce le prénom de sa fille, comme s'il était submergé par la nostalgie d'une époque où elle était encore une enfant innocente.

Je me racle la gorge. Je ne veux pas effrayer cet homme en prenant des notes et, étant persuadé que les parents de Melissa refuseraient de me parler, je n'ai préparé aucune question. Alors, je commence par celles que je me suis posées un peu plus tôt, sur le trottoir.

Son père m'informe que Melissa est fille unique. Les Moore se sont installés dans cette maison quand elle avait cinq ans. Elle a fréquenté les établissements scolaires publics du coin. J'essaye de retenir toutes ces informations. Il faudra que je les enregistre vocalement sur mon téléphone dès que j'aurai regagné ma voiture, avant de les oublier. Ma mémoire est une vraie passoire. M. Moore se détend à mesure que nous parlons, mais je marche sur des œufs. Je sens qu'il se méfie de moi. Je dois continuer à gagner sa confiance et éviter de le prendre au dépourvu avec des questions pièges.

« Vous voulez voir des photos ? » propose-t-il soudain, alors que je cherche un moyen de passer de l'enfance de Melissa à la naissance de ses propres enfants.

« Oui, je veux bien. » Je plaque un sourire sur mon visage. « Avec plaisir. »

M. Moore se lève et je le vois, avec effroi, prendre cinq albums sur une étagère de la bibliothèque. Nous nous installons sur le canapé, où il se met à tourner les pages en commentant quelques-unes des photos. Cela commence par Melissa bébé. Certaines ont perdu un ou plusieurs coins adhésifs et elles sont de travers. M. Moore prend soin de les redresser avant de passer à la page suivante. Dans les dernières pages de l'album, Melissa est devenue un bambin.

Il s'écoule une bonne demi-heure avant qu'on arrive enfin au cinquième et dernier album, créé par Melissa elle-même, en ligne, précise M. Moore. J'ai l'impression que nous sommes revenus au point de départ, car, comme le premier album, celui-ci débute par des photos de M. et Mme Moore tenant un bébé dans leurs bras. Puis je comprends que ces albums m'ont conduit là où je voulais aller.

« C'est le fils de Melissa ?

– Oui. Callum, mon petit-fils.

– Et là, c'est votre femme qui le tient ?

– Exact. »

Je me demande où est Mme Moore et quand elle doit rentrer, mais avant que je puisse poser la question, George tourne une autre page de l'album et sur la photo suivante, Melissa Slade me fixe de ses yeux turquoise ensorcelants. Elle a un visage en forme de cœur, de longs cheveux blonds et un sourire immense. Je me sens comme hypnotisé. Elle est assise à côté d'un homme qui a passé son bras autour de sa taille alors qu'elle tient leur enfant.

« Melissa, Simon et Callum », explique M. Moore en pointant son index sur chacun d'eux.

Je songe que cet album contient peut-être des photos de Melissa avec ses filles, et j'entends la voix de Claire : *Je pense à des photos inédites du bébé.* Mais je n'aime pas l'idée de réclamer à M. Moore une photo que je pourrais publier dans le journal. Même si j'en trouvais une qui montre Melissa en mère aimante, j'aurais le sentiment de violer l'intimité de cette famille et d'abuser de la confiance de cet homme.

« Comment était Melissa ? »

Je m'aperçois que je viens d'utiliser le passé, mais si George trouve ça étrange, il ne laisse rien paraître.

« C'était une enfant brillante. Une adolescente rebelle. Avec ma femme, Ivy, elles étaient toujours à couteaux tirés. Mais elle était gentille, et drôle. » Il sourit avec nostalgie. « Et c'était une très bonne mère pour Callum. »

Il s'interrompt un instant et je médite sur cette dernière phrase, en notant que M. Moore a utilisé le passé lui aussi.

« Ivy et moi, on ne voit pas Callum autant qu'on le souhaiterait. Il est grand maintenant. Il préfère traîner avec des copains de son âge, j'imagine. Mais au tout début, quand Melissa... »

Il n'achève pas sa phase et son regard se perd dans un des tableaux en feutrine accrochés aux murs. Cette fois, il reste muet si longtemps que je crois qu'il va en rester là, mais il ajoute :

« On voyait beaucoup plus notre petit-fils avant. » Sa voix se lézarde. « On a essayé d'aider Simon. On allait chercher Callum à l'école, on le conduisait à ses activités, au sport, ce genre de choses. Ivy l'aidait à faire ses devoirs. Il dînait avec nous et dormait ici quand mon gendre travaillait tard. »

Je remarque qu'il emploie le mot « gendre » pour parler de Simon Goodman, alors que Melissa et lui avaient divorcé et qu'elle s'était remariée. Je suis sur le point de lui demander quel âge a Callum aujourd'hui, mais je me souviens qu'il avait treize ans à l'époque du procès. J'effectue un rapide calcul dans ma tête. Dix-huit ans.

« Que fait-il maintenant ? »

Avant que George réponde à ma question, la porte d'entrée claque et une voix de femme nous parvient. Tout d'abord, je crois qu'elle est avec quelqu'un, mais très vite, je comprends qu'elle s'adresse à son mari, du vestibule. Une femme grassouillette entre dans le salon en se dandinant, tout en se débarrassant d'une écharpe ridiculement longue enroulée plusieurs fois autour de son cou.

« Alors, j'ai exigé de voir le directeur ! poursuit-elle sans un regard dans notre direction. Quelle vulgarité ! J'ai bien besoin d'une tasse de… »

Elle interrompt sa diatribe en me voyant. Son mari se lève d'un bond pour l'aider à ôter sa veste. Je me dresse à mon tour et marche vers elle en me présentant, main tendue. Elle l'ignore.

« Un journaliste ? On ne parle pas aux reporters. »

De près, je découvre que l'épaisse couche de maquillage ne parvient pas à masquer totalement les rides profondes qui sillonnent son visage. Grâce aux photos que je viens de voir, je sais qu'elle était séduisante autrefois, mais seuls ses yeux ont gardé la trace de cette beauté. Elle a les mêmes yeux saisissants que sa fille.

« Il travaille pour *The Redcliffe Gazette* », plaide George.

J'en déduis qu'ils doivent lire *The Rag*.

« J'ai appris que votre fille avait déposé une demande de révision, madame Moore, dis-je. Ma rédactrice en chef m'a chargé de couvrir ce sujet et je veux être sûr de ne pas déformer les faits.

– La prochaine fois, peut-être que vous pourrez téléphoner, au lieu de venir frapper à notre porte, répond Mme Moore. George, je vais faire du thé pendant que tu raccompagnes notre visiteur. »

Elle ôte ses chaussures avec ses pieds, se baisse pour les ramasser et nous tourne le dos pour quitter la pièce.

« Je suis désolé, dis-je à M. Moore, lorsque nous nous retrouvons dehors.

– Ne faites pas attention à Ivy. Elle déteste la presse. Pendant des semaines, des journalistes et des photographes ont quasiment campé devant chez nous. Un véritable cirque. On ne pouvait pas ouvrir la porte sans qu'ils nous bombardent de questions et braquent leurs appareils photo sous notre nez.

– Vous m'en voyez navré, monsieur Moore. »

Un curieux mélange de honte et de culpabilité me submerge en songeant que ce couple a été traqué par des individus qui exercent la même profession que moi.

« Les médias ont condamné Melissa dès le départ, ajoute-t-il. Comment prouver qu'elle était innocente, alors que tout le monde la jugeait déjà coupable ? »

Avant que je m'éloigne, il me retient par le bras. Je me retourne. Il plisse le front et ses épais sourcils se rejoignent.

« Elle n'a tué personne, vous savez. Ma fille est incapable de faire du mal à quiconque. »

Il parle fort, afin de dominer l'émotion, je suppose. Et j'espère pour lui que sa femme ne l'entend pas.

« Qui se trouvait dans la maison quand le bébé de Melissa est mort ? »

Ces mots ont jailli de ma bouche avant même que j'aie fini de formuler la question dans ma tête. Et je comprends mon erreur en voyant le visage de George s'assombrir.

« Quel bébé ? » demande-t-il tout bas, au moment où sa femme crie son nom à l'intérieur de la maison, mettant fin à notre conversation.

CHAPITRE 4

Melissa

Avril 2012

Je ne voulais pas organiser ce dîner au départ, mais Michael avait insisté. Il était grand temps qu'on invite nos amis, disait-il. Et puis, ce n'étaient que Rob et Jenny. Ils venaient avec leur fille, qui avait quelques mois de moins que Callum. La fille de Michael, Bella, serait présente elle aussi. Elle habitait le plus souvent possible chez sa mère (elle passait son bac cette année et apparemment, c'était plus calme là-bas pour réviser), mais à la très grande joie de Michael, elle avait décidé de lui rendre visite ce week-end. En comptant Clémentine, notre jeune fille au pair, nous serions donc huit, plus les jumelles.

Clémentine m'aida à préparer le repas. Cette fille était un don du ciel, me disais-je à l'époque, et j'espérais qu'elle prolongerait son séjour une fois son année terminée. Je m'apercevais que j'étais devenue totalement dépendante d'elle en simplement deux mois, et je ne savais pas ce que je ferais si elle partait. Elle faisait les courses, la cuisine et s'occupait des jumelles. Sa patience ne connaissait pas de limites et chaque pore de sa peau impeccable, d'une teinte olivâtre, exsudait la confiance en soi. Quoi que je lui demande, elle s'exécutait de bonne grâce. Et souvent, elle prenait l'initiative, anticipant ce dont j'avais besoin avant même que j'aie le temps de dresser mentalement une liste des choses à faire.

Clémentine avait même réussi à impressionner Michael, pourtant réticent, au départ, à ce qu'on engage une jeune fille au pair. Mais à partir du jour où mon mari, grand amateur autoproclamé de vin, avait découvert que les parents de Clémentine exerçaient le métier de viticulteurs dans la vallée du Rhône, c'était gagné. Ils avaient pris l'habitude, le soir, de deviser autour du vin et d'effectuer des dégustations, et depuis quelque temps, Michael emmenait Clémentine à ses cours d'œnologie bimensuels.

Quant à Callum, il était follement épris d'elle. Ses yeux jaillissaient quasiment de son visage boutonneux sur pattes chaque fois qu'elle entrait de manière décontractée dans la pièce, immanquablement suivie par un nuage de Coco Mademoiselle. Plus d'une fois, je l'avais entendu bafouiller devant elle les quelques mots de français qu'il apprenait à l'école et je l'avais vu rougir quand elle lui répondait dans sa langue maternelle qu'il ne comprenait pas. Je crois que cela amusait Clémentine.

Je ne lui trouvais qu'un seul défaut. Pour une raison quelconque, elle s'occupait toujours d'Ellie, me laissant le soin de m'occuper d'Amber. Je l'avais fait remarquer à Michael, qui m'avait répondu que les jumelles, âgées de quelques semaines seulement, se contrefichaient sans doute de savoir qui s'occupait d'elles, du moment que quelqu'un les nourrissait, les changeait et leur parlait. Parfois, je me demandais si j'aurais préféré que Clémentine s'occupe plus souvent d'Amber, sujette aux coliques et aux rhumes, alors que sa sœur, Ellie, était beaucoup plus calme. Mais je gardais cette pensée pour moi, envahie par un sentiment de culpabilité chaque fois qu'elle s'insinuait dans mon esprit.

J'essayais de me convaincre que ce serait chouette de revoir Jenny. En vérité, je ne débordais pas d'enthousiasme à l'idée de recevoir du monde. Malgré cela, j'avais consenti à de gros efforts pour paraître présentable. Dans l'après-midi, j'étais allée chez le coiffeur pour me faire une coupe dégradée et un balayage, et comme je ne rentrais toujours pas dans mes vêtements prégrossesse, j'avais acheté une nouvelle tenue chez Oasis, en optant pour des coloris sombres dans l'espoir de masquer mes bourrelets.

Si j'avais dépensé un peu d'argent en vue de ce dîner (beaucoup trop aux yeux de Michael), je n'y avais pas consacré beaucoup de temps, en revanche. Amber pleura pendant des heures et quand je parvins enfin à la coucher, j'étais en retard. Je me maquillai vite fait et j'étais en train d'enfiler ma robe quand on sonna à la porte. J'examinai le résultat dans le miroir de la chambre. Ce n'était pas parfait, mais pas catastrophique non plus. Ça ferait l'affaire.

Hélas, en voyant Jenny, le doute me submergea. Deux adjectifs me vinrent aussitôt à l'esprit : « svelte » et « racée ». Par comparaison, je ne voyais que deux termes pour me décrire : « grosse » et « mal fagotée ». Du même âge que moi, Jenny donnait l'impression de ne pas avoir vieilli depuis que je la connaissais, alors que j'aurais dû vider un pot de fond de teint pour avoir une chance de masquer mes rides. Et bien que, normalement, on fasse la même taille, avec ses petits *kitten heels*, elle mesurait cinq centimètres de plus que moi, qui étais restée en pantoufles.

« Oh ! magnifique, ta coiffure », telles furent ses premières paroles quand j'ouvris la porte. Cette chère vieille Jen. Elle savait toujours trouver les bons mots.

En les voyant tous les trois – elle, Rob et leur fille Sophia – sur le seuil, j'éprouvai un pincement de jalousie en remarquant que Rob la tenait par la taille. Cela faisait plusieurs mois qu'il n'y avait pas eu la moindre marque d'affection sincère entre Michael et moi. Je me disais que les jumelles nous rapprocheraient un jour ; pour l'instant, ce bouleversement inattendu dans nos vies avait planté un coin entre nous.

Michael conduisit les invités dans le salon et servit l'apéritif. Je me sentais déjà détachée de tout ça, comme si j'observais la scène de l'extérieur. Je m'efforçais de rire aux bons moments, sans reconnaître mon rire. J'essayais d'entretenir la conversation, mais ça manquait de naturel : on aurait dit que j'assemblais tant bien que mal des phrases dans une langue étrangère.

À table, trois discussions, au moins, se chevauchaient et je ne parvenais à en suivre aucune. Le volume sonore du bavardage était monté d'un cran et les paroles se mélangeaient en un brouhaha assourdissant à l'intérieur de ma tête. Parfois, le silence se faisait et je m'apercevais que quelqu'un m'avait parlé, puis attendait ma réponse. J'avais l'impression d'avoir été poussée sur scène pour jouer un rôle, mais je loupais mes répliques et je n'avais pas appris mon texte.

Ayant décidé de ne pas allaiter (cela me semblait plus simple et je me sentais trop vieille pour assumer seule les tétées nocturnes), je pouvais boire un verre ou deux et je voulais en profiter. J'engloutissais le vin sans le savourer, malgré son prix, en espérant qu'il délierait ma langue ou me détendrait au moins. Quand tout le monde eut fini son hors-d'œuvre, je fus soulagée de pouvoir m'occuper en débarrassant les assiettes pour servir le plat principal.

Tout était forcé : ma contribution à la conversation et mon sourire qui fendait mon visage comme un rictus. J'étais une mystificatrice. Je jouais la comédie, je feignais de m'intéresser, sans avoir la moindre idée de ce qui se passait autour de moi. Au bout d'un moment, je ne pus continuer à faire semblant. Quand le babyphone crépita, je me levai d'un bond, sautant sur cette occasion pour m'échapper quelques minutes.

Hélas ! Clémentine me devança.

« C'est Ellie, dit-elle. Je vais la chercher.

– Elle est formidable, non ? » s'extasia Jenny.

Je lui étais si reconnaissante d'avoir trouvé Clémentine pour m'aider avec les jumelles, et Irena pour s'occuper du ménage que je me rassis, hochai la tête et laissai faire Clémentine. Je consultais le babyphone toutes les minutes, en suppliant Amber de se réveiller à son tour. Je montai le volume, inutilement : quand Amber avait faim, elle savait se faire entendre.

Le repas terminé, Bella chargea le lave-vaisselle pendant que Callum disparaissait dans sa chambre, accompagné de Sophia, pour jouer à la console. Accusant le vin, je fis un saut aux toilettes, puis me laissai tomber sur le canapé, à côté de Jenny.

Clémentine s'était assise dans un fauteuil, avec Ellie. Les yeux fixés sur le bébé, elle ne vit pas que je l'observais. Elle portait un top blanc échancré et une mini-jupe noire. Tout d'abord, j'avais pensé, méchamment, qu'il ne lui manquait plus qu'un petit tablier blanc pour jouer les soubrettes, et je m'apercevais à présent que j'étais jalouse de la manière dont sa tenue soulignait à la perfection son décolleté et ses jambes bien galbées.

Bella nous rejoignit dans le salon et se percha sur

l'accoudoir du fauteuil de Clémentine. Je regardai ma belle-fille caresser la tête blonde de sa demi-sœur. Bella n'avait qu'un an ou deux de moins que Clémentine et elles s'entendaient bien à l'époque.

Rob et Michael entretenaient une discussion animée sur un sujet quelconque, et soudain, un silence brutal s'installa, comme cela arrive parfois dans des soirées quand tout le monde se tait en même temps. Un silence brisé uniquement par les bruits d'Ellie, qui sifflait son biberon.

« On a le droit de boire, nous aussi ! » déclara Michael en débouchant une bouteille d'armagnac. Il me regarda en haussant les sourcils lorsque je réclamai un verre, mais il me servit sans faire de commentaire. Juste un fond, je suppose, car quand je repris mon verre une ou deux minutes plus tard, il était déjà vide.

Je me tournai vers Jenny et lui glissai à l'oreille, pour que Michael ne m'entende pas : « Tu as des clopes ?

– Évidemment. »

Elle se leva, prit son sac à main posé à ses pieds et le balança sur son épaule.

Jenny avait toujours sur elle un paquet de cigarettes en cas d'urgence et pour les soirées. Parfois, je l'accompagnais dehors et je fumais par procuration pendant qu'elle tirait sur sa clope, mais cela faisait bien longtemps que je n'avais pas eu envie de fumer. Le babyphone dans une main, la cigarette dans l'autre, je me détendis un peu, pour la première fois de la soirée.

Quand on retourna dans le salon, en empestant comme des cendriers, Rob nous adressa un clin d'œil, alors que Michael me foudroya du regard.

« Je vais aller voir Amber, dis-je. Ça ne lui ressemble pas de sauter un repas.

– Elle n'a pas pleuré depuis un moment, en effet,

dit Clémentine, avec un accent français plus prononcé qu'habituellement. Elle est toujours affamée. »

Elle tourna la tête et posa ses yeux marron foncé sur Michael, qui gloussa.

Bella proposa d'y aller à ma place et Jenny voulut m'accompagner, mais je déclinai leurs offres et traversai la pièce pour monter à l'étage.

J'empruntai le couloir sur des jambes légèrement flageolantes en me demandant si j'étais en état de tenir mon bébé dans les bras et en avalant de grandes bouffées d'air pour essayer de me remettre les idées en place. La porte de la chambre d'enfants était ouverte et je me figeai sur le seuil, dégrisée subitement, comme si quelqu'un m'avait lancé un seau d'eau glacée au visage.

Avant même d'entrer dans la chambre, je compris qu'il se passait une chose grave. Je ne l'ai jamais dit à la police, évidemment, ni à personne d'autre, d'ailleurs. Mais alors que je me tenais sur le seuil, la chambre me paraissait anormalement calme. J'avais beau tendre l'oreille, je n'entendais pas les légers grognements que produisait généralement Amber dans son sommeil.

Je ne me souviens pas de m'être approchée du lit à barreaux. Je ne me souviens pas d'avoir regardé mon bébé pour voir s'il était couché sur le ventre, s'il avait le visage violacé ou livide. J'ai effacé ces quelques secondes de ma mémoire et laissé à mon imagination le soin de combler les vides.

En revanche, je me souviens de m'être écroulée sur le sol. Je me souviens d'avoir entendu quelqu'un hurler. Je compris que c'était moi quand tout le monde se précipita dans la chambre. Bella, Jenny et Callum étaient agenouillés autour de moi. Callum était blême et je songeais qu'il avait peut-être plus besoin d'aide que moi. Bella l'obligea à s'asseoir. Elle aussi était blanche comme un linge.

Clémentine sortit Amber de son lit et la fourra dans les bras de Michael. J'avais envie de lui crier d'y aller doucement avec mon bébé, mais je m'abstins. Je savais que c'était inutile. Alors je me contentai de regarder Clémentine plaquer ses lèvres sur la bouche et le nez d'Amber, et appuyer sur son petit sternum avec deux doigts. Rob appela une ambulance avec son portable, mais j'entendis quelqu'un – Michael, je crois – dire que c'était inutile. Amber avait cessé de respirer depuis trop longtemps.

CHAPITRE 5

Jonathan

Avril 2018

« Elle n'a pas voulu me donner son nom », dit Kelly. Debout derrière elle, appuyé sur le dossier de sa chaise, je lis l'article par-dessus son épaule. « Je l'ai trouvée sur Pero's Bridge, à Harbourside, en train de faire la manche. »

Je viens de lire cette phrase, mot pour mot, sur l'écran de l'ordinateur portable de Kelly.

Je lis la suite à voix haute, essentiellement pour empêcher Kelly de faire des commentaires pendant ma lecture.

« J'ai été abusée sexuellement à la maison, par mon père. Quand j'ai foiré mes examens, j'ai commencé à me droguer. J'ai même volé de l'argent à ma mère pour payer mes doses. Bref, pour la faire courte, ma mère m'a flanquée dehors. Et je ne peux pas lui en vouloir. J'étais devenue une épave. Je pensais échapper à tout ça en partant de la maison, mais j'ai été violée plusieurs fois depuis que je vis dans la rue. »

« C'est affreusement triste », dis-je en regardant la photo de cette jeune femme d'une vingtaine d'années, prise par Kelly. Ses vêtements ont connu des jours meilleurs et ses cheveux noirs sont emmêlés ou tressés en dreadlocks. Difficile à dire.

« Elle a presque le même âge que moi », précise Kelly.

Elle a également interviewé une musicienne des rues, prénommée Rose.

« Elle jouait du violon dans le souterrain du Bearpit », explique-t-elle inutilement, car je viens de le lire. « Elle jouait tellement bien que je l'ai enregistrée. Vous voulez l'écouter ?

– Euh, plus tard, peut-être. Laissez-moi terminer…

– En ce moment, elle loge dans un foyer, pour ne pas dormir dans la rue. »

Kelly a capté Rose au moment où elle tient son archet au-dessus de son violon, le visage déformé par la concentration, plusieurs piercings dans le nez et les oreilles. Ses vêtements ternes – pantalon kaki, débardeur noir, mitaines noires et petit bonnet gris – contrastent avec les graffitis colorés sur le mur derrière elle.

« Alors, qu'est-ce que vous en pensez ? me demande Kelly lorsque je détache les yeux de l'écran.

– C'est excellent, dis-je en me rasseyant sur mon siège et en le faisant rouler vers le poste de travail de Kelly pour continuer à voir son écran. J'aime bien cette idée de reportage sur trois femmes – celle qu'on a vue à Cabot Circus et ces deux-là. Leurs histoires et leurs conditions de vie différentes, ça donne un article intéressant. » Kelly semble encouragée par ces remarques. « Il faut apporter quelques retouches ici et là, mais je peux vous aider si vous voulez. Tout d'abord, il faut supprimer ce gros titre. »

Cette fois, Kelly paraît dépitée.

« J'ai galéré pour le trouver.

– C'est mon point de vue, rien de plus, mais vous tenez un sujet fascinant et "Gimme Shelter"[1]… certes, c'est un jeu de mots astucieux…

1. Littéralement « Offre-moi un abri ». Allusion au morceau des Rolling Stones.

– Qu'est-ce que vous suggérez ?

– Pourquoi pas : DES FEMMES DORMENT DANS LA RUE, deux-points, Mendiantes et musiciennes de Bristol. »

Ma main glisse de gauche à droite pour symboliser le gros titre ; je réduis l'écart entre mon pouce et mes doigts pour représenter le sous-titre. Voyant Kelly réprimer un sourire, je coince mes mains sous mes cuisses.

« Allitération, dit-elle.

– Ça fait plus professionnel, plus info sérieuse. Par ailleurs, c'est formidable d'avoir recueilli les témoignages de ces femmes, mais peut-être que vous pourriez utiliser un peu plus votre voix de journaliste, au lieu de rapporter textuellement leurs propos. »

Kelly apporte des changements à son article à mesure que je poursuis mes suggestions.

« Vous devriez demander à Claire de le publier en ligne également, dis-je en conclusion. Ça vous permettrait d'ajouter la vidéo de Rose jouant du violon. »

Le visage de Kelly s'illumine.

Cet après-midi-là, une heure environ après le comité de rédaction, Claire me convoque dans son bureau.

« Eh bien, où en sommes-nous avec cette affaire Melissa Slade ? me demande-t-elle.

– Euh… j'ai interviewé les parents. » Je me sens rougir en revoyant l'image d'une Ivy Moore furieuse. Ses paroles résonnent dans ma tête. *On ne parle pas aux reporters*. « Il faut que je trouve le moyen d'approcher les autres membres de la famille pour me faire une idée plus précise.

– Vous devriez contacter son premier mari, Simon Goodman, dit Claire en coinçant une mèche inexistante derrière son oreille, celle qui ne sert pas de porte-crayon. Je suis certaine qu'il pourra apporter un éclairage intéressant sur les détails de cette demande de révision.

– Entendu.

– L'article de Kelly est formidable, au fait. Elle refuse de s'en attribuer le mérite. Elle veut que vous le co-signiez avec elle.

– Ne l'écoutez pas. C'est son travail. Je l'ai juste aidée à apporter quelques petites modifications.

– C'est très gentil de votre part.

– Ce sera tout ? »

Je sais bien que non. Je la vois battre des cils, signe qu'elle va me demander de faire une chose que je n'aurai pas envie de faire. Et en effet :

« J'aimerais que vous preniez Kelly sous votre aile, que vous lui serviez de mentor pendant quelque temps.

– J'ai corrigé son article. Je peux continuer sans problème.

– En fait, je pensais que vous pourriez la prendre avec vous…

– Kelly mène ses propres enquêtes, elle n'a pas besoin que je lui tienne la main. C'est une jeune femme très cultivée, vous savez. Très intelligente.

– … pendant que vous travaillez sur l'affaire Slade, poursuit Claire comme si je ne l'avais pas interrompue. Pour lui montrer comment on mène une bonne enquête journalistique.

– Ai-je le choix ? »

Déjà, au départ, je n'avais pas envie de m'occuper de l'affaire Slade, mais puisque je dois m'y coller, je préfère travailler seul.

Réponse de Claire :

« Non, pas vraiment. »

S'ensuit un silence durant lequel j'ouvre et ferme la

bouche comme un poisson rouge, à la recherche d'un argument valable. Claire ne m'en laisse pas le temps.

« Nous avons terminé. »

Je résiste à l'envie de jurer jusqu'à ce que je sois sorti de l'Aquarium, en prenant soin de fermer la porte derrière moi.

« Prenez votre manteau, Kelly », dis-je d'un ton sec, en passant à grands pas devant les postes de travail, en direction de l'escalier.

Elle me rejoint avant que je descende les deux volées de marches menant à la sortie.

« Où on va ?

– Rendre visite à un certain Simon Goodman. » En apercevant du coin de l'œil son expression, je prends conscience de l'agressivité de mes paroles, alors j'ajoute d'un ton plus doux : « Je vous ferai un topo en chemin. »

Je n'avais eu aucun mal à dénicher Simon Goodman. Il avait lancé une campagne pour réclamer la libération de son ex-femme en 2013, quand elle avait été condamnée pour meurtre. Depuis, il clamait qu'elle était innocente, sans relâche. Comme son adresse figurait sur le site « melissaslade.org.uk », je lui avais écrit pour savoir s'il accepterait de répondre à mes questions.

Kelly et moi parcourons à pied la courte distance qui nous sépare du Watershed Café et nous nous asseyons à une table au moment où Goodman arrive.

« Jonathan Hunt ? »

Je regardais par la vitre pour profiter de la vue sur Floating Harbour, m'attendant à voir arriver un homme en uniforme, c'est donc Goodman qui me repère le premier. Il me serre la main et me jauge de ses yeux bleus plissés tandis que je lui présente ma nouvelle protégée.

« Je n'ai pas beaucoup de temps », annonce-t-il.

Kelly y voit un signal : elle se lève pour aller chercher les cafés, me laissant le soin d'entamer la discussion.

« Ça vous ennuie si je prends des notes ?

– Non… En fait, j'aimerais mieux pas. »

Il s'assied sur la chaise d'en face. Je lui donne au moins dix ans de plus que moi ; il frise la cinquantaine, mais il la porte bien. Il a d'épais cheveux bruns, qui ne présentent aucun signe de calvitie ou de grisonnement, une barbe de deux jours, soignée et un long nez droit.

Goodman est affecté au poste de police central de Bristol, dans Broadmead, c'est pourquoi il a choisi le Watershed Café, à équidistance de son lieu de travail et du mien.

« Superintendant Goodman…

– Simon.

– Simon… »

Si cette inversion des rôles (après tout, c'est lui qui pose les questions habituellement) le met mal à l'aise, il n'en laisse rien paraître. Il déboutonne son col de chemise, forme une pyramide avec ses mains et attend. Je parie qu'il est doué pour les interrogatoires, alors que je suis venu sans avoir rien préparé, comme toujours. Je décide de commencer par vérifier quelques faits.

« Melissa et vous étiez collègues. C'est ainsi que vous vous êtes rencontrés ?

– Oui. En 1995. On travaillait tous les deux au poste de Bridewell. Un véritable coup de foudre. J'étais obsédé par mon boulot et quand j'ai épousé Melissa, j'ai commis l'erreur de ne jamais décrocher. On enquêtait souvent sur les mêmes affaires. Du coup, on continuait à bosser le soir à la maison. Je ne lui accordais pas suffisamment d'attention. »

Il s'interrompt. Surpris par la franchise de son témoignage sur la nature et l'échec de son mariage, je ne sais pas quoi dire. Je cherche une autre question à poser. Fort heureusement, il vient à mon secours.

« Comme vous l'imaginez, Melissa, ex-officier de police, a vécu un enfer en prison avec les autres détenues. »

Je pense que c'est surtout son statut de tueuse de bébés qui en a fait une cible, mais je garde cette réflexion pour moi.

« C'était une bonne policière ? »

Le rictus de Simon ressemble à une marque de désapprobation. Manifestement, il n'est pas impressionné par mes talents d'intervieweur.

« Oui. Très bonne.

– Vous avez eu un enfant ensemble, je crois ?

– Un fils : Callum. Il étudie à l'université à présent, mais il rentre chaque semaine et il participe à la campagne. Avant que vous posiez la question, Melissa était également une excellente mère. »

Son agacement est palpable.

« Désolé. »

Simon laisse échapper un long soupir.

« Non, c'est moi. Melissa a été calomniée lors de son arrestation. Tout le monde l'a jugée coupable bien avant son procès. J'espère que les médias seront plus bienveillants avec nous cette fois-ci. J'ai lu certains de vos articles sur cette affaire, en ligne, et je sais que vous essayez de rapporter les faits de manière objective. »

Je grimace, car le gros titre d'un de mes articles me saute au visage, SLADE : LA TUEUSE DE BÉBÉS. Et celui-ci : DE FLIC À MEURTRIÈRE. Ces titres n'étaient pas de moi. J'ai oublié ceux que j'avais choisis, changés par le prédécesseur de Claire, qui ne les trouvait pas assez percutants. Heureusement, il avait conservé le ton impartial de mes articles.

« Je ferai de mon mieux pour m'en tenir aux faits. Comme je vous l'ai expliqué dans mon mail, on m'a chargé d'écrire un papier sur la demande de révision déposée par Melissa, mais je ne connais pas très bien les tenants et aboutissants de cette affaire. »

J'ai besoin de réviser un peu ce dossier, même si c'est moi qui ai couvert ce procès. J'aurais dû le faire avant mon rendez-vous avec Goodman. Je devrais me procurer les comptes-rendus d'audience, mais j'avoue que je n'ai aucune envie de m'y plonger.

« Comme vous le savez certainement, sa condamnation a été confirmée lors du premier appel, il y a quatre ans, dit le superintendant en caressant sa barbe naissante. Mais depuis, nous avons découvert de nouveaux éléments et nous avons déposé une demande auprès de la commission de révision des affaires criminelles. Et nous avons bon espoir d'obtenir un nouvel appel. »

Kelly revient avec des tasses sur un plateau. J'attends qu'elle s'asseye et que nous ayons bu une gorgée de café pour demander :

« Puis-je savoir quelles sont ces nouvelles preuves ?

– Les jumelles dormaient sur des matelas contenant des retardateurs chimiques, contre les incendies. Or, des études ont prouvé que le syndrome de la MSN pouvait…

– La mort subite du nourrisson ? demanda Kelly.

– Oui. Des études indiquent qu'elle peut être provoquée par des gaz toxiques, générés par l'interaction entre ces produits chimiques et un certain type de moisissure fréquent dans les intérieurs. Un bébé qui dort sur le ventre, comme Amber, inhale une forte quantité d'émanations. Cependant, même un bébé qui dort sur le dos se trouve exposé de façon répétée à ces gaz potentiellement mortels.

– Ce n'est pas nouveau », dis-je. Je me souvenais

d'avoir lu un article sur ce sujet, quand Mel était enceinte de Noah. Elle était obsédée par la volonté de tout faire selon les règles. Nous nous étions renseignés sur le syndrome de la mort subite du nourrisson et nous avions acheté un matelas protégé par une couverture spéciale. Par ailleurs, Mel m'avait obligé à arrêter de fumer. « Nul doute que les matelas contenant ces produits chimiques sont interdits aujourd'hui ?

– Ce n'est pas nouveau, vous avez raison. Et en effet, ces produits chimiques sont interdits maintenant. Enfin. Mais l'ex-mari de Melissa…

– Ex-mari ?

– Oui. Même si ce n'était pas encore le cas à l'époque. Depuis, elle a divorcé.

– Oui, bien sûr, dis-je en hochant la tête d'un air entendu, alors que je viens de l'apprendre.

– Bref, comme je vous le disais, son second mari était un peu radin sur les bords, de l'avis général. » Une grimace de dégoût balaie son visage, vite masquée. « Pour faire une surprise à Melissa, il a décoré la chambre des enfants. Il a acheté des matelas tout neufs, qui n'étaient pas conformes à la législation britannique. Michael affirme qu'il ne se souvient plus où il les avait trouvés.

– Vous êtes en train de dire que les matelas n'ont pas été analysés à l'époque ?

– Seulement quand Melissa a été arrêtée. On a découvert de la phosphine, de l'arsine et de la stibine dans l'air, en suspension au-dessus des matelas. »

Je l'interromps et lui demande de m'épeler les noms de ces trois gaz. Il attend que je les note et ajoute :

« Malheureusement, les éléments à charge présentés au cours du procès étaient plus convaincants.

– Dans ce cas, je ne comprends pas, dis-je. Sur quoi

repose cette seconde demande de révision ? Quelles sont ces nouvelles preuves ? »

Simon inspire profondément.

« L'autopsie d'Ellie a fait apparaître une forte quantité d'antimoine dans le foie et les tissus, provenant du retardateur chimique du matelas. C'est récemment que nous avons pu mettre la main sur le rapport toxicologique. Cette information n'a jamais été transmise aux avocats de Melissa. Pourtant, comme vous vous en doutez, cela pourrait être considéré comme une preuve disculpatoire.

– Voyons si j'ai bien compris. Un nouvel élément accrédite la thèse de la mort subite du nourrisson, mais il s'agit en réalité d'un élément ancien qui a été caché. C'est ce que vous êtes en train de dire ?

– En gros, oui. » Simon vide sa tasse d'un trait, tout en jetant un coup d'œil à sa montre. « Désolé, il faut que je parte. » En se levant, il ajoute : « Vous pouvez toujours m'envoyer un mail si vous avez d'autres questions. »

Après le départ de Simon Goodman, je me penche au-dessus de mon carnet, prétendument pour prendre des notes, mais en réalité, pour rassembler mes pensées. Cette discussion m'a mis mal à l'aise. L'affaire Melissa Slade réveille en moi des souvenirs que je préfère oublier. Je ne veux pas lier son passé au mien. Je regrette d'avoir laissé Claire me forcer la main.

Je repose mon stylo et lève la tête. Voyant le front plissé de Kelly, je comprends que tout cela est très technique. Pas étonnant qu'elle soit larguée.

« C'était compliqué, hein ? »

Je regrette immédiatement cette question qui a un petit aspect condescendant.

« Non, dit-elle. J'ai suivi tout ce qu'il a dit sur la mort

subite du nourrisson, les gaz toxiques et la découverte de cette nouvelle preuve. Ce n'est pas ça, le problème.

– C'est quoi, alors ?

– Il a dit qu'Amber dormait sur le ventre et… »

Elle s'interrompt, plongée dans ses réflexions.

« Oui, dis-je. Et je ne sais pas pourquoi. Normalement, on fait dormir les bébés sur le dos. »

Kelly secoue la tête.

« Non, ce n'est pas ça. D'après le superintendant Goodman, Amber a inhalé directement les émanations toxiques. Mais ensuite, il a évoqué l'autopsie d'Ellie. Et il a parlé de jumelles. Il a confondu les deux noms ?

– Non. »

Je m'aperçois que je suis responsable de la confusion de Kelly. Je ne lui ai livré qu'une partie des faits.

« Alors, laquelle des deux est morte ?

– Je vais recommencer depuis le début. Et cette fois, je vous raconterai toute l'histoire. »

CHAPITRE 6

Melissa

Avril-juillet 2012

Quand un bébé meurt de manière inattendue, cela donne toujours lieu à une enquête approfondie. La police interrogea toutes les personnes présentes dans la maison au moment du décès d'Amber. J'avais déjà vu l'officier qui me questionna, mais je dus attendre qu'il se présente pour connaître son nom : inspecteur-chef Patrick Carter. Grand, maigre et roux, il se montra compatissant et bien intentionné envers Michael et moi. Une jeune enquêtrice prit des notes durant l'interrogatoire.

La police s'était déplacée à notre domicile et j'avais pris place dans notre canapé, pourtant, c'était déstabilisant de devoir répondre aux questions, au lieu d'être la personne qui les posait. Et les questions ne manquaient pas. Avais-je eu une grossesse facile ? Y avait-il eu des complications lors de l'accouchement ? Les jumelles étaient-elles prématurées ? Quel âge avait Amber ? Était-elle en bonne santé ? Pourquoi dormait-elle sur le ventre ? Lui avais-je donné des médicaments, pour l'aider à dormir, par exemple ? Pouvais-je décrire ma relation avec mon fils, bébé ? Comment qualifierais-je mes rapports avec lui à présent ? Étais-je en bons termes avec ma belle-fille ? Comment se passait mon mariage avec Michael ?

En dépit des sanglots qui ponctuaient mes phrases, j'essayais de fournir des réponses exhaustives et cohérentes. La grossesse s'était passée sans heurt, même si j'attendais des jumelles à trente-neuf ans. J'avais accouché sans problème trois semaines avant terme. Amber avait douze semaines et deux jours quand elle était morte. Durant sa courte vie, elle avait eu de nombreux rhumes et elle souffrait de coliques. J'avais pris l'habitude de l'allonger sur le ventre, car cette position semblait soulager ses douleurs abdominales. Je lui donnais parfois du Calpol, mais rien d'autre. Callum et moi avons toujours été proches l'un de l'autre. Et je m'entends bien avec Bella et Michael.

Je me posais des questions, moi aussi. Du matin au soir. Aurais-je dû essayer de ranimer Amber dès que j'avais vu qu'elle ne respirait plus ? Que s'était-il passé au juste ? Et surtout : pourquoi moi ? Sans trouver la moindre réponse.

Une semaine plus tard, le bureau du coroner appela. Le Dr Holly Lovell, le médecin légiste qui avait effectué l'autopsie d'Amber avait conclu à une mort subite due à des causes naturelles. Il n'y aurait donc pas d'enquête. La femme au téléphone fit preuve de compassion, elle tenait à me rassurer en affirmant que Michael et moi n'aurions rien pu faire pour sauver Amber.

Les jours qui suivirent, j'essayai de demeurer active, je devais organiser les obsèques d'Amber. Michael et moi avions opté pour une cérémonie en petit comité, suivie d'une crémation. Par ailleurs, j'avais recommencé à m'occuper d'Ellie, avec qui je passais le plus de temps possible. Elle devint ma thérapie. Je me mis à boire pour soulager la douleur, et si, au début, l'alcool me permit d'oublier le drame, cela devint vite un autre problème à gérer.

Clémentine pleurait tellement qu'on aurait pu croire qu'Amber était son bébé. Dans cet état, elle ne nous était d'aucune utilité, et maintenant que je m'occupais d'Ellie, nous n'avions plus besoin d'elle. Mais Michael estimait qu'il serait injuste de la renvoyer chez elle. Elle allait se ressaisir, affirmait-il, et elle me tiendrait compagnie. En vérité, elle passait le plus clair de son temps à traîner dans mes pattes, la mine défaite, et je me demandais si Michael ne comptait pas sur elle pour me surveiller.

Ma mère, qui s'était excusée pour son rôle dans la dispute qui avait éclaté entre nous en janvier, me téléphonait chaque jour, et je lui en étais reconnaissante. Callum se plongea corps et âme dans ses études, sans que j'aie besoin de lui demander s'il avait fait ses devoirs, et chaque soir, il préparait le dîner, même si personne n'avait d'appétit. Bella aurait voulu retourner chez sa mère, mais Michael lui expliqua qu'elle devait faire corps avec nous dans de telles circonstances. Je pense qu'il avait besoin d'elle, de la même manière que j'avais besoin de Callum.

J'allais voir Ellie toutes les dix minutes quand elle dormait dans la journée et la nuit, je me relevais plusieurs fois. Ou bien je restais dans sa chambre, assise dans le rocking-chair, à regarder sa petite poitrine se soulever et retomber.

« Amber ne souffrait d'aucun problème génétique, me dit Michael au bout d'une semaine. Et Ellie a toujours été un bébé plus robuste. Tu n'as aucune raison de t'inquiéter. »

Jenny, qui m'avait apporté tout son soutien après le décès d'Amber, partageait le point de vue de Michael.

« Tu es parano, me dit-elle, et c'est parfaitement compréhensible. Mais ce qu'on dit est vrai : la foudre ne frappe jamais deux fois au même endroit. Ne l'oublie pas. »

Jenny savait toujours trouver les mots justes. En l'occurrence, elle se trompait.

Au début, je ne paniquais pas. J'avais l'impression

de rêver. Un soir, un mois environ après les obsèques d'Amber, en entrant dans la chambre d'enfants, je trouvai mon bébé inanimé dans son lit à barreaux. Certains objets n'étaient pas à leur place, me semblait-il, comme si le désordre régnait dans la pièce, mais je ne compris pas immédiatement pourquoi. Dans un état second, je redressai le tapis au pied du lit, je pliai la couverture en laine moelleuse, ramassai le coussin et les posai sur le rocking-chair, à leur place. Après quoi, je regardai autour de moi, en essayant de comprendre ce qui clochait. Sans que mon cœur s'emballe. Jusqu'à ce que je remarque les cheveux blonds. Je compris alors que je n'évoluais pas dans un cauchemar. C'était Ellie, pas Amber.

Galvanisée par cette constatation, semblable à une ampoule électrique qui explose douloureusement dans ma tête, je passai à l'action. Son corps était encore chaud, il restait donc une chance. Je sortis Ellie de son lit et hurlai pour alerter Michael, qui ne réagit pas.

J'allongeai mon bébé sur le sol et m'agenouillai à côté d'elle. Je tentai de la ranimer. La vision de Clémentine essayant en vain de ressusciter Amber s'engouffra dans mon esprit, mais je l'ignorai. Le souvenir de mes cours de secourisme ressurgit et j'exécutai les gestes qu'on m'avait appris, par automatisme, pendant que j'appelais les secours avec mon portable. Je mis le haut-parleur et posai le téléphone sur le sol, à côté de ma fille, en essayant toujours de faire repartir son petit cœur. Les secours prirent le relais en arrivant. Mais eux non plus ne parvinrent pas à ramener mon bébé à la vie.

Avec Ellie, ce ne fut pas du tout comme la première fois. Aucune parole de réconfort ou de compassion de la part de la femme du bureau du coroner ; aucune marque d'affection ou de soutien de la part de nos amis les plus proches, qui semblaient soupçonner bien avant nous qu'il se passait quelque chose d'anormal. J'appelai Simon, mon ex-mari, pour lui demander s'il avait entendu des rumeurs au travail, mais il demeura évasif dans ses réponses. S'il savait quelque chose, il ne me le dirait pas.

Une enquête fut ouverte. Michael et moi fûmes interrogés séparément. Au poste cette fois, par mes propres collègues. Alors qu'on me conduisait dans la salle d'interrogatoire, je croisai Patrick Carter. C'était lui qui était venu à la maison après le décès d'Amber ; il m'avait interrogée gentiment, en employant des termes compatissants. Cette fois, il ne me salua même pas. Son visage et son cou s'empourprèrent quand il me vit et il tourna la tête. Simon demeura invisible.

Je connaissais toutes les techniques policières et je savais que la salle d'interrogatoire était conçue pour me mettre mal à l'aise. Je reconnus les tactiques de manipulation, le numéro du gentil et du méchant flic, les tentatives pour me monter contre Michael. Je savais également que s'ils pouvaient déchiffrer mon langage corporel et voir que je disais la vérité, tout irait bien, aussi prenais-je soin de masquer la culpabilité que je ressentais au fond de moi. Je suivis à la lettre les conseils de mon avocat. Heureusement, mes collègues semblaient aussi mal à l'aise que moi et ça ne dura pas longtemps. Ensuite, la police interrogea Bella et Callum. Je leur avais pourtant dit qu'ils n'étaient pas à la maison le soir du drame. Il n'y avait personne, à part moi.

Et puis, un matin, très tôt, trois semaines environ après que j'avais découvert Ellie morte dans son lit, ils vinrent me chercher. J'étais encore en pyjama et Michael prenait sa douche. Six officiers répartis dans deux voitures. J'en connaissais quatre personnellement. Par courtoisie, peut-être, il y avait parmi eux un agent du même grade que moi, l'inspecteur Nicholas Baker. Tout cela ne pouvait signifier qu'une seule chose.

Je les laissai entrer et leur offris même un thé, qu'ils refusèrent. Pour tromper ma nervosité, j'essayai d'engager la conversation en parlant de la pluie et du beau temps, mais ils ne répondirent pas. Perchés au bord des fauteuils et du canapé, visiblement gênés, ils fuyaient mon regard. Nous attendions que Michael finisse de s'habiller.

Quand il entra dans le salon, il vint s'asseoir à côté de moi et me prit la main. Prise de vertiges, je ne captais que des bribes des propos de l'inspecteur Baker. Incohérences… causes non naturelles… mort suspecte… homicide…

Au bout d'un moment, Michael lâcha ma main et posa sur moi un regard chargé de haine. Pas une fois il n'avait douté de mon innocence. Pas une seule fois. C'est plus tard seulement – au tribunal – que je compris qu'il était sans doute trop accaparé par son propre sentiment de culpabilité. L'expression de mon mari à cet instant m'ébranla davantage que les paroles de l'inspecteur chef. Michael était assis à côté de moi, pourtant, il commençait à prendre ses distances. Je me retrouvais seule. J'étais seule depuis très longtemps.

Baker m'informa de mes droits. Vous n'êtes pas obligée de parler… tout ce que vous direz… Des formules que j'avais prononcées d'innombrables fois, sans imaginer qu'un jour, elles s'adresseraient à moi.

Alors qu'on m'emmenait, je me souviens d'avoir jeté un coup d'œil par-dessus mon épaule, vers la maison. Cette maison où j'avais vécu avec mon mari et mon fils, la maison dans laquelle mes filles étaient mortes. Mon monde était déjà ébranlé. À cet instant, il s'écroula. Je n'étais pas sûre qu'il se redresse un jour.

CHAPITRE 7

Jonathan

Mai 2018

Elle est en colère après moi. Elle n'a pas besoin de dire quoi que ce soit, je le devine à son silence au téléphone. Pas étonnant. J'ai attendu plus d'une semaine pour l'appeler après avoir annulé notre soirée au théâtre. Et je viens de lui donner l'impression que je lui téléphonais uniquement pour lui demander un service.

« Très bien, dit-elle finalement, à ma grande surprise. Où veux-tu qu'on se retrouve ? Chez toi ? »

Une pique sans doute délibérée de sa part, et je l'ai méritée. Je ne l'ai jamais invitée chez moi, pour des raisons évidentes. Je bafouille :

« Je… tu… mon… »

Elle ne dit rien. Pas question pour elle de me venir en aide. Je prends un stylo à bille dans le pot à crayons de mon poste de travail et le fais rouler entre mon pouce et mon index.

J'inspire à fond et me lance à nouveau :

« Holly, je n'ai pas encore parlé de toi à Noah et à Alfie. Mais ça va venir. J'ai juste besoin d'un peu plus de temps.

– Pas de problème », répond-elle, mais son ton contredit ses paroles.

Je suis injuste avec elle. Il faut vraiment que je mette fin à cette situation. Très vite.

« Il y a un bon restaurant français qui vient d'ouvrir dans Chandos Road. Apparemment, ils servent des steaks délicieux.

– Ce serait chouette de manger dehors pour une fois. » Cette phrase innocente en apparence me rappelle que Holly cuisine généralement pour nous deux, à son domicile, et je grimace, car cela me rappelle… « N'oublie pas que je suis végétarienne, ajoute-t-elle.

– Entendu, dis-je en gribouillant au dos d'une invitation sur mon bureau. Je consulte le menu et je te rappelle.

– Tu comptes me le demander pendant le dîner ? »

Cette question me fait dresser l'oreille, car pendant une fraction de seconde, je me dis que Holly attend une demande en mariage. Puis je perçois la note d'humour dans sa voix.

« Te demander quoi ?

– Tu as dit que tu m'appelais pour m'inviter et me demander un service.

– Ah ! » À l'entendre, je pourrais passer pour un parfait salopard, pourtant, ce n'est pas ainsi que j'ai présenté les choses. « Non, non. Je peux te le demander maintenant, si tu as une minute.

– Je suis tout ouïe.

– Serais-tu au boulot, par hasard ?

– Oui. Pourquoi ?

– Je me disais que tu pourrais peut-être dénicher un vieux rapport.

– Un rapport d'autopsie ?

– Oui.

– Ça dépend. Ça date de quand ? L'autopsie a été réalisée ici ? Tu peux me donner le nom de la personne décédée ?

– Oui, l'autopsie a été réalisée en 2012, par ton service. La personne décédée se nomme Ellie Slade. Le bébé Slade, ça te dit quelque chose ? » Nouveau silence. Plus long. « Holly ? Tu es toujours là ?

– Oui, je suis toujours là. J'essayerai de te trouver le dossier Ellie. Ça ne devrait pas être trop compliqué. En tout cas, je peux te montrer celui du décès d'Amber, si ça peut t'aider. Elle est morte quelques semaines avant sa jumelle.

– Oui, je sais. Mais la mort d'Amber n'était pas…

– Je suis au courant. C'est moi qui ai autopsié Amber. »

Je reste bouche bée. Je n'avais pas pensé que Holly pouvait être la légiste qui avait rédigé le rapport. Nous nous étions rencontrés longtemps après le procès de Melissa et nous n'avions jamais abordé ce sujet. Je me demande pourquoi elle a réalisé l'autopsie d'Amber, mais pas celle d'Ellie.

Holly promet de faire des recherches et après avoir raccroché, je google le restaurant sur mon ordinateur. Merde ! La carte n'a pas l'air très *veggie friendly.* Alors, j'opte pour un restau thaï de Clifton. Holly habitant dans la banlieue de Cotham, Clifton sera aussi pratique pour elle que Redland. Distrait par son implication dans l'affaire Slade, je mets plus de temps que nécessaire à effectuer la réservation en ligne. Puis j'envoie l'adresse du restaurant à Holly, par SMS. Mais quand j'appelle Nina pour lui demander de garder les enfants, elle me répond qu'elle n'est pas libre.

« Mon cul ! » je grommelle en coupant la communication.

« Ils ont quel âge ? »

La question de Kelly me fait sursauter. Je n'avais pas remarqué qu'elle écoutait ma conversation.

« Qui ça ? Mes fils ? » Je fais pivoter mon siège pour être face à elle. « Noah a douze ans et Alfie neuf.

– Mon offre tient toujours.

– Quelle offre ?

– Je ferai la baby-sitter si vous voulez. »

Kelly me regarde avec le plus grand sérieux.

Je ne sais pas trop à qui d'autre je pourrais m'adresser. Néanmoins, j'hésite. Peut-être parce que je n'ai jamais aimé mélanger ma vie privée et ma vie professionnelle. Ou peut-être parce qu'elle a employé le mot « baby-sitter », qui déplairait fortement à mes fils. Ou bien parce que j'ai des doutes sur ses capacités ?

« Cet argent serait le bienvenu », ajoute Kelly.

Je suis sur le point de lui demander si elle possède une quelconque expérience dans le domaine de la garde d'enfants, mais je me retiens.

« Merci, Kelly. Ce serait formidable, si vous êtes certaine que ça ne vous dérange pas.

– Non, absolument pas. Holly… c'est votre femme ?

– Euh, non, ce n'est pas ma femme… » Je remarque que Kelly a les yeux fixés sur mon alliance. Elle ne sait pas et n'a pas besoin de savoir. « C'est juste une amie. Tenez, autant que vous en profitiez. »

Je lui tends l'invitation au dos de laquelle j'ai gribouillé.

« C'est quoi ?

– Une invitation pour deux personnes dans un restau français chic, qui vient d'ouvrir dans le quartier de Redland. Vous n'êtes pas végétarienne, j'espère ? »

Je m'aperçois que je ne lui ai pas posé la question l'autre jour avant de lui offrir un sandwich au bacon.

« Oh que non. J'adore la viande.

– Il y a quelqu'un que vous aimeriez inviter à dîner ?

– Je suis célibataire en ce moment.

– Oh. Vous n'avez pas des frères ou des sœurs ? Ou alors, vous pourriez proposer à une amie ? »

Le visage de Kelly s'assombrit et je me demande si je l'ai contrariée sans le vouloir.

« Ma sœur… » Elle n'achève pas sa phrase. Et elle retrouve son sourire, qui me paraît un peu forcé toutefois. « Ma mère raffole des steaks saignants. Je vais l'inviter. Je dois pondre une critique en échange ?

– Exact.

– OK. Merci pour le cadeau ! »

Elle agite l'invitation devant moi en m'adressant un clin d'œil complice.

Je passe le restant de l'après-midi à actualiser des articles en cours, à passer quelques coups de téléphone, à relire le papier de Kelly pour la prochaine édition papier et à mettre au propre mes notes sur Melissa Slade.

Et pendant tout ce temps, Holly occupe mes pensées. Holly est sexy, intelligente et drôle. Elle est parfaite pour moi. Elle est parfaite, un point c'est tout. J'ai fait sa connaissance sur un site de rencontres, et au début de notre relation, j'étais un peu mal à l'aise en pensant que ses mains posées sur moi avaient manipulé des cadavres toute la journée. Mais Holly m'a fait rire, elle m'a aidé à redevenir moi-même. Pourtant, un an et demi après, je continue à freiner des quatre fers.

Elle est attentionnée et patiente, elle aime les enfants, même si elle n'en a pas, et je sais qu'elle ferait une formidable belle-mère. En revanche, je ne suis pas sûr que mes fils soient prêts. Récemment encore, Alfie se glissait dans mon lit au beau milieu de la nuit et Noah commence seulement à revenir à la maison avec de bonnes notes. Après la mort de Mel, j'étais dévasté et les enfants, en plus de souffrir de la disparition de leur mère, avaient dû subir un père trop occupé à se morfondre pour s'occuper d'eux. Nous reprenons pied peu à peu. Et je crains, en introduisant Holly dans l'équation, de chambouler cet équilibre précaire. Je ne veux pas que mes garçons croient que je cherche à remplacer leur mère.

L'arrivée d'un message instantané de Claire chasse Holly de mes pensées. Je me lève et me dirige vers l'Aquarium.

« Alors, où en êtes-vous avec Melissa Slade ? » demande Claire, sans préambule, à peine ai-je refermé la porte vitrée et inhalé l'odeur de tabac froid.

Je songe à l'étrange façon dont elle a formulé sa question. J'éprouve de l'aversion pour Melissa Slade, bien que je ne l'aie jamais rencontrée. Compte tenu de ce qui m'est arrivé, peut-être que je devrais me sentir proche d'elle. Nous avons un point commun, mais il semble provenir de deux expériences totalement différentes. J'espère ne jamais rencontrer cette femme. Je crois que je ne m'entendrais pas avec elle.

« Je n'ai pas beaucoup avancé par rapport à l'autre jour. J'ai parlé à Simon Goodman, son premier mari. Ce pourrait être un contact utile, je pense, tant que nous nous en tenons aux faits et que nous ne présentons pas son ex-femme sous les traits d'un monstre. »

Je lui résume ma brève conversation avec le superintendant.

« C'est un peu mince pour le moment, dit Claire. On va garder ça sous le coude en attendant que vous ayez interrogé d'autres membres de la famille. Et le mari ?

– Vous parlez de Michael Slade ? C'est son ex-mari désormais. Il est le prochain sur ma liste.

– Très bien. Essayez de trouver une info que n'aura pas le *Post*. Il y a quelque chose derrière cette histoire, je le sens. Je ne veux pas qu'ils sortent un scoop avant nous. Il faut faire vite. Tenez-moi informée !

– Évidemment.

– Ce sera tout. »

De retour à mon poste de travail, j'essaye de dénicher l'adresse de Michael Slade. Comme d'habitude, je consulte tout d'abord le site de People Finder, puis Facebook, Twitter et Instagram. Rien. Il y a plusieurs Michael Slade, mais aucun n'est le bon. À croire qu'il a disparu sous terre après le procès de Melissa. Son nom n'apparaît presque plus, même à l'époque du premier appel.

À court d'idées, j'adresse un bref mail à Simon Goodman, certain qu'il sait où vit Slade. Il me répond une heure plus tard pour me demander de l'appeler, en me donnant des créneaux horaires au cours des deux prochains jours. Je pousse un soupir de frustration et d'incompréhension : pourquoi ne répond-il pas à ma question par mail ?

Le restant de l'après-midi passe à toute vitesse, car j'ai une montagne de choses à faire. C'est un paradoxe : notre édition numérique n'a jamais attiré aussi peu de lecteurs et je n'ai jamais eu autant de travail. Internet et les nouvelles technologies ont révolutionné le journalisme et je suis obligé d'actualiser en permanence les articles que j'ai postés en ligne, à mesure que la situation évolue. Les lecteurs veulent suivre ce qui se passe en temps réel. Maintenant que monsieur Tout-le-Monde tweete les événements dont il est témoin et charge ses vidéos sur les sites d'info, les journalistes sont obligés d'offrir une vision et une analyse d'ensemble. C'est un métier que vous rapportez, le soir, à la maison. Dans un monde connecté, vous ne pouvez jamais débrancher. J'ai hâte de sortir ce soir pour échapper un peu à tout ça pendant quelques heures.

En dépit des embouteillages, lorsque je raccompagne Kelly après la journée de travail, j'arrive un peu avant Holly au restaurant. Quand elle entre, ses cheveux bruns reposent magnifiquement sur ses épaules fines, malgré les bourrasques qui soufflent à l'extérieur. Et sa robe colorée qui descend jusqu'aux genoux souligne sa silhouette parfaite.

Elle m'embrasse sur la joue et je lui avance sa chaise.

« Tiens, dit-elle en me tendant l'enveloppe A4 en papier kraft qu'elle tenait sous son bras. J'ai photocopié les rapports des deux autopsies des jumelles Slade. Je ne suis pas censée le faire…

– Ne t'inquiète pas. Je les utiliserai avec prudence. »

Je me rassieds et pose l'enveloppe sur la table. En essayant de ne pas la couver du regard. Je demande à Holly si elle va bien, comment s'est passée sa journée.

« C'est bon, tu peux l'ouvrir, dit-elle quand j'en viens à parler de la météo. Comme ça, si tu as besoin d'éclaircissements, je serai là. »

Alors, dès que nous avons passé commande, pendant que nous sirotons nos verres de vin, je sors les feuilles de l'enveloppe et commence par survoler le rapport concernant Amber. Mort subite du nourrisson. Causes naturelles.

« Infection des voies respiratoires inférieures et inflammation des membranes muqueuses du nez, lis-je à voix haute. En langage clair, ça veut dire quoi ? »

Holly consultait son téléphone en attendant que j'aie fini, elle lève les yeux.

« En gros, Amber avait attrapé un rhume. Elle dormait sur le ventre pour soulager les crises de colique et on a des traces d'asphyxie, ce qui suggère qu'elle aurait suffoqué dans son sommeil. Son nez bouché l'aura empêchée de respirer et je pense que, par-dessus le marché, elle avait le visage enfoui dans le matelas. »

Je hoche la tête. Cela confirme ce que je pensais. MSN. C'est également la raison pour laquelle je n'avais pas pensé à demander à Holly le rapport d'autopsie d'Amber.

« Je n'ai rien trouvé de suspect, poursuit Holly. Aucun indice ne suggérait des actes de maltraitance. Il n'y avait que de légers hématomes autour du nez et de la bouche, et une côte brisée, tout cela sans doute dû aux tentatives pour ranimer le bébé. Je ne voyais pas l'utilité de réclamer l'ouverture d'une enquête. »

Quelque chose dans les paroles et le ton de Holly me turlupine. Elle semble sur la défensive. Et soudain, ça me revient. J'ai presque envie de me taper le front avec le plat de la main. Pas plus tard que l'autre jour, j'ai survolé un article sur ce sujet, en ligne. Si le nom de Holly y était mentionné, cela m'a échappé. Devant le tribunal, le médecin légiste qui avait examiné le corps d'Amber s'en tenait à l'interprétation de ses observations. Je n'étais pas présent au tribunal ce jour-là, mais de l'avis général, elle avait maintenu contre vents et marées que le décès d'Amber était une tragédie imprévisible. Elle refusait de changer son verdict en dépit des pressions de l'accusation lors du contre-interrogatoire.

Holly range son portable dans son sac à main.

« Ça me revient maintenant, dis-je. Au cours du procès, ils ont tenté de prouver que Melissa Slade avait assassiné ses deux bébés.

– Oui. Elle était inculpée pour un double meurtre. Une chance pour elle, affirmait l'accusation, qu'Amber ait été incinérée et qu'on ne puisse pas exhumer son petit corps pour procéder à un nouvel examen. »

Je crois voir des larmes dans ses yeux, j'ignore pour quelle raison. Je presse sa main sous la table.

Pour lui laisser le temps de reprendre ses esprits, je

reporte mon attention sur le second rapport. Très différent du premier. *Légères hémorragies rétiniennes. Contusions. Présence de sang et de fibres dans les poumons. Deuxième côte droite facturée. Première côte gauche fracturée.* Le décès aurait été provoqué par une asphyxie pouvant être due à un étouffement et/ou à des secousses volontaires.

« Pourquoi tu n'as pas effectué l'autopsie d'Ellie ?

– Tout simplement parce que j'étais en vacances.

– Tu es d'accord avec les conclusions ?

– L'autopsie a été réalisée par mon collègue Roger Sparks. Le meilleur légiste avec lequel j'aie jamais travaillé. Une des personnes les plus méticuleuses que je connaisse. Ses conclusions ont été confirmées par d'autres experts de la cour, dont un éminent ophtalmologue et les meilleurs neurochirurgiens du pays. »

Elle n'a pas répondu à ma question, alors je la répète.

« En fait, c'est plutôt Roger qui n'était pas d'accord avec *mes* conclusions. Pour lui, les deux décès avaient été provoqués. Mais c'est moi qui avais examiné Amber, et j'étais certaine autant qu'on peut l'être, qu'elle était morte de cause naturelle.

– Et Sparks a réalisé l'autopsie d'Ellie, dis-je en réfléchissant à voix haute. Les contusions et les côtes brisées pourraient-elles avoir été provoquées par les tentatives pour la ranimer ?

– C'était la grande question au cours du procès. Peu probable, selon moi. »

Holly n'en dit pas plus.

« Donc, on a une malheureuse mort naturelle et un meurtre. »

Les détails du procès affluent dans ma mémoire à présent.

« Oui, semble-t-il.

– C'est également le verdict du jury. Melissa était accusée de deux meurtres, elle a été condamnée pour un seul.

– Ça ne tient pas debout.

– Je suis d'accord », dis-je

Je tourne les pages du rapport. Sur la dernière, deux mots me sautent aux yeux, comme si on les avait surlignés : *antimoine* et *foie*.

« C'est le rapport de toxicologie ? Celui qui avait disparu et qui a refait surface. L'élément qui pourrait faire libérer Melissa Slade…

– Exact, confirme Holly. Quand ce rapport a réapparu, c'était la panique au bureau. Roger Sparks dément avoir dissimulé un quelconque document – il nie même l'avoir rédigé, en fait –, mais on l'a découvert parmi ses papiers et dans son ordinateur quand il a pris sa retraite. C'est très mauvais pour notre réputation.

– J'imagine. Et tu le crois ?

– Je ne sais plus qui croire. Bref, j'espère que ça t'aidera. »

Après cet échange, Holly demeure étonnamment silencieuse. Les plats sont délicieux et je remplis plusieurs fois son verre de vin, mais rien n'y fait. De toute évidence, quelque chose la tracasse. Je devine que je n'aurais pas dû raviver le souvenir de ces deux bébés morts, et décide d'éviter ce sujet jusqu'à la fin de la soirée.

Quand je m'arrête devant chez Holly, près de Saint Michael's Hill, dans le quartier de Cotham, elle se tourne vers moi et je me dis qu'elle va m'inviter à entrer, fidèle à son habitude. Je ne lui ai pas encore annoncé que je n'avais pas ma baby-sitter habituelle ce soir et que je n'avais pas proposé à Kelly de dormir à la maison, comme le fait Nina généralement. Elle couche dans le canapé-lit du salon, alors que j'ai une chambre dans laquelle personne ne dort jamais. Je n'ai pas osé le proposer à Kelly, et par conséquent je ne pourrai pas passer la nuit avec Holly, mais je peux quand même entrer un instant. Par la vitre de la voiture, je regarde la belle et vieille maison, aujourd'hui divisée en appartements modernes, et je la montre d'un mouvement de tête, avec un haussement de sourcils suggestif.

Hélas, Holly n'est pas sur la même longueur d'onde.

« Merci pour ce super dîner, Jonathan », dit-elle d'un ton plutôt irrévocable. Normalement, elle m'appelle Jon et je ne suis pas certain de vouloir entendre ce qui va suivre. « Je pense que ce serait bien qu'on fasse une pause. Je ne peux pas continuer à attendre éternellement. » Elle regarde ses mains qui agrippent son sac sur ses genoux. « Je veux faire partie de ta vie, au lieu d'y assister du bord de la touche, mais tu ne me présenteras jamais à ta famille ni à tes amis.

– Holly, je…

– C'est trop tard, Jonathan. Je suis venue dîner avec toi ce soir, car je voulais te l'annoncer de vive voix, mais ma décision est prise. »

Elle descend de voiture et je la suis du regard. Je reste assis plusieurs minutes dans la voiture, dont le moteur tourne toujours, les yeux levés vers la fenêtre de Holly, en me reprochant d'avoir été complètement nul avec elle.

Quand je rentre à la maison, les garçons dorment et Kelly somnole sur le canapé, devant la télé. Je la paye au même tarif que Nina et grâce à mon application Uber, je lui commande un taxi pour rentrer chez elle. En attendant qu'il arrive, je la mets au courant des derniers développements dans l'affaire Slade.

« Résumons, dit-elle. La justice a estimé qu'elle avait perdu un bébé et assassiné l'autre ?

– D'après les preuves apportées au procès, c'était le verdict du jury, oui.

– Et aujourd'hui, une nouvelle preuve – un rapport d'autopsie qui avait disparu et qui refait surface – suggère que les deux bébés seraient morts de manière naturelle ? »

Elle semble dubitative.

« En tout cas, dis-je, c'est ce que le superintendant Goodman et les avocats de Melissa espèrent prouver. Leur demande de révision repose principalement sur ce rapport. C'est déjà arrivé. Il existe des précédents.

– Comment ça ?

– Vous êtes trop jeune pour vous en souvenir, mais dans les années 1990 et 2000, plusieurs femmes ont été accusées d'avoir tué plusieurs de leurs bébés et envoyées en prison. Il s'est avéré que c'étaient des cas de mort subite du nourrisson et que ces femmes avaient été victimes d'énormes erreurs judiciaires. »

On dirait que Kelly ne m'a pas écouté.

« Se pourrait-il que ce rapport que votre *amie* vous a remis ne soit pas concluant et que Melissa Slade ait réellement tué ses *deux* jumelles ?

– On ne peut pas l'exclure, j'imagine », et en disant cela, j'ai immédiatement le sentiment de trahir Holly. Elle était si sûre d'elle, au point de camper sur ses positions lors du procès. Je crache le morceau : « C'était ma *petite* amie, en fait. Mais c'est fini. Depuis ce soir. »

Je ne sais pas pourquoi je dis ça. J'ai l'impression d'être encore plus déloyal envers Holly.

« Oh ! » lâche Kelly, indifférente. Elle poursuit sur sa lancée : « Ou bien ni Amber ni Ellie ne sont mortes de mort naturelle, mais Melissa Slade est quand même innocente.

– Hmmm, fais-je, sceptique. Dans ce cas, qu'est-ce qui les a tuées ? Une maladie génétique ?

– Possible. Mais on peut penser que les autopsies l'auraient révélé. Je me demande si la véritable question, ce n'est pas qu'est-ce qui les a tuées, mais *qui ?* Apparemment, personne n'a imaginé qu'il pouvait s'agir d'un double meurtre, sans que Melissa Slade soit la meurtrière. »

Elle veut ajouter quelque chose, mais un coup de klaxon l'interrompt.

« Ah, votre Uber est arrivé, je crois », dis-je, inutilement.

Après le départ de Kelly, j'essaye de réfléchir aux différentes hypothèses qu'elle vient de formuler, mais impossible de me concentrer, mes pensées me ramènent sans cesse vers Holly. Je rédige plusieurs SMS, que j'efface l'un après l'autre. Finalement, j'envoie ces quelques mots : *Je suis vraiment désolé.*

CHAPITRE 8

Melissa

Décembre 2013

Un meurtre. D'après mon expérience (j'avais mené plusieurs enquêtes sur des meurtres au cours de ma carrière), quand quelqu'un avait délibérément tué quelqu'un d'autre, cela ne faisait aucun doute. Notre tâche consistait à rassembler des preuves et à les utiliser pour identifier le meurtrier.

Dans ce cas précis, la question principale n'était pas de savoir qui était coupable, mais si un meurtre avait été réellement commis. Si la réponse était oui, alors c'était moi la meurtrière. Ça fonctionnait en sens inverse.

La plupart des preuves contre moi seraient indirectes, mais beaucoup reposeraient sur des avis d'experts. La plupart des avis de ces experts médicaux, notamment des médecins légistes, ayant divergé, je fus finalement inculpée pour les meurtres de mes deux bébés. Mon dossier fut confié à une cour d'assises et mon procès débuta six mois plus tard. Il devait durer au moins quinze jours.

Le premier matin, quand je fis mon entrée dans la salle de tribunal, flanquée de deux agents de sécurité, je sentis tous les regards braqués sur moi. Mes jambes menaçaient de se dérober et je dus rassembler toute ma concentration pour réussir à poser un pied devant l'autre.

Après avoir pris place dans le box des accusés, j'ai senti que tout le monde continuait à m'observer. Au début, je gardais la tête baissée, puis je craignis que cela donne une mauvaise image de moi. Avais-je l'air coupable ? Alors, je regardai autour de moi. La salle de tribunal était bien plus grande que celle du tribunal d'instance de Bristol où avaient eu lieu les précédentes auditions.

Malgré cela, avec ses bancs en bois, ses lambris et une quasi-absence de lumière naturelle, cette salle avait un aspect étouffant. Il n'y avait plus une seule place de libre, le balcon était bondé. J'essayai de repérer une âme compatissante sur laquelle fixer mon attention, mais où que se porte mon regard, je ne voyais que des visages hostiles. J'aurais voulu que mon mari et ma meilleure amie soient là pour me soutenir, malheureusement Michael et Jenny, qui devaient témoigner ultérieurement, n'étaient pas autorisés à pénétrer dans la salle de tribunal avant d'être appelés à la barre.

J'observai les jurés les uns après les autres, au moment où ils prêtaient serment, à travers les mèches de cheveux qui tombaient devant mon visage. Six hommes et six femmes. Cinq de ces hommes et trois de ces femmes semblaient très jeunes, à peine vingt ans, et je doutais qu'ils aient des enfants. Certains, au lieu de prêter serment, avaient choisi une affirmation solennelle, comme le permettait la loi en Grande-Bretagne. Je ne savais pas s'il fallait en tirer des conclusions.

Deux jurées semblaient avoir mon âge. Là encore, j'ignorais si c'était une bonne ou une mauvaise chose. Compatiraient-elles ou me jugeraient-elles sévèrement ? Une des deux était rondouillarde et je l'imaginais avec une famille nombreuse. L'autre, très maigre, portait des vêtements miteux. Elle buta sur les mots en récitant son affirmation solennelle. J'espérais que c'était dû à la nervosité. Si elle savait à peine lire, comment pourrait-elle comprendre les subtilités de la procédure judiciaire ? Dès que cette pensée s'insinua dans mon esprit, je m'aperçus que je n'aurais pas dû juger cette femme. C'est elle qui allait me juger.

Pour finir, il y avait une femme d'origine africaine, d'âge indéfinissable, et un homme d'une soixantaine d'années, un grand-père peut-être, à moitié asiatique. C'étaient les deux seules personnes non blanches dans le jury. L'un et l'autre prêtèrent serment. L'homme, barbu et sémillant, avait un visage avenant, déformé par un froncement de sourcils. Je sentais qu'il n'avait pas envie d'être là, et je le comprenais. La femme me dévisageait et j'essayais de conserver ma contenance face à ses gros yeux noirs plantés dans les miens.

J'observais tous les membres du jury pendant que le juge Hardcastle leur donnait ses instructions. Ils semblaient aussi intimidés que moi en écoutant cet homme à la carrure imposante, coiffé d'une courte perruque, dont la voix grave et la robe – noire et violette avec une écharpe rouge – forçaient instantanément le respect.

Je continuai à tenter de jauger leurs réactions durant le discours préliminaire du juge. Le grand-père prit des notes. Pendant la lecture des dépositions des témoins, principalement mes collègues policiers, la femme noire bâilla. Lorsque le premier témoin cité par l'accusation, le Dr Holly Lovell, affirma qu'Amber était morte de causes naturelles, je vis la femme maigre et négligée écraser une larme. Deux des jeunes hommes affichèrent clairement leur perplexité quand le Dr Roger Sparks, qui avait autopsié Ellie, réfuta les conclusions de sa collègue, en affirmant que les deux bébés avaient été délibérément étouffés.

Ennui, compassion, confusion. Tout d'abord, il me parut impossible de deviner de quel côté pencherait tel ou tel juré. D'ailleurs, je ne savais même pas quel verdict j'espérais. Je n'avais pas besoin que d'autres personnes me jugent : je me jugeais déjà moi-même. Quoi qu'ils puissent penser de moi, seule ma conscience m'importait. Et même si j'étais reconnue non coupable, j'aurais toujours mauvaise conscience. Elle ne me laisserait jamais en paix. Comment pourrait-il en être autrement ? Quel genre de mère n'est pas capable de veiller sur ses bébés ? Quel genre de mère laisse mourir ses enfants ?

Quand l'accusation eut terminé son réquisitoire, quelques jours plus tard, j'étais persuadée d'être reconnue coupable. Coupable d'avoir assassiné Amber et Ellie, mes bébés, la chair de ma chair. Lorsque vous étiez fautif, me disais-je, vous aviez ce que vous méritiez. J'essayais de me résigner à mon sort.

Pourtant, tout au fond de moi, je voyais, lâchement, briller une faible lueur d'espoir. Je me demandais si le jury pourrait me juger coupable hors de tout doute raisonnable. C'était la phrase clé, n'est-ce pas ? Hors de tout doute raisonnable. Je n'avais pas entendu prononcer ces mots aussi souvent que je l'aurais cru dans la salle de tribunal, mais ils étaient gravés dans ma tête et je suis sûre qu'ils occupaient l'esprit de tous les jurés. Ces douze personnes pouvaient-elles écouter tout ce qui se disait et en conclure honnêtement qu'il n'y avait pas le moindre bout de preuve suggérant que j'étais innocente ? Il n'en fallait pas plus pour que je ressorte libre du palais de justice.

Cette pensée m'emplit de morosité. Que signifierait ressortir libre ? Ayant été remise en liberté sous caution, je pouvais rentrer à la maison chaque soir. Et retrouver un mari qui ne m'aimait plus. Une maison où les lits de mes deux petites étaient vides à présent. Était-ce ce que je désirais ? Pourrais-je recommencer à arrêter des criminels en compagnie de collègues qui se demanderaient toujours si j'étais une meurtrière, moi aussi ? Comment serait-ce possible ?

Première personne appelée par la défense à témoigner, je dus me présenter à la barre avant Michael et Jenny. Au départ, je ne voulais pas témoigner, mais mon avocat, Maître Martin May, m'avait expliqué que le jury en tirerait une « conclusion défavorable ». Autrement dit : ça la ficherait mal.

May avait des cheveux poivre et sel, qui rebiquaient sur sa nuque, et la première fois que je l'avais vu, j'avais été frappée de constater que même sans perruque, il paraîtrait à sa place dans un tribunal. Vêtu de sa robe de soie, il donnait l'impression d'évoluer dans un décor de cinéma. Son attitude et ses gestes mêmes lui conféraient l'aura d'une vedette du grand écran. Il respirait l'assurance, sans paraître arrogant.

Pas une fois, il ne m'avait demandé si j'étais coupable ou innocente. Sans doute pensait-il que j'avais tué mes enfants, ce qui me chagrinait. J'avais envie qu'il me croie. Néanmoins, j'avais confiance en lui et en son optimisme. Sa stratégie, d'après ce que j'avais compris, consistait à semer les graines de l'incertitude dans l'esprit des jurés afin qu'ils m'accordent le bénéfice du doute. Nous avions répété les questions qu'il allait me poser et je me sentais prête. Tout se déroula comme prévu.

Par ailleurs, May avait anticipé la plupart des questions que me poserait Eleanor Wood au cours du contre-interrogatoire de l'accusation. C'était un petit bout de femme, dont le ton péremptoire contrastait avec son physique. Elle me rendait nerveuse et j'avais conscience de la mauvaise image que certaines de ses questions – indépendamment de mes réponses – allaient donner de moi.

Wood me dépeignit comme une mauvaise mère, pleine de ressentiment envers mes jumelles, en raison d'une grossesse non désirée, qui m'avait obligée à abandonner une carrière prometteuse et mes activités sportives afin de les élever. Elle souligna ma dépression postnatale, qui m'avait empêchée de m'occuper convenablement de mes bébés ; elle parvint même à suggérer que mon choix de ne pas les allaiter était la preuve de mon manque d'amour.

En outre, le fait que j'aie découvert mes deux bébés inanimés en soirée laissait présager des morts suspectes plutôt que des cas de MSN, affirma Wood de sa voix autoritaire. En fin de journée, les mères étaient généralement fatiguées et irritables, alors que les cas de mort inattendue du nourrisson survenaient toujours la nuit.

En écoutant les accusations de la représentante de l'accusation, un sentiment de honte grandissant m'envahit. J'avais envie de hurler : *Non ! Non ! Ce n'est pas ce qui s'est passé ! Je ne suis pas comme ça !* En même temps, je me reconnaissais dans la description qu'elle faisait de moi. J'avais été une mère indigne. Je ne m'étais pas occupée de mes bébés comme j'aurais dû.

Lorsque je quittai la barre des témoins pour regagner le banc des accusés, j'étais liquéfiée et tremblante. Néanmoins, j'espérais qu'après avoir entendu le témoignage de mon mari, plus personne dans cette salle ne douterait de mon innocence. Et Jenny, témoin de moralité, aurait un meilleur impact que moi sur le jury. Je parvins à me persuader que le pire était passé.

Michael me succéda à la barre. Il choisit de prêter

serment, ce qui me surprit, car je le savais athée. Mon rythme cardiaque ralentit légèrement et je commençai à respirer un peu mieux. Après tout, May était de mon côté et, comme moi, Michael savait à quoi s'attendre, il avait préparé ses réponses.

Toutefois, il ne suivit pas le scénario.

« Où étiez-vous le soir de la mort d'Ellie ? » demanda mon avocat.

Jusqu'à présent, Michael avait toujours dit qu'il était parti se promener pour se remettre les idées en place. C'était ce qu'il avait déclaré à la police. Et à moi. En découvrant Ellie inanimée dans son lit, je l'avais appelé à l'aide en croyant qu'il se trouvait dans la maison, mais il n'avait pas accouru. Par conséquent, quand il affirmait qu'il était dehors à ce moment-là, je n'avais aucune raison de ne pas le croire.

« J'étais dans une autre partie de la maison. »

Je relevai la tête.

Martin May ne se laissa pas démonter.

« Vous n'avez donc pas entendu votre femme crier ?

– Non. »

Eleanor Wood attaqua son contre-interrogatoire sur ce terrain :

« Dans votre déposition à la police, vous avez affirmé que vous n'étiez pas chez vous au moment où l'accusée, votre épouse, a découvert Ellie morte. Or, vous venez de déclarer – sous serment – que vous vous trouviez dans une autre partie de la maison. Eh bien, monsieur Slade, étiez-vous à votre domicile, oui ou non ?

– J'étais chez moi, mais dans une autre partie de la maison. »

Pourquoi Michael avait-il changé sa version des faits ? Parce qu'il avait prêté serment ?

« Pouvez-vous être un peu plus précis ?

– J'étais dans une chambre, à l'arrière de la maison.
– Étiez-vous seul, monsieur Slade ?
– Non.
– Pourriez-vous nous dire qui était avec vous ?
– J'étais avec Clémentine Rouquier. Notre jeune fille au pair française.
– Et que faisiez-vous dans cette chambre à l'arrière de la maison avec votre nounou française ? »

Quelqu'un au balcon ricana.

« Je… euh… c'était ma maîtresse. » Michael se mit à pleurnicher à la barre des témoins. « Pendant que ma femme essayait de sauver notre bébé, j'étais avec ma maîtresse. »

Il sanglotait bruyamment à présent. En voyant les expressions de certains membres du jury, je constatai avec stupéfaction que les aveux de Michael provoquaient une vague de sympathie.

« Votre femme avait-elle connaissance de cette liaison ? »

Michael ne répondit pas immédiatement. Cette question était incongrue et je pensais que, comme moi, il attendait une objection de la part de May.

« Oui, c'est possible », marmonna-t-il.

Et je compris où voulait en venir Wood.

J'ignorais que Michael avait une liaison. N'importe quelle femme dirait la même chose, évidemment, car la honte de passer publiquement pour une femme faible qui ferme les yeux sur les infidélités de son mari est presque plus grande que celle ressentie quand tout le monde découvre que votre mari couche avec quelqu'un d'autre. Sincèrement, je ne me doutais de rien. J'aurais dû. Après le décès d'Amber, j'avais demandé à Michael de renvoyer Clémentine chez elle en France, mais il avait insisté pour qu'on la garde. Pourtant, elle ne nous était plus d'aucune utilité, elle déambulait dans la maison en se lamentant. Toutefois, après le décès d'Ellie, il lui avait versé trois mois de gages, lui avait payé un billet d'avion et l'avait conduite à l'aéroport.

La femme squelettique et la femme de couleur me dévisageaient. Aussi stupéfaites que moi, visiblement. Bien que sonnée, il me restait assez de lucidité pour avoir conscience de l'image que je donnais à présent. Tout le monde devait penser que je m'étais parjurée afin de couvrir mon mari, pour ne pas détruire davantage sa réputation ou pour masquer ma propre humiliation. J'avais déclaré qu'il n'était pas à la maison. Il venait d'avouer que j'étais sans doute au courant de cette liaison. Aux yeux des jurés, j'allais passer pour une menteuse, une femme malhonnête à laquelle on ne pouvait pas se fier. Et bien évidemment, j'étais tout cela.

Jusqu'à cet instant, j'étais persuadée que Michael me croyait, de manière implicite, mais soudain, j'en venais à me demander s'il me croyait coupable des meurtres de nos bébés. Avait-il avoué cet adultère en sachant que je passerais pour une personne encore plus méprisable que lui ? Si le jury était convaincu que j'étais au courant de cette liaison avec Clémentine, il pourrait en déduire que cet adultère m'avait fourni un mobile : *la vengeance.*

Peut-être que je me faisais des idées. Mais, quelles que soient les motivations de mon mari, ses aveux venaient de sceller mon destin. Jenny ne pourrait jamais réparer les dégâts. Je ne pourrais jamais rentrer chez moi.

CHAPITRE 9

Jonathan

Mai 2018

Michael Slade ne semble pas être chez lui. Je hausse les épaules en direction de ma voiture, garée au début de l'allée, dans laquelle m'attend Kelly, à l'abri de la pluie (de son propre aveu, elle n'est pas habillée pour affronter ce brutal changement de temps). Je recule de quelques pas et observe la maison. La façade blanc cassé est flanquée de briques rouges. À en juger par les dimensions, elle possède au moins quatre chambres. Et si vous voulez mon avis de non-professionnel, cette propriété a coûté un bras. Certes, elle jouxte l'A369, et sans cette averse, on entendrait sans doute le bruit de la circulation, mais elle est également située en bordure de la réserve naturelle de Leigh Woods.

J'aurais parié que Michael Slade avait quitté Bristol. En fait, il s'était installé juste à la sortie de la ville. Et je me demande comment il a pu s'offrir une maison dans cette banlieue très prisée, surtout si c'est lui qui a payé les frais de justice de Melissa. Aucun doute, c'est bien l'adresse que m'a donnée Simon Goodman et j'ai vu le nom de Slade sur la boîte aux lettres à l'entrée. Une Mercedes Benz SLK rouge vif, garée dans l'allée, trahit la crise de la quarantaine. Surtout, elle suggère que Slade est là. En vérité, je n'espérais pas vraiment le trouver chez lui en pleine journée, même à l'heure du déjeuner.

Je sonne de nouveau et cette fois, l'interphone crachote.

« La troisième fois est toujours la bonne », dis-je dans ma barbe et je me plie en deux pour prononcer mon nom dans le micro. Une goutte de pluie en profite pour tomber sur ma nuque et rouler le long de la colonne vertébrale, m'arrachant une grimace. L'interphone crache une réponse inintelligible. « Désolé, je n'ai pas compris », dis-je d'une voix forte, en essuyant ma nuque.

Quelques secondes plus tard, la porte s'ouvre et je me retrouve face à Michael Slade. Il mesure quelques centimètres de moins que moi, mais sa position sur le perron lui permet de se hisser à ma hauteur. Je lui donne entre dix et quinze ans de plus que moi. Je suis déconcerté par sa tenue : un T-shirt bleu marine glissé dans un bermuda vert clair, sans chaussures.

« Cette cochonnerie fonctionne quand elle veut, dit-il en montrant l'interphone fixé au mur. Et celui du portail aussi.

– Jonathan Hunt. *The Redcliffe Gazette*, dis-je en tendant une main qu'il ignore. Le portail était ouvert. » D'un mouvement de tête, je montre le bout de l'allée. « J'espère que vous ne m'en voulez pas.

– C'est au sujet de Melissa ? demande-t-il d'un ton bourru.

– Exact. On m'a chargé d'écrire un article…

– Ça ne m'intéresse pas. »

Il va pour refermer la porte, puis s'arrête et regarde quelque chose par-dessus mon épaule. En me retournant, je vois Kelly balancer ses longues jambes nues hors de la voiture. Elle se redresse, lisse sa jupe et ouvre son parapluie. Elle referme la portière et remonte la courte allée dans notre direction, sur ses sandales compensées.

Je reviens sur Slade, dont les yeux restent rivés sur Kelly. Je crois me souvenir qu'il avait une réputation d'homme à femmes. Je ne saurais dire d'où me vient ce vague souvenir. Mais de toute évidence, Slade s'intéresse aux représentants du sexe féminin.

M'ayant rejoint, Kelly lui sourit poliment, puis m'adresse un regard interrogateur. J'ignore s'il signifie *Il y a un problème ?* ou *C'est quoi, cette tenue de plage ?* Alors, je me contente d'un haussement d'épaules.

« Je vous présente ma collègue…

– Je suis en télétravail aujourd'hui, dit Slade, mais je peux vous accorder quelques minutes. »

Il recule pour nous laisser entrer. Kelly l'a impressionné, sans aucun doute, pourtant, il ne semble pas désireux de connaître son nom, alors je mets fin aux présentations.

« Que faites-vous dans la vie, monsieur Slade ? » demande Kelly, pendant que nous le suivons d'un pas lent dans le couloir, jusque dans le salon. Je m'apprêtais à poser la même question. Je remarque que Kelly est plus grande que lui, elle aussi, du moins perchée sur ses épaisses sandales.

« Je suis géomètre-expert », répond Slade par-dessus son épaule, et d'un ton condescendant, il ajoute : « Je travaille pour les cabinets de conseil spécialisés dans l'immobilier. »

Je me sens humilié à la place de Kelly, puis me souviens que moi aussi, j'ai plus d'une fois sous-estimé son intelligence.

Slade propose de faire du thé et disparaît, nous laissant seuls dans le salon, Kelly et moi. J'essuie mes lunettes avec mon mouchoir et les replace sur mon nez.

Je regarde autour de moi. On dirait que Slade a volontairement banni les couleurs de son intérieur. Les canapés et les rideaux sont grèges, le tapis aux motifs géométriques d'un fauve clair. La table basse elle-même est blanc cassé. Les murs crème n'égaient pas l'ensemble.

Au-dessus de la cheminée, un miroir doré forme un angle si bizarre qu'il a forcément été accroché ainsi de manière délibérée. Sur le mur face à nous, un dessin au fusain représente une jeune femme nue agenouillée près d'une fontaine. Je trouve ça plus vulgaire qu'érotique.

« J'ignorais qu'il existait autant de variétés de blanc, fais-je remarquer tout bas.

– Oui, c'est fou, hein ? répond Kelly, fascinée par le dessin. C'est genre cinquante nuances de beige, ici. »

Je ris et mon regard glisse vers la porte à double battant, à l'autre bout du salon, ouverte sur une véranda. La vue doit être superbe quand il ne pleut pas des trombes d'eau.

Ces quinze derniers jours, nous avons eu un temps superbe. Depuis que Holly m'a quitté, en fait. Jusqu'à aujourd'hui. Je me vautrais dans l'apitoiement sur moi-même, en pleine déprime, sans que le soleil parvienne à me remonter le moral. Aujourd'hui, curieusement, malgré la pluie torrentielle, je me sens d'humeur beaucoup plus joyeuse, même si j'ai le vague sentiment que c'est un répit temporaire.

« Intérieur décoré sans aucun goût, mais super grande baraque. »

Le commentaire de Kelly fait irruption dans mes pensées.

« Il a choisi le bon métier, dis-je.

– J'ai remarqué la Merco aussi, ajoute-t-elle. Vous croyez qu'il cherche à compenser quelque chose ?

– Je ne vois pas ce que vous voulez dire. » Je la

regarde en haussant un sourcil, avec un petit sourire en coin.

Impossible de passer à côté de cette voiture rouge, mais je m'étonne que Kelly ait reconnu la marque. Je me reproche aussitôt cette pensée. Voilà que je recommence à être condescendant, pour ne pas dire sexiste.

« En tout cas, il est plutôt accueillant pour l'instant », dit Kelly.

Je suis sur le point de lui répliquer que si elle n'était pas descendue de ma Ford Focus au bon moment, jamais nous n'aurions été autorisés à entrer dans cette « super grande baraque ».

Avant de quitter le journal ce matin-là, j'avais rapporté à Kelly les propos de Simon Goodman quand je l'avais appelé pour connaître l'adresse de Michael Slade. Le second mari de Melissa pouvait se montrer très arrogant et il avait parfois tendance à exagérer, assurait-il. En outre, Slade était un individu sournois. Pour moi, il sautait aux yeux que le premier mari de Melissa n'aimait pas particulièrement le second. Goodman voulait me faire comprendre que je devais prendre avec des pincettes la moindre parole de Michael, s'il daignait me parler. Et à présent, je songe qu'il sera peut-être plus disposé à se confier à Kelly, qui semble lui avoir tapé dans l'œil.

« Vous voulez prendre les choses en main, Kelly ?

– L'interviewer, vous voulez dire ? » Quand je hoche la tête, son visage s'illumine un court instant, puis se rembrunit. « Je n'ai rien préparé. »

Je ne lui avoue pas que moi non plus. À cet instant, Slade réapparaît sur le seuil en tenant trois tasses en équilibre précaire. Il a enfilé des pantoufles. Je glisse à Kelly :

« Improvisez. Tout ira bien. »

Après une première gorgée de thé, Kelly sort un smartphone de son sac à main.

« Vous voulez bien que j'enregistre ? demande-t-elle en tripotant son portable.

– J'aimerais mieux pas.

– Ah ! Entendu. Ça vous ennuie également si je prends des notes ?

– Non, allez-y. »

Kelly troque son téléphone contre un calepin et un stylo, et prend appui sur sa cuisse.

« Si tout cela fait ressurgir en vous des souvenirs traumatisants, monsieur Slade, j'en suis désolée. Je ne peux même pas imaginer…

– Appelez-moi, Michael, je vous prie, la coupe-t-il en lui adressant ce qu'il pense être un sourire charmeur, sans doute, mais qui, à mes yeux, ressemble davantage à une grimace lubrique.

– Commençons, si vous êtes d'accord, par le soir où Amber est morte. Y avait-il beaucoup de monde dans la maison ?

– Non. Juste quelques amis. Et la famille. C'est tout.

– Pouvez-vous me dire qui était là, précisément ?

– Eh bien, Melissa, évidemment, son fils Callum, ma fille Bella, nos amis Robert et Jennifer Porter et leur fille Sophia.

– Donc, avec vous, ça faisait sept personnes.

– Oui, sans doute. Plus les jumelles, bien entendu. »

Je me demande comment Kelly va enchaîner. À sa place, j'entraînerais Slade sur le terrain des bébés, d'une main ferme. Il vient de lui ouvrir la porte.

Après un bref silence, elle dit :

« Monsieur Slade, étiez-vous d'accord avec le verdict du médecin légiste qui avait conclu, dans le cas d'Amber, à une mort subite du nourrisson ? »

Bien joué !

« Appelez-moi, Michael. » Un soupir. « Amber était un bébé souvent malade. Elle avait toujours un rhume et des maux de ventre. Malgré mes protestations, Melissa s'obstinait à la coucher sur le ventre. Alors, oui, ça devait arriver. Et à l'époque, j'ai accepté les conclusions de l'autopsie.

– À l'époque ?

– Rétrospectivement, ça paraît moins probable, non ? »

Kelly répond du tac au tac :

« Que voulez-vous dire, monsieur Slade ?

– Melissa ayant été reconnue coupable du meurtre d'Ellie… on est forcé de se demander si… il est normal de penser…

– Vous croyez qu'elle aurait pu tuer les deux bébés ? insiste Kelly, comme Slade ne semble pas disposé à finir ses phrases.

– Oui, forcément.

– Donc, vous pensez que votre femme était coupable ?

– Mon *ex*-femme. »

Après une ou deux secondes, il devient évident qu'il ne répondra pas à cette question, mais son silence répond à sa place. Simon Goodman m'avait expliqué, au téléphone, que Slade tenait Melissa pour responsable. Et j'avais eu l'impression qu'il rechignait à me donner son adresse pour cette raison.

Sans se laisser décourager, Kelly demande :

« Y avait-il quelqu'un auprès de Melissa le soir où Ellie est morte ?

– Non. Melissa était seule quand, d'après elle, elle a trouvé Ellie morte. Pourtant, j'étais à la maison. Elle affirme qu'elle a crié, mais je n'ai rien entendu. Je devais être dans une autre partie de la maison.

– Il y avait quelqu'un d'autre, à part vous deux ? »

Slade hésite, une fraction de seconde de trop, avant de répondre :

« Non, autant que je m'en souvienne. » Il plonge son regard dans sa tasse de thé. « Ça remonte à loin. J'ai pu oublier certaines choses. »

Il me semble pourtant qu'on se souvient très bien d'événements si dramatiques, même cinq ans plus tard. La police avait sans aucun doute interrogé Slade à ce sujet, plusieurs fois. Il a dû revenir encore et encore, en détail, sur tout ce qui s'était passé ce soir-là : qui était présent, ce que chacun avait fait et dit. Pourtant, il prétend que sa mémoire est défaillante.

Et soudain, ça me revient. Michael Slade avait avoué à la barre, dans une salle de tribunal bondée, qu'il avait trompé sa femme. Voilà le souvenir qui m'avait effleuré un peu plus tôt, pendant qu'il reluquait Kelly.

Celle-ci l'observe en plissant les yeux. Elle ne le croit pas. Je lui raconterai plus tard.

« Savez-vous où étaient votre fille et votre beau-fils ? »

Nouveau silence éloquent.

« Non, je ne pourrais pas vous le dire. Bella avait commis l'erreur de retourner vivre chez sa mère de manière permanente. Elle est restée quelque temps avec nous quand on a perdu Amber – j'ai fait tout ce que je pouvais pour la retenir –, mais elle était peut-être déjà repartie à ce moment-là.

– Une erreur, dites-vous ? Pourquoi avait-elle eu tort, selon vous, de retourner vivre avec sa mère, monsieur Slade ?

– Margaret, la mère de Bella, n'avait aucune autorité sur elle. Bella est devenue une ado rebelle, puis elle s'est enfuie.

– Votre fille a fait une fugue ? »

Slade acquiesce.

« Sa mère n'aimait pas son petit ami. Je pense que Bella a fichu le camp avec lui. Je crois savoir qu'elle a envoyé une ou deux cartes postales à Margaret, mais à ma connaissance, personne ne l'a revue depuis.

– Combien de temps votre fille a-t-elle fugué ?

– Je ne suis pas sûr qu'on puisse appeler ça "fuguer" à son âge. Elle avait dix-huit ans, elle était majeure.

– Je vois. Ça remonte à quand ?

– Elle a quitté le domicile de sa mère il y a quatre ans environ. »

J'aimerais en savoir plus, mais la voix de Slade, chargée d'amertume, tremble, et je crains qu'il se mette à pleurer. Je décide de ne pas intervenir. Après tout, ce n'est pas moi qui mène l'interview.

Kelly jette furieusement des notes dans son carnet. Sans doute pour laisser à Slade le temps de se ressaisir. Je jette un coup d'œil au carnet posé sur son genou. Bien que son écriture semble très lisible, les verres de mes lunettes sont embués et je ne parviens pas à déchiffrer ce qu'elle a noté.

« Et Callum ? demande-t-elle.

– Il était moins souvent là, puis plus du tout après l'arrestation de sa mère. L'ex-mari de Melissa est venu chercher les affaires de Callum et celui-ci est allé vivre chez son père, pendant quelques années, avant de partir à l'université. »

Je m'étonne que Slade dise « l'ex-mari de Melissa » en parlant de Goodman, car le même terme pourrait s'appliquer à lui.

« Son "ex" ? » dis-je.

Ça m'a échappé.

Slade lève brusquement la tête. Il paraît surpris, à croire qu'il avait totalement oublié ma présence.

« Simon Goodman. Le premier mari de Melissa », précise-t-il en se levant pour signaler que nous avons abusé de son hospitalité.

Je vide ma tasse de thé d'un trait et nous nous levons à notre tour, Kelly et moi. Cette fois, Slade serre la main que je lui tends, à la porte. Je lui remets une carte de visite et Kelly en fait autant. Elle récupère le parapluie qu'elle a laissé à l'entrée et l'ouvre pour nous protéger tous les deux. Hélas, il ne me couvre qu'à moitié et elle aussi, si bien qu'en quelques secondes seulement, le temps de regagner la voiture, nous voilà trempés jusqu'aux os.

« Cette conversation a soulevé plus de questions qu'elle n'a apporté de réponses, déclare Kelly avec ironie pendant que j'allume le chauffage et mets en marche les essuie-glaces, à la vitesse maximale. Il ne paraissait pas du tout inquiet à cause de Bella, alors qu'il ne l'a pas vue depuis quatre ans.

– Vous avez raison.

– Je pense qu'on devrait essayer de la retrouver. Elle pourrait peut-être nous aider.

– Si ses parents ignorent où elle se trouve, il y a peu de chances qu'on…

– Par ailleurs, il a menti, c'est certain, à propos des personnes qui se trouvaient dans la maison. Au moment de la mort d'Amber, mais également d'Ellie. J'ai eu l'impression que quelqu'un d'autre était là. Les deux fois.

– Justement, à ce sujet…

– Et il n'arrêtait pas de baisser les yeux. Ça prouve bien qu'il ne disait pas toute la vérité. Vous croyez qu'il protège quelqu'un ?

– Kelly, dis-je, je me suis souvenu d'une chose. Slade avait une liaison à l'époque. Avec la jeune fille au pair. C'est apparu au cours du procès. Voilà pourquoi, je pense, il s'est montré évasif.

– Oh ! Je vois. »

Concentré pour doubler un jeune conducteur, je laisse à Kelly le temps d'assimiler cette information.

Après ce moment de silence, Kelly dit :

« C'est bizarre. Simon Goodman est convaincu que son ex-femme est innocente. Alors que Slade…

– Je sais. J'ai eu le sentiment qu'il aurait été ravi qu'elle soit condamnée pour les meurtres de leurs deux bébés.

– Vous croyez que ça pourrait être lui ?

– Hein ? Il aurait tué les jumelles ? Et fait porter le chapeau à Melissa ? Comme ça ne ressemblait pas assez à un meurtre la première fois, il voulait qu'il n'y ait plus aucun doute ?

– C'est tiré par les cheveux ? »

Je réfléchis. Mon instinct me dit que Melissa est coupable. Sans le moindre doute. Et son ex-mari numéro deux semble convaincu qu'elle a tué leurs deux bébés, même si elle a été condamnée pour un seul meurtre. À moins qu'il fasse semblant de croire à cette théorie.

« Je doute que nous ayons le moindre indice suggérant l'implication de Michael Slade comme meurtrier, dis-je. Mais je suis d'accord. C'est un connard sournois.

– J'ai le sentiment qu'il en sait plus qu'il veut bien le dire sur ce qui est arrivé à ces deux pauvres bébés. Il cache quelque chose. »

CHAPITRE 10

Melissa

Je n'ai pas toujours été un monstre. Il y a quelques mois encore, j'étais juste une mauvaise mère, mais la prison m'a changée. La mauvaise mère est devenue un horrible monstre. Sacré périple. En prison, vous devez vous endurcir pour survivre, je n'ai pas tardé à l'apprendre. Surtout quand vous êtes une ex-flic et une tueuse de bébés.

Décembre 2013

On me conduisit directement des cellules situées sous le palais de justice de Bristol à la prison de Haresfield Park, dans le Gloucestershire. J'y arrivai en fin de soirée et mes affaires personnelles furent immédiatement confisquées, étiquetées et enregistrées. On m'offrit le choix entre un pack de bienvenue pour fumeur ou non-fumeur. J'étais une fumeuse occasionnelle (j'en grillais parfois une avec Jenny), mais j'optai pour le pack fumeurs. Je pris une douche et enfilai ma tenue de détenue ; on m'informa cependant que je pourrais bientôt porter mes propres vêtements. On me donna un matricule et m'autorisa à passer un appel téléphonique. Le seul numéro que je connaissais par cœur, outre celui de mon portable, c'était celui de notre ligne fixe. Alors, j'appelai Michael, mais nous n'avions pas grand-chose à nous dire.

Le lendemain, j'accomplis les modalités d'accueil. Je fus interrogée par l'équipe médicale. Un médecin m'examina et me conseilla fortement de m'inscrire au cours de sensibilisation sur les dangers de l'alcool et de la drogue. Je regardai une vidéo consacrée à la vie en prison. Je passai d'autres entretiens et évaluations. Tout le monde se montra très gentil et tout se passait bien tant que je me trouvais dans l'unité d'intégration. Je me sentais protégée, à l'écart des autres détenues.

Finalement, un gardien m'escorta jusqu'à la cellule individuelle que l'on m'avait attribuée, dans un des bâtiments principaux. Cette nuit-là, allongée sur mon lit, je pensai à mes bébés. J'entendais leurs cris en permanence, pas seulement dans mon sommeil. Horribles acouphènes qui me rendaient folle. Pourtant, je ne voulais pas que ça s'arrête. C'était la seule chose qui me restait de mes jumelles : un bruit de fond, un bruit blanc. Cette nuit-là, je n'en perdis pas une miette.

Je savais différencier les cris déchirants d'Amber des miaulements affamés d'Ellie. Je pouvais distinguer mes jumelles. Aujourd'hui encore, je les entendais qui m'appelaient, comme si j'étais toujours leur mère. J'ignore pour quelle raison, mais j'avais cru que leurs cris cesseraient de résonner dans ma tête quand on m'enverrait en prison, comme si cette condamnation à perpétuité tournerait une page de l'histoire de ma vie et ouvrirait un nouveau chapitre.

Je ne pensais pas être capable de trouver le sommeil. La puissante odeur de détergent ne parvenait pas à masquer totalement les relents de vomi, même si ma cellule semblait d'une propreté éclatante. Je tournais et virais dans le lit étroit, en grelottant sous les draps amidonnés. On était bien loin du grand lit double que je partageais avec Michael, des draps soyeux en coton d'Égypte, imprégnés d'une odeur de lessive mêlée à celle de nos corps. Je me sentais terrorisée et isolée, perdue, atrocement triste.

Mais j'étais mentalement et physiquement épuisée, et mes paupières tombaient. Je sentais le sommeil s'emparer de moi. Juste au moment où je piquais du nez, un bruit sourd se produisit de l'autre côté du mur. Puis un second. Le troisième s'accompagna d'un hurlement. Cela se poursuivit pendant au moins une minute, avant que je comprenne que la détenue de la cellule voisine se cognait la tête contre le mur. Avait-elle toujours été dérangée ou bien est-ce que tout le monde ici finissait par souffrir de problèmes psychiatriques ? Peut-être que je perdrais la boule moi aussi. Peut-être qu'un jour, je sortirais de prison pour être interné dans un hôpital psychiatrique ?

Les coups de tête dans le mur se poursuivirent. Je pensais que les jumelles se mettraient à brailler en entendant ce vacarme, mais elles cessèrent immédiatement de pleurer et demeurèrent silencieuses. La compassion que j'avais pu éprouver pour ma voisine de détention fut chassée par la colère. Comment osait-elle faire taire mes enfants ? Pourtant, il n'y avait pas si longtemps, j'aurais tout donné pour qu'Amber arrête enfin de brailler. La vie regorge de ces petites ironies.

« Silence ! » criai-je à travers le mur.

Un nouveau bruit sourd, puis un nouveau hurlement me répondirent.

« Assez ! »

Je tapai contre le mur moi aussi, avec le poing, mais ne réussis qu'à me faire mal au poignet. Le bruit produit par mon poing n'était qu'un murmure comparé à celui que ma compagne de détention faisait avec sa tête.

Encore un coup, encore un hurlement.

« Ta gueule ! » criai-je à pleins poumons.

Miracle ! Elle se tut, cédant la place à un silence inquiétant. La troisième fois est toujours la bonne.

À partir de cet instant, le trois devint mon chiffre porte-bonheur. Cela commença par de petites choses. Couchée dans mon lit ce soir-là, je croisai et décroisai les doigts trois fois. Si je ne le faisais pas, me disais-je, je n'entendrais plus jamais Amber et Ellie. Le lendemain, je fis tourner mon alliance autour de mon annulaire une fois, deux fois, trois fois. Évidemment, ils m'avaient confisqué la vraie dès mon arrivée. Pour ma propre sécurité, avaient-ils précisé. Je devais donc faire tourner une bague imaginaire autour de mon doigt. Sinon, il arriverait malheur à Callum. Je ne pouvais pas prendre ce risque. Je savais que, bientôt, je devrais tout faire trois fois. Sinon…

Au départ, je passais le plus de temps possible dans ma cellule, et je continue, même si nous avons le droit de sortir plusieurs heures par jour, pendant lesquelles on nous encourage à participer à « des activités productives ». Mais je me suis aperçue que dans ma cellule, je pouvais m'évader de la prison, mentalement du moins, en me perdant dans le monde fictif des romans. Et le centre pénitentiaire de Haresfield Park possède une bonne bibliothèque.

Il me fallut un certain temps pour trouver le courage de me rendre dans la salle de détente. Je n'ai jamais beaucoup regardé la télévision, mais je me disais que je devais faire un effort pour m'intégrer. On me couvrit d'insultes dès que je franchis le seuil. Un parfum de haine flottait dans l'air. Tous les yeux avaient quitté l'écran du téléviseur pour se fixer sur moi.

Je m'assis au fond de la salle, en laissant deux sièges

entre moi et la fille la plus proche, qui se leva aussitôt, plissa le nez comme si je dégageais une odeur nauséabonde et alla s'asseoir loin de moi. Ses camarades éclatèrent de rire et je regrettai d'être venue. Je balayai la salle du regard, en me demandant si la détenue de la cellule voisine était là.

Dieu merci, la télé diffusait un épisode de *Downton Abbey* et très vite, les autres prisonnières se désintéressèrent de mon cas. Au bout de quelques minutes, une femme squelettique d'une vingtaine d'années entra et vint s'asseoir à côté de moi. Deux détenues se retournèrent et nous observèrent. Je sentais mon cœur cogner dans ma poitrine et le sang qui battait à mes tempes étouffait les voix de Hugh Bonneville et de Maggie Smith, comme si quelqu'un avait baissé le son. Qu'allait-elle me faire ?

En voyant qu'elle me souriait, je poussai un soupir de soulagement. Quand elle repoussa d'un petit geste brusque ses cheveux bruns mi-longs, je repensai à Bella. Et une vague de tristesse me submergea, car je pris conscience que je ne reverrais sans doute plus jamais ma belle-fille.

« Tu es nouvelle », murmura-t-elle.

Je répondis par un hochement de tête, en espérant qu'elle n'allait pas engager la conversation, même si j'étais venue dans cette salle de détente pour essayer de commencer à m'intégrer. Je remarquai plusieurs cicatrices blanches sur son avant-bras gauche : superficielles, parallèles, de différentes longueurs. Là encore, j'ignorais si cette femme s'était mutilée avant d'être envoyée ici ou depuis son arrivée.

« Il y a une autre nouvelle, ajouta-t-elle. La flic qui a buté ses jumelles. » Elle avait haussé la voix et plusieurs femmes assises devant nous émirent des *chut* rageurs. « Tu as entendu parler d'elle ? »

J'étais incapable de répondre. J'avais cru qu'elle se fichait de savoir qui j'étais, en vérité, elle ne *savait pas* qui j'étais. En revanche, elle avait entendu parler de moi.

« Ah ! j'aimerais bien passer cinq minutes seule avec elle, poursuivit-elle en frappant dans sa paume avec son poing. Je lui filerais une bonne leçon à cette salope tueuse de bébés ! »

Je me levai pendant qu'elle crachait ces dernières paroles et regagnai la sécurité de ma cellule. C'était évident désormais : je devrais me confiner entre ces quatre murs, une prison à l'intérieur de la prison.

Mais dès le lendemain, elles me rendirent visite. Elles étaient cinq. Quatre pour m'immobiliser et une – la brune aux bras scarifiés – pour faire le sale boulot. Me donner une « leçon » comme elle disait. Les autres l'encouragèrent en l'appelant Gemma.

Je relevai la tête pour voir ce qu'elle faisait. Elle tenait un stylo et une aiguille, un peu plus grosse qu'une aiguille à coudre, une aiguille à tapisserie peut-être.

Une de ses copines appuya une lame de rasoir contre mon cou.

« Allonge-toi et ne bouge pas, ordure ! » ordonna-t-elle.

J'entendais des gémissements. Il me fallut plusieurs secondes pour comprendre que c'était moi.

« Ta gueule ! » dit Gemma et elle éclata de rire.

Les autres l'imitèrent. Là encore, je mis un certain temps à comprendre la blague : c'étaient les mots que je lui avais criés à travers le mur, le premier soir. Gemma était ma voisine et apparemment, elle s'était mis en tête – après avoir cessé de la cogner contre le mur – de me faire payer cet affront.

Elles plaquèrent ma main droite sur le lit, pendant que Gemma s'y attaquait avec l'aiguille, la langue sortie sous l'effet de la concentration. Je serrai le poing, sans que cela l'arrête. J'étais totalement impuissante. Alors que je me débattais et hurlais de douleur, clouée sur mon lit, les pensées se bousculaient dans ma tête. L'aiguille avait-elle été stérilisée ? J'en doutais. Que dessinait-elle sur le dessus de ma main ? Risquais-je une infection ?

Une gardienne fit irruption dans ma cellule, mais Gemma avait eu le temps d'achever son travail. On m'emmena à l'infirmerie. Le médecin qui m'avait examinée à mon arrivée avait été remplacé par une petite femme rondelette aux joues de hamster, aux lèvres pulpeuses et à la peau parfaite. Elle avait de longs cheveux auburn, maintenus en arrière par un serre-tête rouge vif. Je lus son nom épinglé au revers de sa blouse blanche : Dr Nolan.

Elle tapota gentiment le dos de ma main.

« La bonne nouvelle, dit-elle, c'est que ces tatouages *handpoke*, réalisés en prison, ont tendance à s'effacer avec le temps. » Elle avait une voix douce, teintée d'un accent irlandais. Elle ne me demanda pas ce que signifiait STB. Peut-être le savait-elle déjà. Salope Tueuse de Bébés. Mon surnom désormais. Je n'avais plus d'identité. Uniquement un surnom, tatoué sur le dos de ma main, et un matricule de détenue.

Je hochai la tête et mordis ma lèvre inférieure pour l'empêcher de trembloter.

« Et maintenant, qu'est-ce qui va se passer ? » demandai-je. Je voulais dire par-là : qu'est-ce qui va m'arriver ? Allais-je subir un test de séropositivité ? Devais-je regagner ma cellule ou pouvais-je rester un peu à l'infirmerie ?

Mais le Dr Nolan crut que je parlais de mes codétenues. De celles qui m'avaient agressée.

« Gemma devait être libérée sur parole dans une quinzaine de jours. Je crois que les gardiennes avaient plus hâte de la voir partir qu'elle d'être relâchée. »

J'étais curieuse de savoir comment ces femmes s'étaient procuré un rasoir et une aiguille à l'intérieur de la prison.

« Sans doute que je ne devrais pas vous dire ça, mais de toute façon, vous l'apprendrez bien assez tôt. Dehors, dans la cour de promenade, il y a un angle mort. Les familles et les amis des détenues en profitent pour lancer des petits paquets par-dessus le mur. Cette prison est surpeuplée et le personnel en sous-effectif. Les gardiens font de leur mieux, mais bon... »

Je ne savais pas trop pourquoi elle me racontait ça. Je ne pensais pas m'être interrogée à voix haute, mais peut-être que si. Ou bien voulait-elle que je puisse me défendre ? Riposter ?

Le Dr Nolan me garda à l'infirmerie jusqu'au lendemain matin. En observation, dit-elle, mais c'était sans doute par pure bonté d'âme. J'étais beaucoup mieux qu'entre les murs de ma cellule. Dans un demi-sommeil, j'imaginai que j'étais couchée dans mon grand lit douillet, entre mes draps soyeux, à côté de Michael, avant que tout cela se produise.

Quand j'avais téléphoné à Michael en arrivant ici, il m'avait annoncé qu'il allait mettre notre maison en vente. Elle était devenue trop grande, disait-il. Oui, sans doute. Maintenant que les jumelles étaient mortes, que j'étais en prison, que Callum, Bella et Clémentine étaient partis, Michael allait s'y retrouver seul.

Pourtant, je suis certaine que ce n'était pas l'unique raison. Notre maison abritait désormais des spectres et des ombres. Les mauvais souvenirs avaient occulté des années de bonheur, laissant dans leur sillage des rêves anéantis et des cœurs brisés, qui ne guériraient jamais. Et il me vint à l'esprit que même si je sortais de prison un jour, je n'aurais plus de toit.

CHAPITRE 11

Jonathan

Juin 2018

Pour une fois, les garçons ne se chamaillent pas dans la voiture en allant à l'école. J'autorise Noah à choisir la radio, à condition qu'il n'adresse la parole à Alfie que pour lui dire quelque chose de gentil. Résultat, Noah n'ouvre pas la bouche durant tout le trajet. Conclusion : l'éducation est affaire de corruption. À en croire Noah, mon fils aîné, plus personne n'écoute la radio de nos jours, alors il branche son smartphone sur le port USB et nous avons droit à dix minutes de hip-hop diffusées par une application de streaming. Le compromis. Encore un ingrédient essentiel pour élever ses enfants.

Je suis vraiment un père nul.

Après avoir déposé mes fils à l'école (à l'heure, pour une fois), je souris intérieurement : cette journée commence bien.

Puis mon portable sonne. La sonnerie, trop forte, me fait sursauter.

« Jonathan, un drame s'est produit. » La voix de Claire vibre dans le haut-parleur de la voiture. Trop forte, elle aussi. Je baisse le volume. « Une voiture a effectué une sortie de route sur la M5, à toute allure, et fait une chute de cinquante mètres de haut. Ça s'est produit… il y a une heure environ. » Je me représente Claire en train de regarder sa montre en faisant les cent pas dans l'Aquarium, perchée sur ses hauts talons. « Un conducteur et un passager. » Elle paraît étrangement survoltée. Je déteste l'idée que le malheur des autres sert à alimenter nos articles. « Le conducteur est coincé à l'intérieur de l'épave. Les pompiers sont sur place.

– OK, j'y vais », dis-je en m'efforçant de masquer mon mécontentement.

Ah, formidable. Je n'ose même pas imaginer les embouteillages. Un accident de la circulation à l'heure de pointe.

« Sur la M5 en direction du nord, précise Claire. Juste après la sortie 15.

– Noté », dis-je d'un ton faussement enjoué.

Ou comme dirait Alfie : Ça marche !

*

Il est bien plus de quatorze heures quand j'arrive dans les locaux de *The Redcliffe Gazette*. Dès que je franchis la porte du bureau, Kelly me fait de grands signes de l'autre bout de la salle qui, après trois mois de travaux, ressemble toujours à un open space. Dieu merci, les ouvriers ont à l'évidence encore pris un jour de congé, alors, au moins, c'est calme. Kelly me guettait, semble-t-il. Mais je n'ai aucune envie, à cet instant, de corriger un de ses articles.

En me dirigeant vers mon poste de travail, je remarque que Claire reçoit un visiteur (une victime ?) dans l'Aquarium. Je me laisse tomber sur mon siège en soupirant et sors mon mouchoir de ma poche pour m'éponger le front. Ma chemise colle à mon dos.

« Il fait chaud dehors ? demande Kelly.

– Légèrement. »

Je regrette d'avoir choisi le sud de la France pour nos vacances d'été en famille. Si j'avais su qu'on allait subir une vague de chaleur, j'aurais opté pour une autre destination. L'Islande ou le Groenland, par exemple. Ou le Kazakhstan.

Je n'ai pas seulement chaud, j'ai faim. Malgré le sandwich acheté dans une station-service au retour. Et surtout, je suis mal luné.

« Pas maintenant, Kelly », dis-je en la voyant faire glisser sur mon bureau une chemise cartonnée verte, qui contient visiblement un épais paquet de feuilles. De prime abord, j'ai pensé qu'elle voulait me faire relire son travail, mais il y a trop de pages. Je n'ai pas le temps, cependant, de jouer aux devinettes, il faut que je me mette au boulot.

« Je dois publier cette info en ligne d'abord.

– Oh ! »

Sa mine se défait.

« J'y jetterai un coup d'œil plus tard. » Je lui rends sa chemise et connecte mon ordinateur portable à la station d'accueil. « Qui est avec Claire ?

– Le superintendant Simon Goodman.

– Hein ? » Je pivote sur mon siège. En effet. « Qu'est-ce qu'il fait là ?

– Aucune idée. »

Je vois Simon se lever et serrer la main de Claire. Je me retourne face à mon ordinateur, en faisant semblant d'être en plein travail. Du coin de l'œil, je le regarde traverser le bureau.

« Jonathan, vous avez une minute ? lance Claire dans mon dos.

– Ah, on va tout savoir, glissé-je tout bas à Kelly.

– Eh bien, qu'est-ce que vous pouvez me dire sur

cet accident ? » demande Claire avant même que j'aie refermé la porte derrière moi.

Droit au but comme toujours. J'ai envie de savoir ce que Simon Goodman est venu faire ici, mais ça devra attendre.

« Fort heureusement, ni le conducteur ni la passagère – le mari et la femme – ne sont morts dans l'accident. » Claire ne fait aucun commentaire, mais son visage indique clairement : *heureusement pour certains*. « L'homme, c'est lui qui conduisait, a finalement réussi à s'extraire seul de la voiture. On l'avait déjà conduit à Southmead quand je suis arrivé sur place. Il souffre de légères blessures, d'après l'urgentiste que j'ai interrogé. Éraflures et égratignures.

– Oh, bon sang ! »

Je ne sais pas trop d'où vient la déception de Claire. Espérait-elle un accident mortel ? Des blessures graves, au moins ? Ou bien est-ce parce que je suis arrivé trop tard sur les lieux pour photographier les victimes ?

« J'ai de bonnes images des pompiers en train de désincarcérer la femme avec des cisailles hydrauliques. »

Claire retrouve un peu le sourire.

« Très bien. Chargez-les et postez-les. Peut-être que vous pourriez vous rendre à l'hôpital demain pour en savoir plus. Allez-y au bluff pour entrer et essayez d'obtenir une déclaration du mari ou de la femme. Ce sera tout. »

Fin de l'entretien. Mais je n'ai pas fini.

« C'est bien Simon Goodman que j'ai aperçu dans votre bureau à l'instant ?

– Oui. »

Elle n'offre aucune explication.

« C'était en rapport avec la demande d'appel de Melissa Slade ? »

Elle écarte les bras, comme pour dire : *quoi d'autre ?* mais il est évident qu'elle n'a pas envie d'éclairer ma lanterne.

Je suis à moitié sorti de l'Aquarium quand Claire me rappelle :

« Oh, Jonathan ! J'ai failli oublier. Quelqu'un a appelé le journal. Une femme. Elle voulait vous parler. Elle affirmait que c'était important, alors on me l'a passée. Une certaine Jennifer Porter. Elle n'a pas voulu me dire de quoi il s'agissait. »

Ce nom me dit vaguement quelque chose. Jennifer Porter. Soudain, ça me revient. Jenny, l'amie de Melissa. Michael Slade nous a parlé d'elle. Elle faisait partie des convives le soir où Amber était morte.

« Elle a laissé ses coordonnées ?

– Non. Elle a dit qu'elle rappellerait plus tard. Je lui ai donné votre numéro de poste.

– OK. Et elle n'a pas dit ce qu'elle voulait ? »

Les yeux vert bouteille de Claire me foudroient pour bien me faire comprendre qu'elle a autre chose à faire que de se répéter.

« Très bien. Merci. » Me voici avec deux questions sans réponse à présent. Qu'est venu faire Simon Goodman ici ? Et pourquoi Jennifer Porter m'a-t-elle appelé ? « Si je la loupe de nouveau, donnez-lui mon numéro de portable. »

De retour à mon bureau, je m'attaque à l'article sur l'accident de la route survenu ce matin. Je sens des gouttes de sueur perler de nouveau sur mon front, mais cette fois, la chaleur n'y est pour rien.

Je ne m'étais jamais rendu sur le lieu d'un accident de la route pour faire un reportage, même si j'avais dû rendre compte, récemment, d'un carambolage sur l'autoroute, et j'avais couvert deux collisions dues à une conduite en état d'ivresse. Ce matin, sur la scène du drame, je m'étais senti étrangement détaché et maintenant que je passe en revue mes photos, j'ai l'impression de découvrir cette épave. Sur l'une d'elles, le visage de la femme apparaît très distinctement, malgré l'utilisation du zoom. Soudain, ses traits deviennent flous devant mes yeux et je vois le visage de Mel, comme si cette inconnue avait pris l'apparence de ma femme.

Pendant plusieurs secondes, je la regarde amoureusement, avec envie. Mel avait éveillé l'intérêt des médias à une époque. Brièvement. Puis un autre événement s'était produit, plus dramatique, plus récent, et elle était tombée dans les oubliettes. C'est ainsi que ça fonctionne. Chacun a droit à son quart d'heure de gloire. Andy Warhol ne l'avait-il pas prédit ? La « célébrité » de Mel avait duré un peu plus que quinze minutes, cependant.

L'odeur du café, lorsque Kelly dépose un gobelet en plastique fumant sur mon bureau, me ramène vigoureusement dans le présent.

« Vous en avez bien besoin, j'ai l'impression.

– Merci.

– Alors, que faisait le superintendant Goodman dans le bureau de Saunders ?

– Je n'en sais pas plus, Kelly. Notre chère rédactrice en chef n'était pas très bavarde.

– Cela nous fournira peut-être un indice. » Elle me fourre la chemise verte dans les mains. « C'est lui qui me l'a remise en douce pendant que Claire avait le dos tourné.

– Qui ça ? Goodman ? »

Kelly hoche la tête. Je remarque un Post-it collé sur la chemise. Mon nom est inscrit dessus en majuscules. J'ôte l'élastique et ouvre la chemise. Elle contient plusieurs pages imprimées, dont certaines datées.

« C'est un journal intime », dis-je en survolant la première page.

Callum... mon beau petit garçon... très différent... quelque chose clochait en moi... mauvaise mère... impossible de m'attacher...

Je lève les yeux vers Kelly.

« C'est le journal intime de Melissa Slade. »

Elle ouvre de grands yeux.

« Oooh. Je pourrai... quand vous aurez fini... ?

– Photocopiez ces pages. Nous pourrons les lire en même temps. »

Je referme la chemise et la lui rends.

Après le départ de Kelly, je me remets au travail. Je viens de poster l'article sur l'accident de la route quand je reçois un appel sur mon poste de bureau. C'est Jennifer Porter. Elle a une voix d'enfant, mais si c'est l'amie de Melissa, elle est forcément plus âgée qu'il n'y paraît.

« Simon Goodman m'a demandé de vous contacter, dit-elle. Il m'a donné votre adresse mail, mais j'ai préféré vous appeler directement.

– Je m'en réjouis. Voulez-vous qu'on se retrouve quelque part ? On pourrait bavarder autour d'un thé ?

– Non. Je... En fait, je ne voulais pas vous contacter, avoue-t-elle. J'ai votre parole que vous ne me citerez pas ?

– Bien sûr. Tout cela restera confidentiel. Je vous le promets. Par quoi souhaitez-vous commencer ? Qu'avez-vous à me dire ? »

Je perçois un soupir au bout du fil.

« En vérité, je ne sais pas trop. J'aimerais apporter mon aide... Melissa était mon amie. Et Callum, son fils, est resté très proche de ma fille, Sophia.

– Mais ?

– Mon mari, Rob, est farouchement opposé à ce que je participe à la campagne en faveur de la libération de Melissa. Il pense… On ne connaît jamais vraiment les gens, n'est-ce pas ? Je ne suis pas certaine de bien faire. »

Je crois deviner où veut en venir Jennifer Porter.

« Je comprends ce que vous voulez dire. On m'a chargé d'écrire un article sur Melissa et sa demande d'appel, mais je ne la connais pas. Je ne l'ai jamais rencontrée. » Je ne précise pas que je n'en ai aucune envie. « J'aime rapporter uniquement les faits et ce n'est pas facile d'accéder à la vérité au milieu de toutes ces informations contradictoires.

– En effet.

– Je vais vous poser des questions et vous répondrez seulement si vous le souhaitez, d'accord ?

– OK. »

J'attire vers moi un carnet et prends un stylo.

« Commençons par ce dîner chez les Slade. Que pouvez-vous me dire sur cette soirée ? »

Kelly s'est rapprochée en faisant rouler son siège. Je mets le haut-parleur pour lui permettre de suivre ma conversation avec Jennifer Porter.

« Au départ, c'était un dîner comme les autres. Rob et moi, on est arrivés avec notre fille, Sophia, vers 19 heures. Le repas était délicieux. Le vin aussi. Tout se passait très bien jusqu'à ce qu'on s'aperçoive qu'Amber… Oh, c'était horrible.

– Et au cours du dîner ? Tout le monde avait un comportement normal selon vous ? »

Jennifer ne répond pas immédiatement.

« Oui, je pense. Melissa m'avait confié que ça n'allait pas très bien entre Michael et elle, et même si lui n'en parlait pas, ça se sentait. Il lui lançait des regards noirs, ce genre de chose. Elle est sortie pour fumer une cigarette avec moi et ça n'a pas plu à Michael. »

Pendant que je note tout ça dans mon carnet, Jennifer Porter se tait subitement, comme si elle craignait d'en avoir trop dit.

« Continuez, dis-je, sans la brusquer.

– Je songeais que c'était peut-être un comportement normal de la part d'un couple qui vient d'avoir des jumelles. Michael était peut-être juste fatigué et irritable. Deux bébés en même temps, ça met la pression sur n'importe quel mariage.

– Hmmm. Et Melissa ? Comment l'avez-vous trouvée ce soir-là ?

– Elle avait fait un effort.

– Pour préparer le repas ?

– Non. En vérité, je pense qu'elle n'avait pas passé beaucoup de temps en cuisine. Je parlais de sa coiffure et de sa tenue. Elle était ravissante.

– C'était inhabituel ?

– Oui, plus ou moins. À cette époque-là, en tout cas. Depuis la naissance des jumelles, elle n'allait pas bien. Un jour, en débarquant chez elle à l'improviste, je l'ai trouvée pas lavée, négligée. Elle galérait.

– Elle était déprimée ?

– Oui. Finalement, on lui a diagnostiqué une dépression postnatale. Mais ce soir-là, elle portait une robe neuve, elle était allée chez le coiffeur et elle s'était maquillée. Je me souviens d'avoir été soulagée en la voyant comme ça. Je m'inquiétais pour elle.

– Donc, elle n'affichait aucun signe de dépression ce soir-là ? »

Nouveau silence. Puis :

« On ne peut pas dire ça. Elle buvait beaucoup. Ce qui inquiétait Michael. Il l'avait dit à Rob. Melissa semblait à cran. Elle ne lâchait pas le babyphone et elle ne cessait de vérifier que le volume était suffisamment fort pour entendre Amber quand elle aurait faim. Ellie avait déjà réclamé à manger et… on a compris trop tard pourquoi Amber ne s'était pas réveillée, elle aussi. »

Kelly me prend mon stylo et mon carnet pour griffonner quelques mots. Elle retourne le carnet face à moi. Je lis : REPAS ?

Je ne pige pas immédiatement. Jennifer Porter a parlé de nourrir le bébé et je me représente des biberons, un allaitement, des petits pots. Et puis, je percute. J'adresse un signe de tête à Kelly.

« Madame Porter, vous disiez que Melissa n'avait pas passé beaucoup de temps en cuisine. C'est Michael qui avait préparé le repas ?

– Non. Clémentine s'était occupée de presque tout.

– Clémentine ? La… ?

– Clémentine… Rouquier, je crois. La jeune fille au pair. C'est moi qui l'avais trouvée pour soulager Melissa. »

Elle dit cela d'un ton triste.

« Elle était présente ce soir-là ?

– Oui. »

Je note le nom dans le carnet.

« Savez-vous que Michael Slade avait une liaison avec la nounou ? demande-t-elle. Je n'aime pas colporter des ragots, mais ça pourrait avoir de l'importance.

– Oui, je suis au courant. J'étais au tribunal le jour où Michael a témoigné.

– Il aurait pu être son père. Apparemment, ils partageaient l'amour du vin français. » J'échange un regard avec Kelly. « En vérité, il était en train de la baiser – dans la maison – le soir où Ellie est morte. »

La voix frêle de Jennifer Porter contraste avec les paroles crues qui sortent du haut-parleur.

Je ne sais pas quoi dire. J'ouvre la bouche et la referme, pendant que Kelly écrit quelque chose dans mon carnet. Je lis et la regarde en dressant un sourcil. Jamais je n'aurais pensé à poser cette question, mais je crois savoir où veut en venir Kelly.

Je demande à Jennifer :

« Diriez-vous que Michael Slade aimait ses jumelles ?

– Je ne sais pas. » À en juger par son ton, elle est surprise par cette question elle aussi. « Oui, je crois. En tout cas, je ne pense pas qu'il ait pu les tuer, si c'est ce que vous voulez savoir. »

Je regarde Kelly, qui hoche la tête d'un air satisfait.

« Et Melissa ?

– Quoi, Melissa ? Est-ce qu'elle aimait Amber et Ellie ? Ou est-ce qu'elle les a tuées ?

– Les deux. »

Elle soupire.

« Voilà exactement ce que je voulais dire tout à l'heure, en disant qu'on ne connaît jamais vraiment les gens. Melissa était… *est* mon amie. Durant les mois qui ont suivi la naissance des jumelles, elle n'était plus elle-même, mais elle faisait de son mieux. D'un autre côté… Non, rien… Je ne devrais pas…

– Tout cela restera confidentiel, lui rappelé-je.

– Dès que la police a fini d'examiner la chambre, elle a tout vidé, elle a rangé les affaires des jumelles dans des cartons. Les vêtements et le reste. Et elle a tout jeté avant le début du procès. Comment peut-on être aussi insensible ? »

Je suppose que la question de Jennifer est purement rhétorique, mais je réponds quand même :

« Ce n'est peut-être pas un manque de sensibilité. Plutôt un moyen pour elle d'affronter son chagrin. »

Après cet échange, Jennifer se ferme quelque peu. Je m'assure qu'elle a bien noté mon numéro de portable, au cas où autre chose lui reviendrait. Et elle accepte de me donner le sien.

« Pour moi, jeter toutes les affaires des jumelles, comme si elles n'avaient jamais existé est une preuve d'insensibilité, dit Kelly après que j'ai raccroché. Je dirais que Melissa cherchait à se débarrasser des preuves plutôt qu'à affronter son chagrin.

– Les gens gèrent la perte d'un être cher de manières très différentes. Ce n'est ni bien ni mal. »

En prononçant ces paroles, je sens naître le doute. Ai-je fait ce qu'il fallait ? Ai-je mal agi sur toute la ligne ? Je m'aperçois pour la première fois que j'éprouve une pointe de compassion et d'admiration, à mon corps défendant, pour Melissa Slade. Je m'aperçois également qu'il est temps que je lâche prise.

CHAPITRE 12

Melissa

Mai 2014

Durant la nuit, chaque nuit, mes filles grandissent à une vitesse étonnante. Une nuit, elles ont leurs premières dents. Une autre nuit, elles se mettent à marcher et à parler. Elles se battent souvent à cause des cubes de construction aux couleurs primaires. Parfois, elles jouent ensemble avec des poupées et des ours en peluche.

Je m'endors en brûlant d'envie de les voir, tout en redoutant le réveil, le moment où j'éprouverai de nouveau l'horreur et l'angoisse de la perte de mes enfants. Ce n'était donc pas la réalité, mais encore un rêve. Un rêve qui ne pourra jamais se réaliser. Je n'entendrai jamais les premiers mots de mes filles, je ne les verrai jamais faire leurs premiers pas. Chaque fois, ce constat broie et flétrit mes poumons.

Cela fait cinq mois maintenant que je suis enfermée au centre de détention de Haresfield Park, et chaque matin, je suis surprise de me réveiller. Car je suis convaincue qu'une de mes codétenues serait capable de me tuer dans mon sommeil. Elles me haïssent toutes. Je suis une paria, une intouchable. En tant qu'ex-policière condamnée pour meurtres d'enfants, je suis jugée inhumaine. Et traitée comme telle.

En arrivant ici, je me suis juré de ne jamais clamer mon innocence et de ne jamais m'insurger contre les injustices du système judiciaire. Nombreuses sont les prisonnières qui le font, et elles sont mal vues. Je baisse la tête et je reste dans mon coin.

On m'a affectée au nettoyage. Une activité sans risques, paraît-il. Aux yeux des autres détenues, c'est un sale boulot et elles trouvent naturel qu'on me le confie. Je travaille dur pour montrer que je ne m'estime pas au-dessus de ces tâches. Mais j'ai beau récurer et briquer, cela ne me vaut aucune marque de respect.

Les gardiennes, inquiètes pour ma sécurité, ont proposé plusieurs fois de m'escorter lorsque je sors de ma cellule. Mais cela ne ferait qu'attirer davantage l'attention sur moi et j'essaye de faire profil bas, alors j'ai toujours refusé. Ce qui m'a permis de gagner quelques bons points.

Je pense qu'un cap a été franchi récemment. Je crois que je me suis fait une amie. Elle se prénomme Cathy, mais tout le monde l'appelle Bob. Ça me fait penser à Kate dans *La Vipère noire*, bien qu'elle ne lui ressemble pas du tout. Cathy est petite et mince, jolie et plutôt coriace. Elle a une tête de mort tatouée dans son long cou. Et c'est une débrouillarde. Comme moi, elle a été condamnée à perpétuité. Mais contrairement à moi, elle est très populaire dans notre bâtiment.

Je me suis assise par hasard à côté d'elle au réfectoire, il y a une quinzaine de jours. Apparemment, notre prison est la seule du pays à disposer d'une cantine. Dans la plupart des centres pénitentiaires, les détenus prennent leurs repas dans leurs cellules, à ce qu'il paraît. Je crois que je préférerais manger dans ma cellule, mais ici, c'est considéré comme un privilège de manger ensemble au réfectoire, et c'est un droit qui se perd facilement.

Et je pense que cette femme, assise face à moi, l'a probablement perdu ce jour-là. Elle venait d'un autre bâtiment et je ne l'avais jamais vue, mais elle devait savoir qui j'étais, car, soudain, elle se leva et me lança son plateau à la tête. La moitié de son repas atterrit sur mon visage et dans mes cheveux. Heureusement, la bouffe était tiède, comme d'habitude, et je n'ai pas été brûlée. Mais j'avais envie de pleurer. J'avais envie de fuir et de me cacher.

« Ne bouge pas, me glissa ma voisine. Reste assise. »

Je la regardai du coin de l'œil. Elle avait reçu l'autre moitié du repas. Elle essuya son visage avec son T-shirt et continua à manger, impassible, comme si de rien n'était. Je fis de même. Je restai immobile. Pendant que la prisonnière qui avait lancé son plateau se levait et quittait le réfectoire. Certaines femmes riaient, d'autres nous lançaient des regards admiratifs.

Après le dîner, Cathy vint dans ma cellule, sans y être invitée et s'assit en tailleur sur mon lit. Elle me dévisagea avec ses grands yeux presque noirs, en partie masqués par sa frange. Je l'observai moi aussi. Attendait-elle quelque chose ? Pensait-elle m'avoir rendu un service, pour lequel elle exigeait une récompense ?

« Je m'appelle Cathy. »

Inutile que je me présente. Tout le monde dans le bâtiment me connaissait. Du moins, j'en étais convaincue. Je la regardai de haut en bas. Elle avait encore des morceaux de viande hachée dans ses nattes.

« Je sais qui tu es, poursuivit-elle, nullement troublée par mon mutisme. C'est quoi, ton histoire ?

– Hein ?

– Je sais pourquoi tu es en taule, évidemment. Mais tu es innocente, pas vrai ?

– Comme tout le monde ici, non ? »

Cela la fit rire.

« Pas moi.

– Oh. Tu es ici pour quoi ? »

Je me disais que je n'aurais peut-être pas dû poser cette question. Je n'avais pas envie de connaître la réponse, et encore moins d'énerver Cathy. Mais elle s'en fichait, apparemment.

« J'ai assassiné mon mari. Il me battait, il m'obligeait à coucher avec lui, etc. Ça a duré des années. » Je remarquai la cicatrice qui barrait sa joue droite et me demandai si elle la devait à son mari. « Un soir, j'en ai eu marre, alors j'ai pris un couteau et j'ai tué ce fils de pute.

– Ce n'était pas de la légitime défense ?

– Non. C'était prémédité. Je voulais faire croire à un cambriolage qui avait mal tourné. Mon salopard de mari était plein aux as. Il venait d'une famille riche. On habitait dans une baraque immense. Le système d'alarme ne fonctionnait pas toujours. Et il refusait de prendre un chien de garde : il détestait les chiens. » Elle agita son index sous mon nez, dans une parodie d'avertissement. « Ne jamais se fier aux personnes qui n'aiment pas les animaux. »

Cathy sembla perdre le fil de son récit à cet instant et une expression hagarde balaya son visage. Envolée en un clin d'œil.

« Bref, je me disais qu'il ferait une cible de choix pour des cambrioleurs. Et je pensais m'en tirer en toute impunité.

– Alors, qu'est-ce que…

– Je me suis laissée emporter. Je n'ai pas vraiment suivi mon plan. Je lui ai planté le couteau dans le ventre, et pendant qu'il se tortillait sur le sol, comme la larve qu'il était, une idée m'est venue, et à partir de là, impossible d'y résister. »

Cathy s'animait à mesure qu'elle parlait, et arrivée à ce moment de son récit, elle passa sa langue sur ses lèvres. De toute évidence, elle n'éprouvait aucun remords et prenait plaisir à raconter cette histoire. Elle s'interrompit de nouveau. Pour créer un effet, devinais-je.

« Continue.

– J'ai défait sa ceinture, j'ai baissé son jean et son caleçon dégueu… il s'était pissé dessus, évidemment. Et je lui ai tranché la bite.

– Non ! »

J'étais choquée et pourtant, je sentais un sourire contracter les coins de ma bouche. Cathy était une formidable conteuse et, penchée en avant, je buvais ses paroles.

« Si. Elle était toute petite, précisa-t-elle en agitant son auriculaire. Et tant mieux. Au moins, il ne me faisait pas mal quand il me violait. »

Elle s'interrompit encore une fois, le visage déformé par les souvenirs. J'étais certaine qu'elle minimisait ce qu'elle avait vécu. Nul doute que son mari l'avait fait terriblement souffrir pour qu'elle lui inflige ce châtiment.

Elle reprit son récit :

« Je n'arrêtais pas de rire. Et je lui répétais : “On ne verra même pas la différence”. » Et elle riait, aujourd'hui encore, d'un rire de démente. « C'est pour ça qu'on m'appelle Bob, tu piges ?

– Non. Pourquoi ?

– À cause de Lorena Bobbitt. La nana qui a coupé le pénis de son mari qui abusait d'elle ?

– Oh, oui, d'accord. »

Je ris à mon tour.

L'image de mon père en train de lire le journal dans son fauteuil traversa mon esprit. Je n'avais pas oublié sa réaction à la lecture d'un article sur l'arrestation du violeur d'une adolescente à Bristol.

« Il mérite qu'on lui coupe la tête, avait-il dit à ma mère. Quel dommage qu'on ait supprimé la peine de mort dans ce pays quand on voit des ordures pareilles ! »

La prison à perpétuité m'apparaissait comme une peine trop sévère pour Cathy. Elle était plus jeune que moi, une petite trentaine d'années peut-être. Elle aurait dû avoir toute la vie devant elle. N'avait-elle pas le droit de se venger ? Son mari avait abusé d'elle pendant des années. Il avait eu ce qu'il méritait, non ?

« Sa famille a engagé un as du barreau, ajouta Cathy comme si elle lisait dans mes pensées. Et il m'a bien baisée au tribunal.

– Oh ! Désolée.

– C'est la vie, dit-elle avec un petit geste dédaigneux. Ah, je me suis égarée, je crois. Je voulais que tu me parles de toi. Raconte-moi ton histoire. »

Ce que je fis. Je n'avais rien à perdre. Je me méfiais de Cathy au départ, mais à présent, je m'apercevais qu'elle me plaisait déjà énormément, et bien que je vienne juste de la rencontrer, je lui faisais confiance. Je lui racontai tout. Comme je l'avais raconté à Simon. Avec les mêmes mots, ni plus ni moins.

CHAPITRE 13

Jonathan

Juin 2018

En rentrant de l'entraînement de foot le samedi matin suivant, mes fils remettent ça. Ils jouent à un jeu dont les règles, au nombre de deux, semblent très simples. Règle numéro un : le premier qui aperçoit une voiture jaune et pince son adversaire marque un point. J'ignorais qu'il y avait autant de voitures jaunes dans les environs de Kingswood. Règle numéro deux : le perdant est celui qui éclate en sanglots. Ou pour résumer : Noah gagne et fanfaronne, Alfie perd et pleure.

Je jette un coup d'œil dans le rétroviseur avant de piler net, à un arrêt de bus. Surpris, les deux garçons se taisent. Je descends de voiture, j'ouvre (peut-être un peu trop violemment) la portière arrière. J'extirpe Noah par le bras et lui crie :

« C'est bon, tu as gagné !

– C'était juste un jeu, papa, gémit-il.

– Je ne parle pas de ce foutu jeu ! » J'ai conscience des regards de quelques passants qui observent d'un air méprisant mes méthodes éducatives douteuses. « Monte devant ! Immédiatement ! »

J'avale une grande bouffée d'air et me rassieds au

volant. Je me tourne vers mon aîné en m'obligeant à baisser la voix de quelques décibels.

« Il faut que ça cesse, Noah !

– Pardon, papa, dit-il docilement tandis que je reviens au milieu de la circulation.

– Ce n'est pas à moi qu'il faut demander pardon.

– Pardon, Alfie.

– J'espère que vous ne vous battrez pas de cette façon cet été quand on sera dans le sud de la France.

– Non, papa », disent-ils en chœur.

Je me suis un peu calmé quand je me gare dans l'allée devant chez nous, mais j'ai besoin de rester seul un instant, alors j'envoie les garçons dans leurs chambres, pour jouer chacun de leur côté, jusqu'à l'heure du déjeuner. Ils vont se ruer sur leurs jeux vidéo ou leurs tablettes, mais tant pis.

J'ouvre la porte de la chambre de Rosie. Rien n'a changé. Je n'ai rien changé. Je retrouve les murs roses, le rocking-chair dont Mel était tombée amoureuse, le petit lit blanc à barreaux, les ours en peluche posés sur le coffre à jouets, la bibliothèque rose qui contient des livres d'éveil. Des livres qui n'ont jamais été ouverts, dont les pages n'ont jamais été tournées. Tout dans cette pièce est inutilisé et poussiéreux. *Ce n'est pas une chambre d'enfant, Jon. C'est un autel.*

Depuis notre conversation téléphonique, l'autre jour, je ne cesse de repenser à une chose que m'a dite Jennifer Porter, l'amie de Melissa, choquée de la rapidité avec laquelle celle-ci s'était débarrassée des affaires de ses bébés. Elle y voyait une preuve d'insensibilité. J'avais suggéré que c'était peut-être une façon pour Melissa d'affronter son chagrin, d'essayer d'accepter le fait que ses bébés étaient morts.

En m'enfonçant dans le rocking-chair, les yeux

fixés sur le lit à barreaux vide, je m'aperçois que j'ai gardé toutes ces choses beaucoup trop longtemps. J'ai conservé cette chambre exactement comme Mel et moi l'avions décorée il y a quatre ans, car je craignais, en retirant les affaires de Rosie, de nier son existence. Mais Rosie existera éternellement dans mon cœur et dans mon esprit.

J'ai envoyé à mes deux fils des messages mitigés, pour les encourager à aller de l'avant, alors que cette chambre nous enchaînait au passé et témoignait de ce qui aurait pu être. Aucun de nous trois ne pourra jamais surmonter ce qui s'est passé, mais nous pouvons continuer à vivre.

Je me lève pour aller dans le garage et reviens avec des cartons et un rouleau de gros scotch marron. Je me mets au travail.

Alors que je sors les petits vêtements de la commode pour les mettre dans des sacs en plastique, Alfie pointe le bout de son nez à la porte de la chambre. Je sèche mes larmes du revers de la main.

« Tout va bien, fiston ? Tu as faim ? » demandé-je d'une voix tremblante.

Il repart sans dire un mot.

Il est de retour quelques minutes plus tard, avec Noah, qui me tend en silence une tasse de thé fumant et s'agenouille à côté de moi. Il ouvre un autre tiroir et entreprend de fourrer les vêtements dans un sac, pendant qu'Alfie traîne un carton jusqu'au coffre à jouets pour y déposer les ours en peluche.

Je suis tellement ému que je me remets à pleurer, et je me reproche (ce n'est pas la première fois) de me concentrer sur ce que j'ai perdu au lieu de penser à ce que j'ai. Mes garçons ont perdu leur maman et leur petite sœur, et ils ont besoin de moi. En regardant mes fils à travers mes yeux mouillés de larmes, je suis submergé par une énorme vague de fierté.

Une heure plus tard, je les pousse de nouveau à bord de la voiture. Assis à l'arrière, Noah bavarde avec son frère. Alfie rit de ses plaisanteries et cela suffit à dissiper les nuages noirs à l'intérieur de ma tête. Je leur demande s'ils aimeraient m'aider à repeindre la chambre de Rosie le week-end prochain. L'idée de la transformer en salle de jeux les emballe. Je vendrai le rocking-chair, le lit à barreaux et le coffre à jouets sur eBay. J'aurais dû le faire depuis longtemps.

Après un déjeuner tardif au McDo, nous déposons les vêtements de bébé chez Oxfam et rentrons à la maison pour regarder un film.

Noah laisse Alfie choisir le DVD et nous prenons place tous les trois dans le canapé du salon. Pendant qu'ils sont captivés par *Coco*, j'ouvre le journal intime de Melissa Slade. Arrivé à la page deux, pendant que sur l'écran, Miguel découvre une photo de famille sur laquelle le visage de son arrière-arrière-grand-père est déchiré, je décide d'aller chercher un carnet et un stylo. J'ai besoin de procéder avec minutie, pour une fois. Je suis un père célibataire et je brûle les étapes. Cela pourrait me servir d'épitaphe. En l'occurrence, je veux être sûr de saisir tous les mots écrits par Melissa.

Je me rassieds dans le canapé et tente de faire abstraction du film pour me concentrer sur ma lecture. Melissa débute par le récit de sa dépression postnatale. Elle décrit son état, de manière détachée. Sans s'attarder sur son ressenti. Et même si cela donne une certaine impression de froideur, je crois que je commence à la comprendre. Elle voulait raconter son histoire, mais pour pouvoir coucher ces mots sur le papier, elle devait faire comme si tout cela était arrivé à quelqu'un d'autre.

Melissa évoque le soutien de son amie Jenny, le manque de soutien de son mari, et je sens grandir mon aversion pour Michael Slade. Elle explique qu'elle a renoncé à sa carrière et à ses activités sportives pour élever ses jumelles. Cela ravive un souvenir. Dans un article publié en ligne, le journaliste (ce n'était pas moi) dépeignait une mère insensible, rongée par l'amertume, qui avait engagé une nounou pour élever ses enfants, afin de pouvoir continuer à sortir et à entretenir sa forme.

Une autre pensée me traverse l'esprit, mais j'ignore si elle est pertinente. Les relations entre Melissa et son second mari n'étaient de toute évidence pas au beau fixe, loin s'en faut. En revanche, elle a reçu le soutien inconditionnel de son premier mari. Simon Goodman a fait campagne en faveur de sa libération depuis qu'elle a été envoyée en prison. Aujourd'hui encore, il est de son côté. Je le note dans mon carnet et mâchonne le bout de mon stylo d'un air songeur. Peut-être est-il toujours amoureux d'elle ?

J'en arrive à la description du dîner. Je n'ai jamais rencontré Melissa (et je n'en ai toujours aucune envie), pourtant, c'est comme si j'entendais sa voix dans ma tête, raconter les événements de cette soirée. Elle décrit tout le mal qu'elle s'est donné pour apparaître sous son meilleur jour. Je l'imagine presque, essayant désespérément de calmer les cris d'Amber pour pouvoir se maquiller et enfiler sa nouvelle robe avant l'arrivée des invités.

Quand j'atteins le moment où elle découvre Amber morte dans son lit à barreaux, mon cœur cesse de battre pendant quelques secondes. Je note les réactions de chacun, même si, là encore, je ne suis pas sûr que ce soit important. Melissa s'est mise à hurler. Callum a blêmi en comprenant que sa petite sœur était morte, Bella s'est précipitée pour aider sa belle-mère, Jenny a réconforté son amie. Michael et Clémentine, qui tentait de ranimer le bébé, et Rob, qui a appelé une ambulance, ont réussi à conserver leur sang-froid.

Je poursuis ma lecture. Le passage suivant concerne la paranoïa de Melissa. Terrorisée à l'idée qu'Ellie puisse connaître le même sort. Je l'imagine dans la chambre des petites, se balançant dans le fauteuil, surveillant la respiration de son bébé. Je me représente la chambre dans les moindres détails. Puis m'aperçois qu'en réalité, j'ai transporté Melissa dans la chambre de Rosie, celle-là même que les garçons et moi avons vidée ce matin.

Je sais ce qui va se passer et je n'ai pas envie de lire la suite, mais je ne peux m'en empêcher. Encore un paragraphe. Encore une page. Jusqu'à la fin de cette scène. Lorsque Melissa découvre Ellie inanimée dans son petit lit. Je repose le journal intime sur la table basse. Je n'en peux plus.

Je sais ce que ça fait de perdre un enfant. Ce n'est pas une chose que je pourrais décrire avec des mots, mais je sais ce qu'on ressent. Melissa en a perdu deux. Sans doute pensait-elle alors qu'il n'existe rien de pire au monde. Elle avait tort. À l'insupportable douleur de perdre ses deux nourrissons s'est ajoutée une autre épreuve : on l'a accusée de meurtre.

Je pense à Callum et à Bella. J'imagine combien la perte de leurs sœurs les a affectés – leurs demi-sœurs techniquement parlant –, mais je doute que ça change quoi que ce soit. D'après Michael Slade, Bella est retournée vivre chez sa mère, mais on a privé Callum de la sienne. Enfermée à vie. Et je devine que Bella et Callum se sont perdus mutuellement, comme ils ont perdu Amber et Ellie.

Je regarde mes fils, les yeux collés à l'écran. Notre tragédie a laissé sur eux une marque indélébile, une brûlure, à vie. Le souvenir qu'Alfie a conservé de sa mère s'efface un peu plus chaque année, et ni lui ni Noah n'ont connu leur sœur, mais le chagrin gravé sur leurs visages leur rappelle constamment que notre famille est brisée.

Mes pensées me ramènent à Melissa. Se peut-il qu'elle soit innocente ? C'est la première fois que j'envisage sérieusement cette hypothèse. Bien évidemment, si elle n'a jamais avoué avoir tué ses bébés à l'époque, elle n'allait pas le confesser dans un journal intime qui pouvait se retrouver dans les mains de n'importe qui. La preuve. Après avoir lu une partie de son journal, j'éprouve un zest de compassion pour elle. Toutefois, je continue à ne pas la croire.

Je ne peux me défaire de l'impression d'être manipulé, d'une manière ou d'une autre. Par qui ? Je l'ignore. Goodman ? Melissa ? Son récit correspond-il à la réalité ? Ou est-ce une fabulation ? Je n'ai aucun moyen de le savoir. Mais si Melissa n'a pas tué Ellie, alors, c'est une effroyable tragédie. Doublée d'une terrible erreur judiciaire. Néanmoins, je ne suis pas sûr de vouloir gober cette version des faits.

Tandis que Miguel chante « Ne m'oublie pas », je vois Alfie écraser subrepticement une larme, et m'aperçois que mes yeux menacent de déborder eux aussi. Je serais incapable de dire depuis quand je n'avais pas pleuré, avant ce matin, et voilà que je suis sur le point de chialer, pour la troisième fois aujourd'hui. Je décide de faire toute la lumière sur cette affaire, de découvrir la vérité. Pour les enfants de Melissa. Pour ses filles et son fils.

CHAPITRE 14

Melissa

J'avais cessé de tenir mon journal. Cela ne m'aidait pas vraiment et je n'avais plus rien à ajouter. J'avais fait le récit des événements ayant conduit à mon incarcération : la mort de mes deux petites, mon arrestation, mon procès, ma condamnation. Mais aujourd'hui, il me semble que ce n'est pas encore la fin. Tout recommence.

Avril 2018

Quand on m'a arrêtée, j'ai eu envie d'en finir. J'ai décidé de plaider coupable. Je savais qu'ainsi, en faisant cette déclaration lors de ma première audition, j'éviterais un procès. *Aller en prison. Aller directement en prison.* Mes journées étaient façonnées par le cycle sans fin du lever et du coucher du soleil, le jour devenait la nuit, puis redevenait le jour. Pourtant, mon monde restait plongé dans l'obscurité, même dans la journée, et la nuit, je ne dormais presque pas. Ma vie était un seul et interminable cauchemar. Je voulais juste que ça s'arrête. Je parle du cauchemar, mais si ma vie avait pris fin, là, à cet instant, je n'aurais pas cherché à résister.

Maître Martin May avait tenté de me dissuader de plaider coupable, mais je refusais de l'écouter. Puis

Simon m'a suppliée. Et malgré moi, je me suis laissé convaincre. J'ai fait ce qu'il me demandait. Il affirmait que jamais je ne serais reconnue coupable. Résultat, j'ai été jugée et condamnée à la prison à vie. Simon m'a persuadée, là encore, de faire appel. En affirmant que ma condamnation serait annulée et que je serais acquittée. Résultat, ma condamnation a été confirmée et je suis restée en prison.

Aujourd'hui, presque quatre ans plus tard, Simon était assis face à moi au parloir du centre pénitentiaire de Haresfield Park et il employait quasiment les mêmes arguments qu'à l'époque.

« Ton fils a perdu ses sœurs et sa mère. Il a besoin de toi. Ici, tu ne lui sers à rien.

– *Notre* fils est adulte, Simon. Et mon premier appel a été rejeté. Pourquoi ce serait différent cette fois ?

– Il a encore besoin de toi. Maintenant, plus que jamais. » Je grimaçai en entendant ça. D'après Simon, Callum allait mal.

« Tu as des arguments à faire valoir, Melissa. L'accusation a délibérément ignoré un élément impor…

– Je n'en peux plus, Simon. Admettons que la cour ordonne un nouveau procès ?

– Lissa, tu es la femme la plus forte que je connaisse. Et tu es encore jeune…

– Pas vraiment.

– Assez jeune pour prendre un nouveau départ. Tu peux y arriver. Ce coup-ci, on gagnera.

– C'est ce que tu disais la dernière fois. »

J'avais l'impression d'être une enfant capricieuse.

« Allez, Lissa ! Rentre à la maison.

– À la maison ? Ça veut dire quoi ? »

La prison de Haresfield Park est ma maison depuis quatre ans. Je partage une cellule avec Cathy désormais et nous l'avons bien aménagée. En tant que condamnées à perpétuité, nous avons droit à des rideaux, à un téléphone (sur écoute évidemment) et à une télé dans notre chambre. Nous avons même des photos de nos fils respectifs, encadrées, sur nos bureaux.

Où irais-je si je sortais ? J'ai divorcé de Michael et il a vendu notre maison. Il y a bien longtemps que « maison » n'est plus synonyme de vie avec Simon et Callum.

« Lave ton honneur. » Il avait pris un ton charmeur. « Pense à Callum.

– Je n'arrête pas de penser à lui. Tu le sais bien. »

Je pensais à Callum tout le temps. J'étais terrifiée en songeant à la manière dont tout cela l'affectait. Il avait dû affronter l'adolescence sans soutien maternel. Mais quel genre de mère étais-je, moi qui avais laissé mourir mes filles ? Parfois, je me disais que je méritais de croupir en prison et que Callum était mieux loti sans moi. Je ne l'avais pas vu depuis plusieurs mois. Il ne voulait plus me rendre visite et on pouvait le comprendre, je suppose.

« Lissa, la seule façon de l'aider, c'est de rentrer à la maison. Faisons casser ce jugement. Je t'en supplie. »

Simon joignit les extrémités de ses doigts, dans une sorte de prière, les lèvres et le nez appuyés contre ses index, en attendant ma réponse. Il m'observait pardessus ses mains jointes, avec ce même air de chien battu que le jour où il m'avait demandée en mariage.

Refusant de songer à tout ce que je devrais endurer – encore une fois – si on m'accordait la possibilité de faire appel de nouveau, je laissai mon esprit me ramener en arrière, jusqu'à ce jour. Je venais d'annoncer à Simon que j'étais enceinte. Nous étions ensemble depuis trois mois seulement, même si nous nous connaissions depuis beaucoup plus longtemps. Je suis presque sûre que nous avions conçu notre fils dès le premier soir, quand nous avions fini chez lui, ivres morts, après avoir fêté avec quelques collègues le succès d'une enquête.

J'avais préparé mon discours. Je lui dirais que j'avais décidé de garder le bébé, libre à lui de s'impliquer un peu, beaucoup ou pas du tout. Blablabla.

Je n'avais pas eu le temps de débiter mon laïus. Simon n'avait pas hésité une seule seconde. « Épouse-moi », avait-il dit en posant sur moi ses yeux bleu intense.

Dire que je fus surprise serait un euphémisme. J'étais restée plantée là, bouche bée. Face au beau et brillant Simon Goodman, dont tout le monde disait qu'il était marié avec son boulot. Et qui me demandait de l'épouser. Impossible de lui dire non. C'était un pitbull. Dès qu'il avait planté ses dents dans sa proie, il ne la lâchait plus. Et j'étais devenue son objectif.

« Je veux faire les choses bien vis-à-vis de toi. Faisons-le ensemble. »

Et aujourd'hui, je voyais qu'il essayait encore de faire les choses bien. Et, comme toujours, il avait raison. Je devais penser à Callum. Je devais me concentrer sur ce que j'avais et non pas sur ce que j'avais perdu.

Je regardais autour de moi les autres détenues qui discutaient avec des membres de leurs familles ou des amis. Je reconnus quelques femmes de mon bâtiment. La première fois que j'avais reçu de la visite – Simon et Callum –, je m'attendais à découvrir des chaises en bois inconfortables et des tables fixées au sol. Mais Haresfield est une prison « modèle » et j'avais été surprise de trouver une salle accueillante avec des tables basses et de larges fauteuils en mousse colorés. Cela faisait partie d'un programme initié par le personnel de la prison afin que les détenues se sentent aussi humaines que possible. L'idée était la suivante : si on se sentait normale, on se comportait normalement.

Dans le même registre, on nous encourageait à dire « nos chambres » en parlant de nos cellules, et les prisonnières qui avaient obtenu ce privilège grâce à leur bonne conduite avaient même des ordinateurs portables dans leurs « chambres ». Bien évidemment, nous n'avions pas accès à Internet, mais nous pouvions nous en servir pour étudier, planifier nos visites ou faire des commentaires sur les repas, ce genre de choses. J'ai tapé mon journal intime sur mon ordinateur.

« Et si tu avais commis une erreur ? Tu n'as jamais envisagé que tu pouvais avoir tort ? »

À ces mots, je me retournai vivement vers lui. Je sentis mes sourcils former un V. Je savais très bien ce qu'il voulait dire, mais pas question d'aborder ce sujet. J'étais certaine de ne pas m'être trompée. J'avais fait ce que j'avais à faire.

Je sentais la panique monter en moi. Je grattai mon bras gauche avec mon bras droit. Trois fois en haut, trois fois en bas. Puis je changeai de bras. En me grattant, j'avais arraché les croûtes de mon avant-bras gauche et je vis apparaître quelques taches de sang sur ma manche. Simon posa délicatement sa main sur la mienne pour m'obliger à arrêter, ce qui me força à tout recommencer. Haut du bras gauche. Un. Deux. Trois. Bas du bras gauche. Un. Deux. Trois. Haut du bras droit…

Je n'osais même pas penser à tous les rituels (pour reprendre le terme du psychiatre de la prison) que j'allais devoir accomplir en regagnant « ma chambre ». Me laver les mains. Vérifier qu'il n'y avait pas de poussière sous le lit. Déplier mes vêtements et les replier. Si je n'accomplissais pas tous ces gestes, je mettrais Callum en danger. Je savais, au fond de moi, que c'était un comportement irrationnel, mais je n'essayais plus de résister à ces envies irrépressibles. Si je négligeais ces rituels et qu'il arrivait malheur à Callum, je ne me le pardonnerais pas. Et puis, ce n'était pas comme si j'avais mieux à faire de mon temps, et quand chaque rituel avait été exécuté – trois fois –, l'angoisse refluait. Un peu.

Tandis que ces pensées défilaient dans ma tête, la voix de Simon se transforma en parasite. Mais je devinais qu'il mettait tout en œuvre pour me convaincre. Et il était certain, je le savais, que je finirais par céder.

« Très bien », dis-je, pour le faire taire plus qu'autre chose.

Simon me sourit, ses yeux plongèrent en moi. Je percevais le danger. Il n'était pas d'un rouge enflammé, mais d'un bleu perçant, métallique.

Je ne suis pas convaincue d'avoir eu raison de céder à Simon. Est-ce la chance qui me tend les bras ? Allait-on me donner une carte « Vous êtes libérée de prison », cette fois ? Je crois que je viens de prendre conscience de la réalité en tapant ces mots sur mon ordinateur. Je vais faire appel. Je vais faire renaître l'espoir, qui sera sans doute anéanti une fois de plus. Un poids familier s'est logé entre mon estomac et mon cœur. Je sais par expérience que je vais devoir m'y habituer. Il va rester là un long moment. Je dois aller jusqu'au bout. Pour Callum.

CHAPITRE 15

Jonathan

Juillet 2018

Claire ne tient plus en place, elle trépigne littéralement (autant que le lui permettent ses escarpins à talons hauts). Je la vois faire les cent pas dans l'Aquarium, quelques minutes avant le début de la réunion éditoriale de ce lundi matin.

À l'heure dite, nous pénétrons en file indienne dans l'antre de notre rédactrice en chef. Deux anciens du *Rag* et moi-même prenons place dans nos fauteuils autour du bureau, tandis que les autres se perchent sur des appuis de fenêtres ou s'adossent aux murs. Comme toujours, Claire entame la réunion par un point sur les ventes, les prévisions, les retours, etc. Le nombre de lecteurs de *The Redcliffe Gazette* est en hausse, nous annonce-t-elle sans l'ombre d'un sourire. Cela provoque de timides applaudissements, vite éteints. D'un ton funèbre, Claire félicite ensuite Kelly pour la qualité de son travail. Son vlog de divertissements compte désormais plus de followers que le *Rag*, version papier, a de lecteurs. J'essaye de réprimer un sourire satisfait.

Je balaie l'Aquarium du regard et me déconnecte de mon environnement pendant que Claire oriente la réunion vers les sujets et les articles destinés aux éditions papier et numérique de la semaine. Nous ne sommes pas nombreux – une vingtaine en comptant le département pub –, mais cette pièce est pleine à craquer. À l'étage supérieur, les ouvriers sont en train de transformer deux bureaux en un seul. Un jour, quand les travaux seront terminés, nous disposerons d'un lieu de réunion plus grand que celui-ci. En attendant, nous sommes serrés comme des sardines dans l'Aquarium, obligés malgré cela de crier pour nous faire entendre, à cause du vacarme des perceuses et des coups de marteau juste au-dessus de nos têtes.

Autant que je puisse en juger (car je n'écoute que d'une oreille), tout roule. Alors, qu'est-ce qui met Claire dans cet état ? Elle est anxieuse, cela se voit : ses épaules sont crispées, ses lèvres retroussées et elle a ôté le crayon coincé derrière son oreille pour tapoter sur son bureau avec.

La réunion terminée, elle pose une main sur mon épaule, tandis que tout le monde ressort de l'Aquarium. Je reste assis.

« Un problème ? » demandé-je alors qu'elle va refermer la porte vitrée une fois la dernière personne sortie.

Vais-je avoir droit à un savon, pour une raison quelconque ?

Claire regagne son bureau, lentement, comme soudain vidée de toute son énergie, et se laisse tomber dans son fauteuil pivotant. Elle semble découvrir le crayon dans sa main et le pose dans le pot devant elle.

« Non, tout va bien. Merci. Je voulais juste savoir si vous aviez du nouveau pour moi dans l'affaire Melissa Slade. »

Cela me rappelle que j'ignore toujours ce qu'était venu faire Simon Goodman dans ce bureau.

« J'ai mis la main sur son journal intime. Des extraits,

plus exactement. Simon Goodman, quand il vous a rendu visite, a remis des documents à Kelly.

– Oui. Melissa a tenu un journal en prison. Quand on lui a parlé de vous, elle a pensé que ça pourrait vous être utile de le lire. Apparemment, elle a effectué quelques corrections pour vous éviter de vous noyer dans des réflexions sans intérêt. »

Des corrections ? Hmmm. Ce n'est pas le bon mot, me semble-t-il. Des coupes, plutôt ? Qu'a-t-elle supprimé ? Je remarque au passage que Claire connaissait déjà l'existence de ce journal. En vérité, elle en savait bien plus que moi sur cette affaire. Toutefois, il y a une chose qui me tracasse davantage.

« Que voulez-vous dire quand vous…

– Vous l'avez lu ?

– Euh… oui. Ce week-end. » Moi qui m'étais promis de ne plus brûler les étapes. Je ne suis pas allé au-delà du passage où Melissa Slade découvre le corps inanimé d'Ellie. « Que voulez-vous dire par "quand on lui a parlé de vous" ?

– Je n'ai pas été totalement franche avec vous, Jonathan.

– Oh ? »

Ma réaction se pare d'une certaine ironie. Depuis que j'ai vu Simon Goodman dans ce bureau, je me demande ce qu'elle mijote.

Claire laisse échapper un profond soupir.

« Puis-je vous inviter à déjeuner ? Je suis incapable de parler le ventre vide. »

Sans attendre ma réponse, elle se débarrasse de ses escarpins et sort d'un tiroir une paire de chaussures plates. Quand elle se redresse, elle a rapetissé de sept ou huit centimètres. Je la suis à travers les bureaux, désormais silencieux, en direction de la sortie. Tout le monde est parti déjeuner, y compris, manifestement, les ouvriers qui travaillent à l'étage du dessus. Seule Kelly est encore là. Merde ! Il était prévu qu'on aille manger un morceau ensemble pour définir notre stratégie dans l'affaire Melissa Slade.

Je suis sur le point de demander à Kelly de nous accompagner, mais je devine que Claire a quelque chose à me confier, alors je lui lance un regard contrit en passant. D'un hochement de tête, elle m'indique qu'elle comprend et se retourne vers l'écran de son ordinateur.

Frappé par la lumière aveuglante en sortant de l'immeuble, je m'aperçois que j'ai oublié mes lunettes de soleil dans la voiture. Il faut à Claire une minute ou deux pour retrouver les siennes dans son énorme sac à main. Après quoi, elle se met à marcher d'un pas rapide, avec ses chaussures sans talons, et je suis obligé de sautiller de temps à autre, à ma grande honte, pour ne pas me laisser distancer. Heureusement, Claire choisit un café situé à proximité du journal, dans une petite rue derrière l'église St Mary Redcliffe. Je n'y ai jamais mis les pieds, je ne savais pas que cet endroit existait. Claire est accueillie par son nom dès que nous entrons.

« Vous êtes connue ici, fais-je remarquer.

– Comme d'habitude, dit-elle au serveur qui se présente à peine sommes-nous assis, crayon et carnet à la main. Ils servent un excellent petit déjeuner anglais complet, ajoute-t-elle à mon intention.

– C'est ce que vous prenez ?

– Oui. »

Elle pose ses lunettes de soleil sur la table et se débarrasse de sa veste légère qu'elle plie sur la banquette à côté d'elle.

« La même chose, alors ! »

Le serveur glisse son carnet et son stylo dans sa poche de poitrine, sans même noter notre commande.

Après son départ, je me retourne vers Claire.

« Eh bien, quels sont vos liens avec Goodman ?

– Mon fils est malade », dit-elle et je vois son visage se défaire. « Il a une maladie des reins.

– Oh, je suis désolé ! »

Je ne savais même pas que Claire avait un fils.

« Il y a quelques mois de ça, il a eu des ennuis et…

– Avec la police ? »

Elle hoche la tête.

« Au lieu de se rendre à l'hôpital pour sa dialyse, il a fini au poste. C'est Simon qui l'a conduit à l'hôpital. »

Simon. Je note qu'elle l'appelle par son prénom.

« Jack… c'est mon fils, a seulement eu droit à une tape sur les doigts, poursuit-elle. Il a écopé d'un avertissement. Pour délit mineur, m'a dit Simon. Jack aussi était mineur. Personne n'a été blessé. Rien de grave. »

Je devine que ce n'était quand même pas anodin si la police judiciaire s'en est mêlée. Une autre pensée me vient à l'esprit : je parie que Claire en a profité pour demander à Simon son numéro. Elle a vu en lui un contact utile. Je ne suis pas aussi doué pour collecter mes sources.

« Depuis, il a pris des nouvelles de Jack plusieurs fois. Pour s'assurer qu'il reste dans le droit chemin. Ce n'est pas facile d'être un parent célibataire, surtout avec un ado.

– Ne m'en parlez pas. Noah n'a que douze ans et ce n'est pas facile tous les jours.

– Simon l'a compris », ajoute-t-elle en ignorant mon intervention.

Pas étonnant, me dis-je. Callum était adolescent quand sa mère avait été envoyée en prison.

« Comment va Jack maintenant ? »

Le serveur revient avec nos petits déjeuners et nos tasses de thé. En posant la mienne, il en renverse un peu sur la table. Je prends une serviette en papier pour éponger, en chassant d'un geste le serveur qui se confond en excuses.

Claire attend qu'il ait disparu pour répondre :

« Il n'y a pas eu d'autres incidents, si c'est ce que vous voulez savoir. »

Sur ce, elle s'attaque voracement à son assiette.

« Non. Je parlais de son état de santé.

– Oh ! Il est toujours en traitement. D'ailleurs, il a une séance de dialyse aujourd'hui. Habituellement, je l'accompagne. Ou bien c'est mon ex. Justement, il devait l'accompagner cet après-midi… »

Elle laisse sa phrase en suspens et plante sa fourchette dans une saucisse avec une violence inutile.

Je comprends alors que c'est sans doute ce qui la tracasse depuis ce matin. Le fait que son fils doive se rendre seul à l'hôpital.

« Claire, dis-je, allez-y. Je vous remplacerai. En cas d'urgence, je peux toujours vous appeler. »

Je ne suis pas sûr qu'elle me fasse confiance pour tenir le fort en son absence. Malgré tout, elle hoche la tête et dit :

« Vous avez raison. J'irai à l'hôpital après le déjeuner. Merci. »

Je n'ai quasiment pas touché à mon assiette, mes parents m'ayant inculqué dès le plus jeune âge qu'il ne fallait pas parler la bouche pleine, alors que Claire a presque fini la sienne. Elle a un sacré appétit pour une femme si petite.

« Je ne comprends toujours pas ce que Goodman faisait dans votre bureau l'autre jour.

– Ah ! Vous n'êtes pas sans savoir qu'il mène campagne inlassablement pour obtenir la libération de son épouse. La commission de révision vient de transmettre le dossier à la cour d'appel et il pense qu'il serait bon que Melissa soit interviewée par un journaliste. Local, de préférence. »

J'ai conscience que je la regarde bouche bée, bien que celle-ci soit pleine de bacon et de haricots.

« Un journaliste local ? Qui ? »

Question débile. Claire ne répond même pas, mais je connais déjà la réponse. Je plisse les yeux.

« Non, non, dis-je. Vous plaisantez ? Pas question. Et puis, nous ne sommes pas dans une série américaine. Je ne peux pas débarquer comme ça dans une prison pour exiger de rencontrer une détenue.

– En effet. Il existe une procédure spéciale. » Elle pose ses couverts et coince derrière son oreille une mèche de cheveux imaginaire. « Il faut passer par différents canaux. Mais un journaliste et une personne incarcérée peuvent se rencontrer en tête à tête. Dans certaines circonstances exceptionnelles, évidemment. »

Je hausse les sourcils.

« À savoir ?

– Par exemple, lorsque le journaliste en question enquête pour porter à l'attention du public le cas de cette personne incarcérée. En l'occurrence, l'erreur judiciaire dont a été victime Melissa Slade.

– Prétendument », dis-je. Et Claire me transperce de ses deux poignards verts. « Qu'est-ce qui vous permet de croire que cette demande de visite sera acceptée ? Ce n'est pas gagné, loin s'en faut. »

Son regard est devenu fuyant. Elle me cache quelque chose.

« Disons que je suis plutôt confiante à cet égard. »

Je reste muet. C'est souvent la meilleure façon d'inciter les gens à parler, comme me l'a appris mon métier. « Si vous voulez tout savoir, j'étais à l'école avec la directrice de la prison. »

Et voilà. J'aurais dû m'en douter. Claire connaît des gens partout, prêts à lui venir en aide.

« Nous sommes amies sur Facebook », ajoute-t-elle. Je me retiens pour ne pas pouffer. « Elle est disposée à…

– Contourner le règlement ?

– Tout cela est légal, Jonathan. Pourquoi êtes-vous si déraisonnable ? »

Cette fois, je ne réponds pas, car c'est une question de pure forme. Non ? Suis-je déraisonnable ? Simon Goodman a rendu un service à Claire et à présent, elle se sert de moi pour lui renvoyer l'ascenseur. Voilà comment je vois les choses. Alors, je ne suis pas sûr d'être le plus déraisonnable dans cette affaire. Ils m'utilisent comme un pion. Il ne s'agit pas de dénicher un scoop. Il ne s'agit pas de mener une enquête journalistique. Il s'agit d'écrire un article qui donnera le ton afin que les médias et l'opinion publique réclament justice pour Melissa Slade. Cela va à l'encontre de tous mes principes. Premièrement, je me targue d'écrire de manière objective et deuxièmement, je n'ai pas la certitude que cette femme est innocente. Je ne crois *pas* qu'elle soit innocente.

Je tape du poing sur la table. Claire sursaute.

« Je ne le ferai pas ! Je refuse d'être manipulé ! Supposons qu'elle soit coupable ? Vous ne pouvez pas me demander de…

– Supposons qu'elle soit innocente. Essayez d'y penser. Ne pouvez-vous pas la rencontrer au moins, avant de vous faire une opinion ? »

Je bouillonne. Mon cœur bat à tout rompre et je

tremble. Je suis sur le point de protester, puis me ravise. Les paroles de Claire résonnent dans mes oreilles. *Supposons qu'elle soit innocente.*

Et si Melissa Slade n'avait pas tué son bébé ? Pourquoi suis-je convaincu de sa culpabilité ? Le doute s'est insinué en moi quand j'ai lu son journal, mais je l'ai étouffé. Suis-je de parti pris ? Étroit d'esprit ?

Claire consulte sa montre.

« Il faut que j'y aille. » Elle ouvre son sac et je suppose qu'elle cherche son portefeuille. Au lieu de cela, elle en sort une liasse de feuilles qu'elle fait glisser sur la table, vers moi. « Jetez un coup d'œil là-dessus. Tout est expliqué. Pouvez-vous signer les formulaires et les laisser sur mon bureau ? Je passerai les chercher en rentrant de l'hôpital. »

Après avoir lissé sa jupe en glissant sur la banquette, Claire se lève, plie sa veste sur son bras et se dirige vers la sortie. Ne devait-elle pas m'inviter à déjeuner ? Arrivée à la porte du café, elle se retourne et je me dis qu'elle s'est aperçue de son oubli. Elle revient à grands pas.

« Une dernière chose, dit-elle. Il me faut un article pour l'édition papier de cette semaine. En première page.

– Au cours de la réunion éditoriale, vous avez dit…

– Je sais très bien ce que j'ai dit. Je ne voulais pas en parler devant tout le monde. Et puis, le journal n'est pas encore bouclé, si ? »

Elle lance cette dernière réplique par-dessus son épaule, déjà à mi-chemin de la sortie.

Mon petit déjeuner a refroidi. En réglant l'addition avant de sortir à mon tour, j'entends la voix de ma mère qui me réprimande parce que je n'ai pas terminé mon assiette.

J'erre sans but pendant quelques instants et me

retrouve, je ne sais comment, dans le jardin de l'église St Mary Redcliffe. Je me souvenais d'être venu ici quand j'étais petit, avec l'école. Je m'assieds sur un banc en bois, sur le côté de l'église. D'où je suis, je vois le morceau de rail de tramway dont nous avait parlé le guide et qui avait été projeté jusque-là quand une bombe était tombée dans une rue voisine, durant le Blitz. On l'a laissé tel quel, presque droit, pour rappeler que l'église avait frôlé la destruction.

Elle l'avait échappé belle. Melissa espérait-elle connaître le même sort ? Pensait-elle s'en tirer sans encombre ? Ou bien l'avait-on condamnée à tort ? Avait-elle tué un de ses bébés ? Les deux ? Trop de questions sans réponses tourbillonnent dans ma tête.

Je dois écrire un article sur une erreur judiciaire, sans savoir si c'en est une. De toute évidence, Claire souhaite orienter le papier dans ce sens. J'aurais dû refuser plus fermement, affirmer que c'était contraire à mon éthique. Au lieu de cela, je m'en veux d'avoir été aussi désagréable. Son fils est malade et je n'ai pas été très gentil avec elle. Penché en avant sur le banc, je me prends la tête à deux mains et pousse un grognement. *Écris cet article, tiens-t'en aux faits !* C'est tout ce que j'ai à faire : rapporter les faits objectivement. Tu parles.

Je repense à Goodman. Depuis combien de temps Claire et lui sont-ils de mèche ? Je me souviens qu'elle m'a demandé de le contacter, ce jour-là dans son bureau. Je parie qu'il attendait mon appel. Une fois de plus, j'ai le sentiment d'être manipulé.

Mon regard revient se poser sur le rail de tramway. *Presque droit.* Goodman donne l'impression d'être un homme droit lui aussi. Et pas seulement en raison de son nom. Tout d'abord, c'est un inspecteur de la police judiciaire. Il croit à l'innocence de Melissa Slade, plus que n'importe qui, et il se bat pour obtenir sa libération. Si quelqu'un s'y connaît en matière de justice, c'est lui.

D'un autre côté, il a fait une fleur au fils de Claire. Ce n'était sûrement pas très légal. *Presque droit.* C'était peut-être la meilleure chose à faire, compte tenu de l'état de santé de Jack, et depuis, Simon veillait à ce que le garçon file droit. À moins qu'il ait fait tout cela pour que Claire se range dans son camp. Un nouveau grognement effraie un vieil homme qui passe devant le banc à ce moment-là. Il me lance un regard noir, une main plaquée sur son cœur.

Plus désorienté que jamais, je regagne le siège du journal. En chemin, j'achète un roulé à la cannelle pour Kelly.

« Pour me faire pardonner notre déjeuner loupé, dis-je en déposant mon offrande devant Kelly, toujours assise à son bureau.

– Ce n'était pas nécessaire, mais c'est gentil. J'adore les roulés à la cannelle. »

Je lui parle de l'article que Claire veut m'obliger à écrire pour la prochaine édition papier du journal, sans préciser que je les soupçonne, Goodman et elle, d'avoir tout manigancé depuis un moment.

« J'ai l'impression que ce sera le premier article d'une longue série, grommelé-je. Et ça me gêne de soutenir une cause à laquelle je ne suis pas certain d'adhérer.

– Si elle est innocente, elle mérite d'être écoutée, répond Kelly. Dans ce pays, les victimes d'erreurs judiciaires sont trop souvent ignorées. »

Je réfléchis à cette remarque.

« Vous avez raison, admets-je. Remarque intéressante. Vous la croyez innocente, donc ? »

Si j'étais convaincu de l'innocence de Melissa Slade, comme Goodman, ce serait beaucoup plus facile.

« Non. Tout d'abord, son journal intime est incomplet. Rien que ça, ça sent la malhonnêteté.

– Exact. »

Nom d'un chien.

« Et à la fin, quand elle évoque son chagrin, ça semble délibérément émouvant, un peu comme si elle n'écrivait plus pour elle, mais pour s'attirer la compassion des lecteurs. »

Je demande à Kelly de me résumer la suite du journal, en me promettant de le lire moi-même dès que j'aurai une minute. *Encore des promesses en l'air, Jon.* Quand elle a fini, je lui parle des formulaires que je suis censé remplir pour Claire.

« Oh ! Au moins, si vous avez l'occasion de la rencontrer, vous pourrez vous faire votre propre opinion.

– C'est grosso modo ce que m'a dit Claire. Mais je n'ai pas envie de la rencontrer. Et je suis obligé d'écrire au moins un article avant de la voir.

– Pourquoi ne pas l'écrire de la manière la plus neutre possible ? Si vous rencontrez Melissa par la suite, vous pourrez peut-être vous faire une idée plus précise de sa culpabilité ou de son innocence. »

Le raisonnement de Kelly n'est pas très éloigné du mien, pourtant, dans sa bouche, ça semble moins confus que ça ne l'était dans ma tête un peu plus tôt. Toutefois, je ne sais pas si Claire me laissera adopter un point de vue neutre et objectif, deux adjectifs qui ont toujours guidé ma démarche professionnelle.

« Et nous aurons le temps d'enquêter avant l'appel, non ? ajoute Kelly. C'est pour quand ?

– La date n'a pas encore été fixée, mais je dirais dans trois ou quatre mois.

– Pour résumer, Melissa a tué ses bébés ou bien ils sont morts de cause naturelle ou bien quelqu'un d'autre les a tués. Ou alors, Amber est morte de cause naturelle et Ellie a été assassinée. Je vais dresser la liste de toutes les personnes impliquées – celles qui vivaient dans la maison ou qui étaient présentes au moment de la mort des jumelles – et nous ferons le tri jusqu'à ce qu'on trouve la vérité. »

Je me surprends à sourire et à hocher la tête, et je comprends que les rôles sont totalement inversés. C'est Kelly qui a pris les rênes et moi qui souris comme un idiot et hoche la tête comme un âne. Elle va me chercher un café et partage avec moi son roulé à la cannelle. Sur ce, elle dresse sa liste pendant que je prends connaissance des documents imprimés par Claire, concernant l'accès des détenus aux journalistes. Ma lecture terminée, j'entreprends de remplir les formulaires.

Avant de rentrer chez moi, je les dépose sur le bureau de Claire. Apparemment, je vais rencontrer Melissa Slade. Et je redoute déjà ce moment. Voilà une interview que je vais devoir préparer. Et me préparer moi aussi.

CHAPITRE 16

Melissa

Juin 2018

Il s'insinue en moi au moment où je m'y attends le moins. Il m'assaille au réfectoire ou il me guette dans les douches. Il m'attaque dans mon lit la nuit quand je n'arrive pas à dormir ou s'immisce dans mes rêves quand je dors. Le chagrin. Le temps soulage la douleur plus qu'il l'efface, dit-on. Je me demande souvent combien de temps ça va prendre. Cela fait cinq ans maintenant qu'Amber et Ellie sont mortes et la blessure est toujours béante, comme si c'était arrivé il y a cinq jours.

Je craque encore très souvent. Présentement, il n'y a personne pour me voir pleurer et servir de rempart contre ma tristesse. On m'a annoncé l'arrivée d'une nouvelle compagne de cellule, mais pour l'instant, je suis seule. Cela fait plusieurs semaines que je suis livrée à moi-même, depuis que Cathy a été libérée sous caution, dans l'attente de son nouveau procès. De nouvelles preuves sont apparues, qui montrent l'étendue des violences domestiques que lui faisait subir son mari. En outre, un témoin se serait présenté, paraît-il. Je me réjouis pour elle, et en même temps, égoïstement, je ressens une tristesse égoïste.

J'ai parlé avec Cathy au téléphone un peu plus tôt

dans la semaine et je suis son histoire dans la presse locale. Il est fort probable qu'elle soit reconnue coupable de meurtre et non d'assassinat. De provocation et non de préméditation. C'est ce que plaidera son avocat, m'a-t-elle expliqué. Ayant déjà passé plus de six ans derrière les barreaux, elle devrait ressortir libre du tribunal. Son nouveau procès doit s'achever d'un jour à l'autre. Il ne lui restera plus qu'à attendre le verdict. C'est couru d'avance. Simple formalité. D'ailleurs, comme je le lui ai dit au téléphone : si elle revient à Haresfield un jour, ce sera pour me rendre visite.

Je me réjouis à présent que Simon m'ait convaincue de faire appel. Je n'ai pas envie de rester ici sans Cathy.

« La prochaine fois, ce sera ton tour », m'a-t-il dit quand il est venu me voir la semaine dernière. Porteur d'une bonne nouvelle : la commission de révision des affaires criminelles avait accepté notre demande. Maintenant, il fallait attendre qu'une date soit fixée pour statuer sur l'appel. Ce serait long, je le devinais, comme lorsque j'avais attendu le verdict de mon procès. Non, plutôt comme l'attente de mon premier procès. Interminable. Une torture.

Mon avocat, maître Martin May, est venu me voir lui aussi, la semaine dernière. Le fait qu'il se déplace en personne au lieu de me parler par visio ou d'envoyer un assistant m'a paru encourageant. J'avais toujours pensé qu'il me croyait coupable. Mais peut-être qu'il croit en mon innocence, finalement ? Simon m'a confié qu'il avait renoncé à la plupart de ses honoraires. *Pro bono.* Tant mieux. Je sais que la campagne en ma faveur a permis de récolter des fonds, mais les frais de justice ont atteint des sommets et la note a été réglée principalement par Simon et mes parents.

May s'est montré très rassurant.

« Pour cet appel, nous allons nous concentrer sur le rapport de toxicologie d'Ellie. Le fait qu'il n'apparaisse pas dans les dossiers médicaux de votre fille discrédite foncièrement les conclusions du Dr Roger Sparks, le légiste qui a réalisé l'autopsie. »

À cet instant, il s'est interrompu et il a passé la main dans ses cheveux bouclés. Je me suis demandé alors s'il craignait de me donner de faux espoirs.

« C'est bien, non ? » ai-je demandé.

J'avais besoin de savoir. Était-ce une bonne chose ou une mauvaise chose ?

« Oui, c'est bien. Nous avons d'autres points à soulever, mais ce défaut de présentation du rapport médical complet constitue en soi un argument de poids. Comme vous le savez, les analyses toxicologiques ont fait apparaître des signes de mort naturelle. » Baissant la voix, il a ajouté : « Si nous avions disposé de cette information dès le départ, jamais vous n'auriez été jugée pour le meurtre d'Ellie, et encore moins celui d'Amber. »

J'étais au bord des larmes en l'entendant prononcer les prénoms de mes bébés, mais je me suis retenue.

« Une dernière chose, a dit mon avocat. Vous pouvez déposer une demande de remise en liberté sous caution si vous le souhaitez.

– Que devrais-je faire, à votre avis ?

– Vous seule pouvez prendre cette décision. »

Je sentais venir un « mais », alors j'ai attendu.

« Parfois, un accusé qui arrive directement de la prison est dans de meilleures dispositions d'esprit qu'un accusé qui a attendu le début du procès à la maison. Et inutile de préciser que l'impression produite sur les jurés est vitale lors d'un procès en appel. »

À la maison. Une fois de plus, je m'interroge sur la signification de ce terme.

Martin May avait dû prendre mon hésitation pour une volonté de solliciter une remise en liberté sous caution, malgré son conseil, car il a ajouté :

« Sachez que cette demande peut être refusée. Et si vous vous abstenez, je ne serai pas obligé de dévoiler une grande partie de notre stratégie à l'accusation. »

Récemment encore, j'estimais que je méritais d'être enfermée ici. Je croyais que j'avais besoin d'être punie. J'avais été une mère épouvantable avec mes bébés. Je ne leur avais offert ni amour ni protection. Et je continue à me juger responsable de leur mort. Mais mon fils a besoin de moi et je ne peux rien faire pour lui derrière les barreaux. Je dois être forte. Je dois faire ce qu'il faut pour sortir d'ici et aider Callum. Je peux encore être une bonne mère pour lui. Il n'est pas trop tard.

J'ai regardé mon avocat droit dans les yeux et j'ai dit :

« Très bien, je ne bouge pas. Pour le moment. »

CHAPITRE 17

The Redcliffe Gazette

Melissa Slade : énorme erreur judiciaire ?
Des éléments nouveaux suggèrent qu'elle aurait été injustement condamnée pour meurtre

J. Hunt

Jeudi 5 juillet 2018

Condamnation à perpétuité

Melissa Slade, une ancienne policière purgeant actuellement une peine d'emprisonnement à perpétuité pour le meurtre de son bébé, Ellie, pourrait être libérée prochainement. Le premier appel de Melissa Slade, en novembre 2014, avait été rejeté, mais son dossier a été transmis récemment à cette même juridiction, après que des preuves démontrant l'innocence de Melissa Slade n'auraient pas été transmises à la défense lors du premier procès.

Les jumelles

La petite Amber est décédée tragiquement, de manière inattendue, en avril 2012 à l'âge de trois mois. Durant sa courte vie, elle avait souffert de nombreux rhumes à l'origine de difficultés respiratoires, et l'autopsie avait conclu à une mort subite du nourrisson.

Quand la sœur jumelle d'Amber, Ellie, est décédée à son tour, seulement quatre semaines plus tard, leur mère a été arrêtée par ses propres collègues et inculpée d'un double meurtre.

Le procès

Le jury n'ayant pas réussi à obtenir un verdict à l'unanimité, il a finalement rendu un verdict à la majorité : à dix voix contre deux. Suite à un terrifiant coup de théâtre, Melissa Slade a été jugée non coupable du meurtre d'Amber, mais reconnue coupable du meurtre de la petite Ellie. Cette conclusion déroutante était peut-être la conséquence des témoignages contradictoires et troublants des experts au sujet des causes de la mort des deux nourrissons.

« La moindre des choses aurait été que les deux affaires soient jugées séparément, nous a déclaré maître Martin May, l'avocat de la défense. Mais ma conviction profonde, c'est que Melissa Slade n'aurait jamais dû être jugée. »

D'après M. George Moore, le père de Melissa Slade, la charge de la preuve a été inversée dans le dossier de sa fille. Il a déclaré à *The Redcliffe Gazette* : « Tout le monde s'était déjà forgé un avis avant le procès. Melissa était coupable dès le départ. »

De nouvelles preuves

Depuis, il est apparu que des éléments cruciaux du dossier médical d'Ellie avaient été cachés à la police ainsi qu'aux avocats de Melissa Slade. L'autopsie avait en effet révélé un taux élevé d'antimoine, une substance chimique souvent associée à la mort subite du nourrisson, dans les poumons et le foie d'Ellie. Cette information aurait dû être transmise à la défense et aurait pu conduire à l'acquittement pour les deux chefs d'accusation.

Justice

La commission de révision des affaires criminelles qui examine les éventuelles erreurs judiciaires a transmis le dossier à la cour d'appel.

Le superintendant Simon Goodman, le père de Callum, le fils de Mme Slade, est persuadé que cette fois, la condamnation sera annulée.

« Melissa est innocente et je sais que justice sera enfin rendue », nous a déclaré Goodman, qui fait campagne pour la libération de son ex-épouse, âgée aujourd'hui de 45 ans, depuis qu'elle a été condamnée à la réclusion à perpétuité en décembre 2013.

Comme le montrent des affaires telles que celles d'Angela Cannings et Sally Clark, elles aussi victimes d'erreurs judiciaires, les probabilités pour qu'une mère dont un bébé a succombé à la mort subite du nourrisson connaisse le même drame avec un autre bébé sont supérieures à la moyenne.

Appel

Melissa Slade attend à présent que soit fixée la date de son procès en appel. Si sa condamnation est jugée sans fondement, elle sortira libre du tribunal. Elle a passé presque cinq ans en prison et sa famille espère bien la voir revenir à la maison avant la fin de l'année.

CHAPITRE 18

Melissa

Juillet 2018

C'est la dernière fois, je pense, que j'écris dans ce journal. Pour quelque temps, du moins. J'ai déjà remis le reste à Simon et il me semble inutile de continuer. Le passé a rattrapé le présent, pour ainsi dire. J'ai fait le récit de tous les événements qui m'avaient conduite entre ces murs, à la prison de Haresfield, et désormais, tout ce que j'ai à faire, c'est attendre et espérer sortir d'ici très bientôt.

Ce matin, j'ai reçu des nouvelles. J'étais en train de lire dans ma cellule, quand un gardien, nerveux, est entré. Il m'a demandé de le suivre. Mon cœur a cessé de battre, avant de s'emballer. J'ai pensé qu'il était arrivé quelque chose à Callum.

Non, ce n'était pas ça.

« Ne vous inquiétez pas. C'est une bonne nouvelle », m'a dit le gardien.

Mais il n'a pas voulu m'en dire plus.

C'est la directrice qui m'a mise au courant. Une date avait été fixée pour mon procès en appel. Le 13 novembre. Le treize. Un chiffre porte-malheur pour certains. La réponse de la commission de révision nous est parvenue en un temps record et bien qu'il faille attendre encore quatre mois, le dénouement semble imminent.

Maintenant que nous connaissons la date, toutes sortes de questions se bousculent dans ma tête. Où irai-je si je suis libérée ? Que ferai-je ? Pourrai-je rattraper tout ce temps perdu avec Callum ? Est-ce qu'il comprendra ? Sait-il pourquoi j'ai fait ce que j'ai fait ?

Parallèlement, je ne cesse de m'interroger sur la disparition de ce rapport de toxicologie. Mon appel repose entièrement sur cet élément. Est-ce que ce sera suffisant pour casser le jugement ? Pourquoi réapparaît-il maintenant ? S'agissait-il d'un simple oubli ? Dans le cas contraire, qui a caché ce rapport, et pour quelle raison ? Le Dr Sparks avait-il un objectif caché ? A-t-il été soudoyé ? Par qui ? Autant de questions sans réponse.

Je me souviens d'avoir parfois eu une théorie sur une affaire quand j'étais dans la police. Une forte intuition. Je connaissais la vérité. Je savais. Et je me servais des indices que nous collections pour prouver ma théorie. Simon, sans doute le meilleur inspecteur avec lequel j'aie jamais travaillé, ne fonctionnait pas de cette manière. Il était, et est encore, plus ouvert d'esprit que moi. Lui se servait des indices pour étayer les faits et il réévaluait la situation en fonction des informations que nous dénichions.

Quelqu'un s'était peut-être mis en tête que j'étais coupable et le Dr Sparks avait cherché des preuves en ce sens, en ignorant les données – cruciales – qui contredisaient cette conviction. Même si Sparks était persuadé de ma culpabilité, il ne peut pas être totalement innocent. Il savait forcément que son rapport était incomplet. Il se serait rendu compte au tribunal que quelque chose clochait sérieusement.

Il est probable que je ne sache jamais ce qui s'est

passé, mais je suis certaine que quelqu'un paiera. Et je préfère être à ma place qu'à celle de cette personne. Cela étant dit, être à ma place à cet instant, ça veut dire se préparer mentalement à un nouvel appel. Que je redoute. Je dois comparaître devant trois juges. Ils décideront soit d'annuler ma condamnation, soit de demander un nouveau procès, soit de rejeter mon appel. En cas de nouveau procès, je ne sais pas ce que je ferai. Parfois, je me dis que j'aimerais mieux mourir plutôt que de revivre tout ça.

Pourtant, c'est ce que je fais. Chaque jour. Il y a quelque temps, j'ai tenté de relater mon procès dans mon journal, mais c'était trop douloureux, et sans aucune valeur thérapeutique, alors je n'ai pas prolongé l'expérience. Toutefois, même si j'ai refoulé ces souvenirs, des images limpides me reviennent sans cesse en tête. Quand je ferme les yeux, je revois en haute définition les visages des juges. Des moments clés du procès s'imposent à moi et m'obligent à revivre les témoignages des légistes, les aveux de Michael à la barre, les délibérations, le verdict.

Les délibérations étaient interminables, et pour finir, un verdict à la majorité a été rendu. Premier chef d'inculpation : innocente ; second chef d'inculpation : coupable. Dix voix contre deux à chaque fois. C'était déroutant. Dix jurés sur douze avaient estimé que je n'avais pas tué Amber. Les mêmes qui pensaient que j'avais tué Ellie ?

Je ne saurai jamais ce qui s'est passé derrière les portes closes de la salle de délibération. Le jury nageait-il en pleine confusion, comme moi ? Le premier juré était un homme d'un certain âge au visage sympathique. Quand il avait annoncé le verdict de non-culpabilité pour Amber, je me voyais déjà rentrer à la maison. Personne, et surtout pas moi, ne pouvait prévoir la bombe qui allait s'abattre sur la salle de tribunal.

Deux membres du jury désapprouvaient ce verdict de culpabilité. Lesquels ? Le vieil homme et la femme noire ? Les deux femmes qui avaient à peu près mon âge ? La maigrelette avait pleuré durant les audiences et je me souvenais d'avoir imaginé que l'autre, la rondouillarde, avait plusieurs enfants. Pensaient-elles, comme moi, qu'aucune mère ne pouvait commettre pareil crime ?

Je ne me remémore pas uniquement les images. J'entends encore, quasiment mot pour mot, les allégations brutales d'Eleanor Wood. Elle les avait toutes résumées dans sa plaidoirie finale en me qualifiant d'alcoolique et de tueuse de bébés en série. Elle affirmait que je reprochais à mes jumelles d'avoir été un obstacle dans ma carrière et dans ma vie. Le fait qu'Amber et Ellie soient toutes les deux mortes dans la soirée ne pouvait pas être une coïncidence tragique, insistait-elle, pour la bonne raison que c'était au matin que l'on découvrait les bébés victimes de la mort subite du nourrisson, à de rares exceptions près. Elle était allée jusqu'à se moquer de moi, car je n'avais pas été capable de raconter la même version que mon mari volage.

Les paroles de Wood faisaient-elles mal parce que je ne reconnaissais pas le monstre qu'elles décrivaient ou bien, au contraire, parce que je reconnaissais la vérité ?

Je m'évertue à chasser ces pensées et à repousser les souvenirs de mon procès. Je travaille sur mon mental, j'essaye de réfléchir de manière positive. Je me répète que je dois garder la foi. Pas en Dieu ni en rien de tel, je suis passée d'agnostique à athée, il y a quelque temps déjà. Non, je dois conserver la foi dans le système judiciaire. J'y ai cru jadis. Je me battais pour la justice – cela fait partie du devoir de policier –, mais le système judiciaire m'a trahie. Je dois retrouver la foi. Il ne me décevra pas ce coup-ci. Parfois, cependant, j'ai le sentiment désagréable que si je veux bénéficier du système, je dois le manipuler.

*

La journée a bien commencé : j'ai appris qu'une date avait été fixée pour mon appel. Je voulais conclure mon journal sur cette bonne nouvelle, mais je dois relater ce qui s'est passé il y a quelques heures seulement. C'était affreux.

Trois personnes sont entrées dans ma cellule et ont ébranlé, jusque dans ses fondements, ma confiance retrouvée dans le système judiciaire. Deux gardiens ramenaient Cathy. Sa condamnation avait été confirmée. Elle paraissait dévastée. Je l'ai prise dans mes bras et elle a éclaté en sanglots.

Que va-t-elle devenir ? Cet appel était sa dernière chance. Cette prison sera son foyer jusqu'à la fin de ses jours. Cathy est rentrée à la maison. Pauvre, pauvre Cathy.

Je suis effondrée pour elle. Et mon côté égoïste se demande ce que cela signifie pour moi. Cela signifie que je ne suis plus seule. Mon amie est revenue. Mais si son appel a été rejeté, que puis-je espérer pour le mien ? Je ne peux m'empêcher de penser que le retour de Cathy est un mauvais présage.

CHAPITRE 19

Jonathan

Août 2018

Je n'ai jamais mis les pieds dans une prison, mais très souvent je suis resté assis face à l'une d'elles. Une prison pour hommes. La prison de Bristol. Je m'y rendais régulièrement quand Adrian Pike – le type qui avait tué Mel et Rosie – purgeait une peine ridicule de dix ans d'emprisonnement. Assis dans ma voiture, de l'autre côté du mur d'enceinte, je l'imaginais allongé sur un lit inconfortable, contemplant le plafond d'une minuscule cellule étouffante. Je sentais presque la puanteur de la cuvette des toilettes sans couvercle, dans le coin. Pike perdait le sommeil, il vivait dans la crainte d'être assassiné par son compagnon de détention, un cinglé aux muscles saillants couverts de tatouages. Tous les deux partageaient la même cellule, et parfois le lit, avec une armée de cafards.

Même si tout cela avait été vrai, je ne me serais pas senti mieux pour autant. Rien ne pourrait me rendre Mel et Rosie. Et vous ne pouvez pas aller de l'avant quand vous avez le sentiment que justice n'a pas été rendue. Pike se retrouvera sûrement dehors à trente-cinq ans. L'âge de ma femme quand elle est morte. Elle était enceinte. Ma fille n'a jamais eu l'occasion de vivre dans le monde extérieur. Pike, lui, pourra jouir de ce plaisir pendant encore quarante ou cinquante ans. À moins que je réalise mon fantasme et que je le tue. À une époque, j'imaginais la scène dans les moindres détails. Mais ce mur qui empêche les gens de sortir les empêche également d'entrer et en supposant que je trouve le courage de mettre mon projet à exécution, Pike était enfermé, à l'abri de ma vengeance.

Aujourd'hui, je suis assis devant une prison pour femmes, sur le parking du centre pénitentiaire de Haresfield Park, et je me prépare mentalement à rencontrer Melissa Slade.

Étant en avance, je relis mes notes, je vérifie que je les connais par cœur, puis je feuillette les pages imprimées du journal intime, dont j'ai fini la lecture il y a quelques jours. Je relis les paragraphes que j'ai surlignés. Je n'ai jamais autant bûché depuis le bac.

Je secoue la tête pour essayer de chasser l'image projetée par mon imagination : Melissa Slade et moi, séparés par une paroi en plexiglas, un vieux combiné téléphonique à la main pour nous parler. Je me dis que notre entrevue ne ressemblera pas à ça. Tout d'abord, l'interview a été programmée en dehors des heures de visite et elle se déroulera dans une salle prévue à cet effet.

C'est l'heure, mais je ne parviens pas à descendre de la voiture. L'angoisse me noue l'estomac. De quoi ai-je peur ? Peut-être est-ce de la réticence plus que de la peur ? Je ne suis pas convaincu du bien-fondé de ma démarche. On m'a envoyé ici au nom du combat pour la justice, et il se peut qu'à l'arrivée, j'aide une meurtrière à échapper à cette même justice.

En outre, une pensée m'obsède. Et provoque des décharges de colère qui irradient dans tout mon corps :

cette femme a peut-être tué ses bébés, comme mon bébé a été tué. De son propre aveu, Melissa Slade était une très mauvaise mère avec ses filles. Même si elle ne les a pas réellement tuées. Moi, je ne pourrai jamais être un père pour ma fille.

D'un autre côté, si Melissa Slade est innocente (et c'est un colossal *si*), alors peut-être que ses filles ont été assassinées elles aussi. *Tu peux le faire.* Voilà ce que m'aurait dit Mel, ou quelque chose dans ce goût-là, et effectivement, cette voix dans ma tête ressemble beaucoup à la sienne. Malgré cela, je reste assis au volant.

Et quand je passe enfin à l'acte, ce n'est pas pour descendre de voiture. Je remets le contact, ôte le frein à main et roule vers la sortie du parking. Je n'ai même pas détaché ma ceinture de sécurité et je me demande si j'avais vraiment l'intention de rendre visite à Melissa Slade.

Hélas, quand j'introduis mon ticket dans la fente de la machine, la barrière ne se lève pas. La machine recrache mon ticket et une voix automatisée m'indique que je dois aller payer aux caisses automatiques. J'enclenche la marche arrière. *Fais-toi greffer une paire de couilles, Jon.* Cette fois, c'est ma propre voix que j'entends. En soupirant, je me gare au même endroit que précédemment et rejoins le centre des visites.

Arrivé à l'entrée, je tends ma carte de presse et ma pièce d'identité. La lourde porte s'ouvre dans un bourdonnement électrique et on me conduit dans une pièce exiguë, une sorte de vestiaire. Là, je dois déposer mon téléphone dans un casier, mais la directrice m'a autorisé à utiliser un magnétophone, du moment que je m'en sers comme aide-mémoire et non pour diffuser l'interview. Je n'ai pas le droit de garder mon portefeuille non plus, mais une petite pancarte m'informe que je peux prendre des pièces de monnaie pour acheter des boissons au distributeur. Après avoir subi une fouille au corps, je franchis un portique détecteur de métaux, et enfin, on m'ordonne de ne pas bouger pendant qu'un chien renifleur fait son travail.

Je pénètre enfin dans la salle des visites, avec dix bonnes minutes de retard. Melissa Slade est déjà là, assise devant une table basse aux couleurs vives, les mains jointes sur les genoux, tête baissée. À côté d'elle se trouve un homme aux cheveux châtain clair, à peu près de mon âge. J'ai un instant d'étonnement, puis ça me revient : on m'a informé qu'un officier chargé des relations avec les médias resterait à proximité durant toute l'interview.

« J'ai cru que vous ne viendriez pas », dit Melissa Slade en se levant pour m'accueillir. Je me retiens de préciser que j'ai bien failli ne pas venir. « Je suis contente que vous soyez là. »

Elle a une voix douce, presque chantante.

Nous nous asseyons face à face. L'officier est resté assis, je le salue d'un hochement de tête. Melissa Slade m'adresse un bref sourire qui n'atteint pas ses yeux turquoise, moins éclatants que sur la photo que m'a montrée son père. Ses cheveux blonds sont plus courts, plus foncés aussi. Elle porte un jean et un ample T-shirt à manches longues, qui ne parvient pas à masquer sa maigreur, presque squelettique. Néanmoins, elle a conservé une beauté fascinante. Son visage est d'une symétrie parfaite, jusque dans les rides d'expression qui encadrent sa bouche ; elle a une peau impeccable, des dents régulières et blanches. Je m'aperçois que je suis en train de la dévisager, de la jauger, et je m'oblige à détourner le regard.

« Enchanté », dis-je.

Ce qui la fait rire. Un gloussement nerveux.

« Et moi qui espérais qu'on pourrait être francs l'un envers l'autre. » Un scintillement furtif illumine ses yeux, puis elle redevient sérieuse. « Je comprends que vous n'ayez pas eu envie de venir. »

Je suis déstabilisé et j'éprouve, en plus de ça, une pointe de culpabilité.

« Votre rédactrice en chef l'a dit à Simon.

– Désolé.

– Non, c'est moi qui suis désolée. Ce n'était pas une très bonne entrée en matière. »

Mon petit rire sonne faux. S'ensuit un silence gêné pendant lequel je me creuse la cervelle pour essayer – en vain – de retrouver la première question que je voulais poser.

Je balaie la pièce du regard. En tous points semblable à la description qu'en fait Melissa dans son journal. Avec des meubles bas et ses couleurs gaies, elle évoque davantage un café qui aurait tenté, malencontreusement, de reproduire un intérieur branché, qu'un parloir de prison. Il y règne une ambiance détendue et tout est fait pour que les détenues et les visiteurs se sentent à l'aise. Toutefois, cette rencontre avec Melissa produit sur moi l'effet opposé. La tension crispe mes épaules et des gouttes de sueur perlent sur mon front.

Mes notes me reviennent en mémoire.

« Si j'étais en possession de tous les éléments, cela m'aiderait à écrire mes articles. J'ai lu votre journal, mais y a-t-il autre chose, qui n'y figure pas, que je devrais savoir ?

– Non.

– Vous continuez à tenir un journal ?

– Non. Je n'ai inscrit qu'une seule chose après l'avoir donné à Simon. Le jour où j'ai appris la date de mon appel. Le jour où celui de mon amie Cathy a été rejeté. J'étais chamboulée et j'ai éprouvé le besoin de tout raconter par écrit. Mais c'est tout. J'ai décidé d'arrêter. Il n'y a rien à ajouter. Pour le moment, du moins.

– Bien. Je pense qu'une partie de votre récit a été coupée. Pouvez-vous me dire ce que vous avez supprimé ?

– J'ai commencé à tenir ce journal ici, en prison. Rien que pour moi. C'était une thérapie et une façon de tuer le temps.

– Continuez.

– Je ne pensais pas que quelqu'un d'autre le lirait. Quand Simon a suggéré que je le lui confie pour qu'il vous le communique, j'ai… Il contenait des réflexions personnelles… sans rapport avec mon affaire. Et puis, il y avait des choses ennuyeuses. Par exemple : ce qu'on mangeait chaque soir au dîner.

– Quelle proportion du journal avez-vous enlevée ?

– Il y avait tellement de choses. J'ai retiré tout ce que je jugeais sans intérêt pour votre enquête. »

Je cogite. C'est grosso modo ce que m'a dit Claire. Pourtant, Melissa Slade semble user de faux-fuyants. Elle n'a pas vraiment répondu à ma question. En outre, ses anecdotes de prison – quand on l'a tatouée de force ou quand une autre détenue lui a lancé son plateau-repas au visage –, bien qu'elles ne concernent pas mon enquête, sont restées dans son journal.

« Je vois. » Je ne dois pas paraître très convaincu, car je ne le suis pas. « Madame Slade…

– Ça vous ennuie qu'on s'appelle par nos prénoms ? Ce sera moins formel. Vous préférez Jon ou Jonathan ? »

Oui, ça m'ennuie et je ne veux pas que notre interview soit moins formelle.

« Mes amis m'appellent Jon, réponds-je, laissant

entendre par là qu'elle devrait m'appeler Jonathan ou mieux encore : M. Hunt.

– Allons-y pour Jon, alors ! »

Je sens mes sourcils qui se froncent. Du moment qu'elle ne compte pas sur moi pour l'appeler Mel. Impossible. Je ne pourrai pas. À mes yeux, elle est indigne de ce prénom. Plus personne ne saurait en être digne désormais.

« Et vous pouvez m'appeler Melissa. Ou Lissa, si vous préférez. Comme mes amis. »

Je suis un peu interloqué. Au moins, elle ne se fait pas appeler « Mel ». J'essaye d'en revenir à nos moutons.

« Melissa, à l'approche de votre appel, vous devez…

– Je ne voulais pas faire appel au départ. »

Ce n'est pas la direction que je voulais emprunter. Je voulais savoir si elle était plus optimiste cette fois, quels étaient ses projets en cas de libération, ce genre de choses. Apparemment, c'est elle qui mène l'interview. Peut-être l'a-t-elle préparée autant que moi. Je décide de jouer le jeu. Pour le moment.

« Pourquoi donc ? »

Elle soupire.

« J'ai énormément espéré la première fois, mais notre dossier n'était pas assez solide.

– Quels étaient vos arguments ?

– On estimait que les deux affaires auraient dû être jugées séparément, et le juge s'était trompé plusieurs fois en donnant ses directives au jury. Je ne me souviens plus très bien. Je vous le répète : ce n'était pas très solide. Et je ne voulais pas recommencer, de peur d'être déçue encore une fois.

– Qu'est-ce qui vous a fait changer d'avis ?

– Simon et Callum. Mon fils traverse une passe difficile. À la fac, tout le monde a découvert qu'il était le fils d'une… qu'il était mon fils. Il a été ostracisé par les autres étudiants, sa petite amie l'a plaqué et il le prend très mal. En d'autres termes, il est dépressif. » Elle semble abattue, sans que je sache si elle joue la comédie. « Il a arrêté ses études pour rentrer à la maison. Simon affirme – et il a raison – que Callum a besoin que je rentre, moi aussi, à la maison. »

Je hoche la tête. Je me souviens d'avoir lu ce passage dans son journal.

« Pour résumer, vous aviez peur que vos espoirs soient déçus, encore une fois, mais vous avez quand même choisi de faire appel dans l'intérêt de Callum ? »

Je me demande s'il n'y a pas autre chose.

Comme si elle lisait dans mes pensées, elle ajoute :

« Et puis, quelque part au fond de moi-même, je sentais que… j'étais responsable et c'était le prix à payer.

– Responsable de quoi ?

– De la mort de mes bébés. J'étais leur mère. Pourtant, je ne les ai pas protégés. Et ils sont morts. Alors que je devais veiller sur eux. Tous les deux. J'estimais que je devais être punie. »

Pendant une seconde, on dirait qu'elle va se mettre à pleurer, mais elle se mord la lèvre et se ressaisit.

« Melissa, est-ce que vous accepteriez de tout me raconter ? Je parle de ce moment où vous avez découvert vos petites jumelles. Au cas où vous auriez oublié un élément important dans votre journal. »

Je me retiens d'ajouter : *ou supprimé.*

Melissa me relate les tragiques événements, et je l'interromps parfois pour poser une question ou vérifier un détail qui m'a traversé l'esprit. Tout correspond à ce qu'elle a écrit dans son journal. Elle ne m'apprend rien de plus.

Pendant qu'elle parle, je l'observe, le plus discrètement

possible. Je remarque qu'à l'évocation des moments les plus difficiles, quand elle découvre que ses bébés sont morts, par exemple, sa voix faiblit, son ton devient presque monotone et son regard se perd dans le vide, on dirait qu'elle prend ses distances vis-à-vis de ces souvenirs ou essaye de se persuader que ce n'est pas arrivé. Certaines phrases correspondent mot pour mot à ce qu'elle a écrit dans son journal. Sans doute les a-t-elle ressassées et relues, tant de fois que c'est comme si elle les avait apprises par cœur.

Par ailleurs, je constate qu'elle s'agite énormément. Elle se gratte les bras, frotte une jambe contre l'autre. C'est en remarquant qu'elle répète ces mêmes mouvements en changeant de main ou de jambe que je repense aux rituels obsessionnels qu'elle décrit dans son journal.

Son récit terminé, elle est pâle et manifestement épuisée. Si une partie de moi-même a toujours envie de la haïr, elle paraît si vulnérable que je me surprends à penser que je devrais plutôt la protéger. Je lui ai infligé une épreuve qui ne m'a pas aidé. Jusqu'à présent, je n'ai rien découvert de nouveau et il ne me reste plus beaucoup de temps. Il faut que j'avance.

« Qu'est-ce que…

– Vous voulez un café ? » propose-t-elle.

Non, je n'en veux pas. Je sens qu'elle tergiverse.

« J'y vais », dis-je en sortant les pièces de monnaie de la poche de mon jean.

Je rapporte trois cafés, car l'officier de liaison avec les médias, qui n'a rien dit depuis le début, pique du nez et apparemment, il a bien besoin d'une petite dose de caféine.

« Alors, ça vous a aidé ? demande Melissa quand je lui tends son gobelet en plastique.

– Oui, mens-je.

– Il ne manque qu'une cigarette. »

Je suis son regard, dirigé vers une pancarte : « Interdiction de fumer ».

« Je me faisais la même réflexion. C'est toujours meilleur avec le café, hein ?

– Ou avec l'alcool. Il n'y a rien de tout ça, ici. »

Nous échangeons des banalités. Je perds du temps.

« Melissa, je peux vous poser une question ?

– Vous êtes venu pour ça », répond-elle en esquissant un sourire.

Que je ne lui rends pas.

« Que s'est-il passé, à votre avis ? Pensez-vous que vos deux filles ont été victimes du syndrome de la mort subite du nourrisson ? »

Elle ne répond pas immédiatement, ce qui éveille mes soupçons. Puis elle dit :

« C'est ce que je pense maintenant, oui. »

Je veux lui demander ce qu'elle pensait avant l'apparition de cette nouvelle preuve.

« Quand Amber est morte, je croyais sincèrement que c'était la mort subite du nourrisson, avant même le rapport du légiste. Elle dormait sur le ventre et elle avait du mal à respirer. Mais quand Ellie est morte à son tour… ça ne pouvait pas être une coïncidence. Et Ellie était en pleine santé, débordante de vie. »

Elle parle si bas que je dois tendre l'oreille. Je me penche en avant, les bras croisés sur les genoux, dans une position trop intime sans doute. J'ai l'impression d'envahir son espace.

« La seule autre explication que j'ai trouvée à l'époque, c'était qu'elles étaient peut-être mortes toutes les deux d'une maladie génétique qui n'avait pas été découverte lors des autopsies. »

Ses yeux volètent de droite à gauche, elle se gratte

les bras. J'ai la nette impression qu'elle me cache la vérité. Tout ce qu'elle dit semble répété, et son langage corporel m'interpelle. Elle est incapable de fixer son regard, elle se gratte furieusement avec ce qui reste de ses ongles rongés. Hélas ! Je n'ai d'autre choix que de laisser courir. J'ai moi-même élaboré tous ces scénarios possibles, de toute façon. Et en un sens, je me sens plus éloigné de la vérité que jamais.

« Dans un cas comme dans l'autre, dis-je, mort subite ou maladie génétique, il s'agirait de causes naturelles. N'avez-vous jamais envisagé que leurs décès auraient pu être provoqués ?

– Non, jamais. » Elle répond vite cette fois, trop vite. Comme si elle était sur la défensive. « Je ne vois pas qui aurait pu souhaiter leur mort. Ce n'étaient que des bébés innocents. »

Au risque d'insister, je poursuis sur ma lancée.

« Est-ce que quelqu'un leur en voulait ? Un membre de votre famille était-il jaloux d'elles ? Après tout, elles sont arrivées de manière inattendue, à en croire ce que vous écrivez dans votre journal. »

Elle ne peut réprimer un léger sourire nostalgique.

« Très inattendue, même. C'était une énorme surprise.

– Je m'en doute. »

Si j'apprenais aujourd'hui, à quarante ans, que j'allais être à nouveau père, ce serait un choc plus qu'une surprise. Je garde cette pensée pour moi.

« Durant le procès, on a fait croire que j'en voulais à mes bébés, mais c'est faux. La naissance des jumelles avait créé des tensions entre Michael et moi, c'est vrai, mais il les adorait. Et Callum et Bella étaient très gentils avec elles. Ils me donnaient un coup de main. Bella les gardait souvent quand elle logeait à la maison. Et quand elle était chez sa mère, elle téléphonait fréquemment pour prendre de leurs nouvelles.

– Savez-vous où se trouve votre belle-fille, Melissa ? » Ma collègue, Kelly, a dressé la liste des personnes à interroger et elle n'a pas réussi à localiser Bella.

« Je n'en ai aucune idée. Elle avait des problèmes chez elle – avec sa mère, je veux dire – et elle a fichu le camp.

– Pourquoi n'est-elle pas revenue vivre avec son père ?

– C'était une époque difficile. Je venais d'être arrêtée. Michael déménageait. Il faudrait lui demander s'il en sait plus que moi.

– C'est déjà fait.

– Ah oui, c'est vrai. » Je crois percevoir une note d'amusement dans sa voix. « Simon m'a dit que vous aviez rendu visite à Mike. Qu'avez-vous pensé de lui ? »

Je n'ai pas oublié la remarque de Melissa, au début de cette interview, sur la nécessité d'être franc l'un envers l'autre. C'était dit sur le ton de la plaisanterie, mais je crois qu'elle le pensait réellement, même si je doute qu'elle ait rempli sa part du contrat. Si je veux être honnête, je considère Michael Slade comme un connard, mais je ne peux pas l'avouer.

« Vous d'abord », dis-je.

Melissa se renverse contre le dossier de sa chaise, les mains nouées sur le ventre.

« J'ai rencontré Mike dans un bar, un soir, lors de l'enterrement de vie de jeune fille d'une amie. Il n'avait d'yeux que pour moi, il me donnait l'impression d'être au centre de son univers. Il m'a fait tourner la tête. J'ai craqué complètement. Simon était un homme merveilleux, mais tellement pris par son travail qu'il n'avait pas beaucoup de temps à me consacrer. À la fin, toutes nos conversations tournaient autour du boulot. Je l'ai quitté pour Michael… »

Elle baisse les yeux et je me demande si, aujourd'hui, elle regrette ce choix. Elle relève la tête.

« À vous.

– Votre ex-mari et moi n'avons pas grand-chose en commun, et ça n'a pas vraiment accroché entre nous. » Je vois un sourire apparaître sur le visage de Melissa. « Mais comme le disait ma femme, je juge les gens trop rapidement et je ne sais pas les cerner.

– Elle ne le dit plus ? »

Melissa plaque sa main sur sa bouche. Trop tard : les mots sont sortis. Ils flottent dans l'air entre nous. J'en ai trop dit moi aussi.

Je ne réponds pas. C'est une question trop personnelle. Je ne veux pas lui révéler quoi que ce soit sur moi. Je ne suis pas là pour ça. C'est moi qui devrais poser les questions, mais elle a inversé la situation. Déformation professionnelle, sans doute. *Policier un jour…* Elle regarde ma main, remarque l'alliance, puis lève les yeux vers moi.

« Désolée », dit-elle, et je sais qu'elle a compris. Toutefois, elle ne cherche pas à savoir ce qui s'est passé. Au lieu de ça, elle demande : « Vous avez des enfants ?

– Oui. Deux garçons. » Jugeant cette réponse un peu trop sèche, je me sens obligé d'ajouter, d'un ton plus doux : « Douze et neuf ans.

– Oh, c'est formidable à ces âges. Je suis sûre que vous êtes un père formidable. On ferait n'importe quoi pour nos fils, hein ? On se précipiterait dans une maison en feu pour aller les chercher, on se noierait pour les sauver. Je sais que je le ferais pour mon fils. Je donnerais ma vie pour lui, sans hésiter une seule seconde. C'est un amour inconditionnel. »

J'acquiesce, pressé de changer de sujet.

« Je crois savoir que Michael et vous avez divorcé quand vous avez été envoyée en prison ?

– Exact. J'étais incarcérée depuis un peu plus de deux ans quand j'ai demandé le divorce.

– J'ignorais qu'on pouvait faire ça de la prison.

– Dans certaines circonstances. En ce qui me concerne, cela faisait deux ans que je vivais séparée de mon mari, comme l'exige la loi, et il a accepté de divorcer.

– Pourtant, vous avez gardé son nom ?

– En fait, non. J'utilise mon nom de jeune fille à présent. Mais je dois être la seule. Dehors, je serai toujours Melissa Slade, la tueuse de bébés. Et ici, à l'intérieur de la prison, je ne suis qu'un matricule. »

J'ai encore quelques questions à poser, mais notre « chaperon » se redresse sur sa chaise, montre la pendule digitale au mur et se racle la gorge.

Message reçu. Je me lève.

« Eh bien, Melissa Moore, je crois que le temps est écoulé. »

L'emploi de son nom de jeune fille éclaire son visage.

« Je ne vous reverrai pas, n'est-ce pas ? dit-elle.

– Je n'ai droit qu'à une seule visite, si c'est le sens de votre question. Mais nous nous verrons au tribunal, selon la formule consacrée. En attendant, si quelque chose vous revient, vous pouvez m'écrire. Et si j'ai besoin d'en savoir plus, je vous écrirai.

– Très bien. »

J'essaye de trouver des paroles encourageantes. Non pas « J'espère que votre appel sera couronné de succès » ni « Tous mes vœux », car pour cela, il faudrait que je sois convaincu de son innocence et je ne sais toujours pas quoi penser.

« J'espère sincèrement que justice sera rendue, Melissa. »

Ce sont mes dernières paroles. Son visage se défait. Elle a compris le sous-entendu.

Alors que je regagne ma voiture, en me rappelant que je dois payer avant de sortir cette fois, certaines phrases prononcées par Melissa défilent dans ma tête. *On ferait n'importe quoi pour nos fils, hein ? On se précipiterait dans une maison en feu pour aller les chercher, on se noierait pour les sauver.* Je suis frappé alors par leur étrangeté. Melissa avait un fils et deux filles. Pourquoi n'a-t-elle pas dit *On ferait n'importe quoi pour nos enfants* ? Pourquoi a-t-elle dit *nos fils* ?

Elle donnerait sa vie pour son fils, sans hésiter une seule seconde, a-t-elle ajouté. N'aurait-elle pas fait la même chose pour ses filles ? Personnellement, je sais que j'aurais donné ma vie pour sauver ma fille le jour où Pike l'a tuée.

Puis je me souviens d'avoir lu dans son journal qu'elle n'avait pas immédiatement éprouvé pour ses jumelles cet amour infini qu'elle avait ressenti pour Callum dès sa naissance. Se désintéressait-elle réellement d'Amber et d'Ellie ?

J'interromps le fil de ma pensée. Ce n'était peut-être qu'une façon de parler, une formule toute faite, ou bien sa langue a fourché, et j'y attache trop d'importance. Après tout, les filles de Melissa sont mortes, et même si elle le voulait, elle ne pourrait plus donner sa vie pour elles.

Deuxième partie

CHAPITRE 20

Kelly

Août 2018

À midi, toujours pas de nouvelles de Jon, alors je l'appelle sur son portable pour lui demander comment ça s'est passé avec Melissa Slade. Impossible de me concentrer de toute la matinée, je suis trop impatiente de savoir ce qu'elle lui a raconté.

« Kelly, je n'aime pas téléphoner en conduisant, même avec le kit mains libres, me dit-il. Je suis sur le chemin du retour. J'ai deux ou trois choses à faire avant de partir en vacances demain. »

Dès qu'il arrive, Claire lui fait de grands gestes derrière le mur vitré de son bureau ; on dirait qu'elle se noie dans l'Aquarium. Jon se dirige directement vers elle, en m'adressant une grimace discrète au passage.

Il a quelque chose de différent et je mets un petit moment à comprendre que je ne l'avais jamais vu sans ses lunettes. Et je le trouve plutôt élégant aujourd'hui, dans le style démodé. Le pauvre doit transpirer avec son costume en tweed. La température dehors avoisine les vingt-huit degrés et évidemment, on n'a pas de clim dans nos bureaux. Autre changement : ses cheveux sont bien en place, au lieu de se dresser sur sa tête comme d'habitude.

Pour tromper mon attente, je vais chercher un café au distributeur. Il est dégueu, mais c'est de la caféine. Il règne un calme anormal aujourd'hui et je m'ennuie à mourir. Résistant à l'envie d'aller sur Facebook, j'examine la liste que j'ai faite des personnes susceptibles de détenir des informations sur la mort des nourrissons de Melissa Slade :

Melissa Slade
~~Michael Slade~~
Bella Slade
~~Jennifer Porter (amie)~~
Rob Porter
Sophia Porter (fille)
~~Simon Goodman~~
Callum Goodman
~~George~~ et Ivy Moore (parents de Melissa)
Clémentine Rouquier (jeune fille au pair)
~~Holly Lovell (légiste : Amber)~~
Roger Sparks (légiste : Ellie)
~~Me Martin May (avocat de Melissa)~~

Jon et moi avons interrogé ensemble Michael Slade et Simon Goodman, les ex-maris de Melissa. Jennifer Porter a appelé Jon et celui-ci a appelé l'avocat de Melissa pour le citer dans son article. C'est pourquoi j'ai rayé ces noms. Jon a rendu visite à Melissa Slade en prison ce matin, alors je raye également son nom. Par ailleurs, il a interrogé le père de Melissa. La mère, en revanche, figure toujours sur la liste. Elle refuse de parler à Jon, il est donc peu probable qu'elle accepte de répondre à mes questions. Apparemment, elle déteste les journalistes.

Tout le monde ignore où se cache Bella Slade. Impossible, donc, de l'interroger. Elle était présente le soir où Amber est morte. Elle sait peut-être des choses qui pourraient nous mettre sur la piste, mais comme l'a fait remarquer Jon, si ses parents eux-mêmes ignorent où elle a fichu le camp, on a peu de chances de la retrouver.

En outre, la disparition de Bella n'est pas la seule absence suspecte. Autant que je sache, la jeune fille au pair n'a pas attendu la tenue du procès.

Finalement, je me connecte sur Facebook, en jetant des coups d'œil alentour pour m'assurer que personne ne regarde par-dessus mon épaule, même si j'effectue des recherches pour le boulot. J'aurais pensé que Clémentine Rouquier était un nom courant en France, pourtant une seule réponse apparaît quand je le tape dans la barre de recherche. Il n'y a pas beaucoup de contenu public. Je fais défiler les rares publications non masquées. Des photos de bouteilles de vin et de grappes de raisin. C'est bien elle.

Parmi ses dernières publications, je tombe sur la couverture d'un livre. *Le Guide Hachette des Vins 2018*. À côté, une autre photo montre une page de cet ouvrage. Quelques lignes ont été surlignées. Je comprends l'essentiel. *Côtes du Rhône. Appellation d'origine contrôlée. Château des Amoureux*. Deux étoiles. Sur trois, je suppose. Je google Château des Amoureux. Heureusement, il y a une version en anglais. Je clique sur l'Union Jack. Ce vignoble appartient à la famille Rouquier depuis plus d'un siècle et il est situé sur le territoire de la commune de Saint-Martin-d'Ardèche, dans la vallée du Rhône, non loin de Montélimar, à moins de deux heures de Lyon.

Un plan mûrit dans mon esprit, tandis que je recopie cette adresse, mais soudain, sentant une présence dans mon dos, je me retourne vivement.

« Tss-tss », fait Jon en montrant d'un signe de tête

l'écran de mon ordinateur portable, mais je vois bien qu'il plaisante.

« C'est pour le travail, juré. Je voulais vous dire que vous avez l'air cool comme ça.

– Cool ?

– Ouais. Chouette costard. »

Ça m'amuse de voir qu'il s'est fait beau pour rendre visite à Melissa Slade en prison. Comme si c'était lui qui devait faire bonne impression.

« *Chaud*, surtout, plaisante-t-il en ôtant sa veste pour la suspendre sur le dossier de sa chaise.

– Allez, racontez ! Elle est comment ? C'est elle qui les a tués ? Ou elle est innocente ?

– Hum… Le jury n'a pas fini de délibérer, si je puis dire. »

Il branche son ordinateur sur la station d'accueil. Je sais que cette visite l'inquiétait, alors que moi, ça m'excitait. J'ai envie de tout savoir, mais il semble avoir la tête ailleurs.

Il fait pivoter son siège, face à moi. Je devine que j'ai capté toute son attention quand il fixe son regard sur mon piercing nasal.

« Ça s'est bien passé. Je l'ai trouvée agréable. Polie. Jolie. Je pensais qu'elle était du genre à s'apitoyer sur son sort ou à se faire remarquer, mais en fait, elle était… normale. Cela dit, je ne suis toujours pas convaincu de son innocence.

– Pourquoi ?

– J'ai eu l'impression qu'elle ne me disait pas tout. Quand elle m'a raconté dans quelles circonstances elle avait découvert ses bébés morts, elle a utilisé exactement les mêmes formules que dans son journal. Mot pour mot. Tout cela m'a paru un peu… inventé. Répété.

– Avez-vous appris quelque chose d'utile ?

– Non. Absolument rien, répondit-il en continuant à s'adresser à mon piercing. En revanche, elle a dit une chose que j'ai trouvée bizarre. Elle a affirmé qu'elle ferait n'importe quoi pour son fils.

– En quoi est-ce bizarre ?

– Je me suis demandé pourquoi elle n'avait pas dit enfants, au pluriel, plutôt que fils.

– Elle n'a plus qu'un enfant désormais, fais-je remarquer. Son fils.

– Oui, c'est aussi ce que je me suis dit.

– Alors, on fait quoi maintenant ?

– J'ai l'intention d'en rester là. Claire veut que j'actualise l'article en ligne et que je charge des photos que j'ai prises de l'extérieur de la prison. Pour l'édition papier, je vais pondre un article sur ma rencontre avec une femme condamnée pour meurtre, un truc dans ce genre. Simon a remis à Claire une photo de Melissa tenant une jumelle dans chaque bras, l'air radieux. Regardez. »

Il fait glisser une photo vers moi, sur le bureau.

« Qui lui a donné cette photo ? »

Je me dis qu'elle a certainement été prise par Michael Slade.

« Les parents de Melissa, je suppose. Elle devrait faire l'affaire. En tout cas, après ça, j'aurai rempli ma mission. Ce ne sera plus un scoop. On en parlera dans tout le pays. Et même à la télé. Ça va largement dépasser le lectorat du *Rag*. Au moment du procès en appel, en novembre, il y aura des journalistes dans tous les coins.

– Je croyais que Claire voulait une exclusivité. Des interviews des membres de la famille et tout le tralala.

– Je pense surtout que Claire voulait qu'on donne le ton. » Je le sens excédé, sans que je sache si c'est à cause de Claire ou de moi. « Si la première personne qui évoque dans le détail une possible erreur judiciaire se range du côté de l'accusé ou du plaignant ou de je ne sais qui, tout le monde suivra.

– Je ne comprends pas. Vous êtes en train de dire que Saunders souhaitait influencer l'opinion publique ? Pourquoi ferait-elle ça ?

– Disons qu'elle avait une dette envers le superintendant Goodman.

– Vous allez filer en France et tirer un trait sur toute cette histoire ? »

Ces paroles m'ont échappé. Jon est mon patron. D'une certaine manière. Je ne peux pas lui parler sur ce ton.

« Oui, en quelque sorte. J'étais déterminé à découvrir la vérité, moi aussi. Mais à mon avis, on ne connaîtra jamais le fin mot de l'histoire.

– Quelqu'un connaît la vérité. »

Je suis consciente d'avoir haussé le ton et plusieurs personnes dans la salle nous observent, mais je ne peux pas me retenir.

« Certes, mais si ce quelqu'un est Melissa, nul ne saura jamais ce qui est arrivé à ces pauvres bébés. » Il passe sa main dans ses cheveux, qui se dressent aussitôt sur sa tête. « Si elle est coupable, elle ne l'avouera jamais.

– Et si elle ignore ce qui s'est passé ? Vous y avez pensé ?

– Vous croyez donc qu'elle est innocente ? »

Il se retourne vers son ordinateur et je crois que je l'ai perdu, en même temps que la bataille. Je n'arrive pas à croire qu'il va laisser tomber.

« Je ne sais pas, dis-je en baissant d'un ton. Je dis juste que quelqu'un connaît la vérité, mais ce n'est pas forcément Melissa. On ne peut pas renoncer, Jon. »

Il émet un grognement.

« Le mois d'août est généralement calme dans l'univers journalistique, je ne vous apprends rien. Outre le fait qu'il ne se passe jamais rien d'intéressant, tout le monde est en vacances. Vous pouvez profiter de mon absence pour continuer à creuser. Et si vous trouvez quelque chose, vous m'en parlerez à mon retour. Je ne pars qu'une semaine.

– Je pensais continuer à éplucher la liste. J'aimerais rendre visite à Callum. Il va à quelle fac ?

– D'après sa mère, il a laissé tomber. Du coup, je pense qu'il est rentré à la maison, chez son père. Si Melissa tient tant à sortir de prison, c'est pour lui.

– Je vois. Ça vous ennuie si je lui pose quelques questions ?

– Voyez ça avec Simon Goodman, d'abord ! »

Il arrache un Post-it, fait apparaître sa boîte mail sur son ordinateur. Il griffonne quelque chose sur le Post-it et me le tend. L'adresse mail et le numéro de portable de Simon Goodman.

« Moi aussi, j'ai une adresse pour vous, dis-je.

– Ah ! » Il paraît totalement indifférent. Sans me laisser décourager, je lui tends à mon tour un morceau de papier, sur lequel j'ai noté des coordonnées quelques minutes plus tôt. « C'est quoi ?

– Clémentine Roquier, la jeune fille au pair des Slade. C'est l'adresse du vignoble de son père. Puisque vous allez en vacances dans le sud de la Fran… » Je m'interromps en voyant son regard noir. J'ajoute cependant : « C'est seulement à deux heures de Lyon. »

Hélas, je crains que ma voix soit engloutie par les coups de marteau au-dessus de nos têtes.

« Je m'offre un break bien mérité, Kelly. Ce n'est pas un déplacement professionnel. Ce sont des vacances en famille. Rien que moi et mes deux garçons. De toute façon, on va en Camargue. Ce n'est pas à côté de Lyon. »

J'ai envie de rétorquer que le vignoble en question n'est pas à côté de Lyon, lui non plus, et sans doute qu'il est situé à deux ou trois heures de route seulement de la Camargue, mais Jon a ouvert une petite boîte pour prendre ses bouchons d'oreille, signe évident que la conversation est terminée. Toutefois, je remarque qu'il a posé mon bout de papier sur son bureau, et j'y vois un signe encourageant. Il ne laissera pas tomber l'enquête. Si ?

Une perceuse se fait entendre quelque part dans l'immeuble.

Jon se tourne vers moi.

« Avec un peu de chance, les ouvriers auront terminé quand je rentrerai. Ça dure depuis des mois. »

Je ne sais pas s'il crie pour couvrir le vacarme ou si c'est à cause de ses bouchons d'oreille. En tout cas, il ne semble pas en colère après moi, et c'est un soulagement.

J'envoie un mail à Simon Goodman, expliquant qu'en l'absence de Jonathan, je poursuis l'enquête sur l'erreur judiciaire dont aurait été victime Melissa, et je lui demande la permission de rencontrer son fils. Je ne sais pas trop ce que j'attends de la part de Callum. Je crois que j'aimerais savoir ce qu'il pense de sa mère et qu'il me raconte comment elle était avant la mort de ses jumelles. Et même avant leur naissance, quand il était petit. Ce serait un bon point de départ.

Je consulte régulièrement ma boîte de réception, mais en fin d'après-midi, au moment de partir, je n'ai toujours reçu aucune réponse du superintendant Goodman. Merde ! J'éteins mon ordinateur.

Jon, lui, se déconnecte de sa station d'accueil.

« Bonnes vacances, dis-je lorsqu'il a ôté ses bouchons d'oreille. La Camargue ? Les chevaux blancs et les flamants roses ? Je me souviens d'avoir campé dans cette région avec mes parents quand j'étais petite. On avait beau s'asperger de répulsif antimoustiques et faire brûler des bougies à la citronnelle, on était dévorés.

– La mer et le soleil, rétorque Jon en se levant et en balançant sa veste par-dessus son épaule. Demain, à cette heure-ci, on sera dans l'avion. »

Ses paroles précédentes me reviennent. *Rien que moi et mes deux garçons.* Pourtant, il est marié. Il porte une alliance. Et je me souviens d'avoir vu des photos d'eux quatre dans le salon, le soir où j'ai gardé Noah et Alfie.

Je me demande pourquoi sa femme ne les accompagne pas. Sans oser poser la question. Et puis, après tout, ça ne me regarde pas. Toutefois, mon esprit tente de combler les trous. Peut-être qu'elle travaille et n'a pas pu prendre de vacances. Ou peut-être que leur mariage bat de l'aile. Je suis sûre qu'il fréquentait cette légiste, Holly. Sa femme l'a peut-être découvert. Jon est un gars bien dans l'ensemble, mais je ne supporte pas l'infidélité. S'il s'est fait prendre le pantalon sur les chevilles, ça lui servira de leçon.

Après le départ de Jon, je range mes affaires moi aussi et juste au moment où je vais m'en aller, mon téléphone m'annonce l'arrivée d'un mail. Je lâche tout sur mon bureau pour extraire mon portable de mon sac à main. C'est un message de Simon Goodman. Il me propose de passer chez lui ce week-end. Génial ! Je réponds aussitôt.

En passant devant le bureau de Jon, je remarque une boule de papier au fond de sa corbeille. Je me baisse pour la récupérer. Je sais déjà ce que c'est, avant même de la défroisser. C'est l'adresse du vignoble. Mon cœur se serre. Apparemment, me voilà désormais seule à enquêter sur l'affaire Melissa Slade.

CHAPITRE 21

Jonathan

Août 2018

« Pas question que je traverse ça, papa », déclare Alfie. Arrêtés sur les berges de la rivière, nous admirons le Pont du Gard. Ou plutôt, *je* l'admire. Alfie, lui, observe avec effroi les touristes qui déambulent le long du niveau inférieur de l'aqueduc.

« Ce n'était pas au programme, dis-je.

– Mau-viette. Il date de quand, tu disais ? »

Noah s'adresse à son frère et à moi dans un seul souffle, sans quitter des yeux l'écran de mon téléphone pour prendre des photos.

« Deux mille ans environ.

– Et il est toujours debout », dit-il, songeur.

C'est ce qui inquiète Alfie, évidemment, lui qui est resté collé devant la télé pour regarder en boucle les images de l'effondrement du pont de Gênes, quinze jours plus tôt.

« Les Romains étaient de formidables architectes, dis-je. On ferait bien d'en engager quelques-uns pour refaire les bureaux du *Rag*, à vrai dire.

– Dommage que les Italiens n'aient pas hérité de leur talent », ironise Noah.

Je m'apprête à faire remarquer qu'à l'époque où le

Ponte Morandi avait été construit, personne ne pouvait prévoir qu'un nombre aussi important de voitures l'emprunteraient soixante ans plus tard. Mais Noah le sait déjà. Il est très calé pour son âge. Alors, je ravale mon commentaire.

La journée s'est jusqu'à présent déroulée à merveille et je tiens à ce que ça continue. Nous avons visité Nîmes – l'amphithéâtre ce matin et le temple de Diane cet après-midi –, et malgré la chaleur et l'absence d'ombre, les garçons se sont bien tenus. Très certainement, grâce à ma promesse de leur offrir des glaces ensuite. Néanmoins, je sens qu'ils ont eu leur dose de ruines romaines pour aujourd'hui.

« Que voulez-vous faire maintenant ? Retourner au gîte et jouer à un jeu ? Aller vous baigner ? Visiter autre chose ?

– Je veux regarder un DVD, déclare Alfie.

– On a déjà regardé tous ceux qu'on a apportés », soupire son frère.

Nous regagnons notre voiture de location avec son volant du mauvais côté. Noah, qui a le droit de s'asseoir à l'avant à condition de me rappeler qu'il faut rouler à droite, active Siri sur mon téléphone. À eux deux, ils dénichent à quelques miles – pardon *kilomètres* – de là un supermarché Auchan où nous faisons un stock de provisions – baguettes, fromage, chips, pâté, popcorn et sucreries essentiellement – et achetons deux DVD. Noah choisit *Thor : Ragnarok* et Alfie *The Incredible 2* (*Les Indestructibles 2* en français). Je vérifie que les deux DVD peuvent être visionnés en version anglaise.

Mon regard se pose sur un autre film du rayon, intitulé *Amoureux de ma femme*. Je n'ai obtenu qu'un B en français au brevet des collèges, mais je devine le sujet.

Et mon cœur s'arrête, car je revois Mel le jour de notre mariage. J'étais fou amoureux de ma femme.

Mon esprit me ramène vers ce bout de papier que j'ai roulé en boule et jeté dans la corbeille sous mon bureau, quelques jours plus tôt. Dessus figurait le nom du vignoble que Kelly m'exhortait à aller visiter. *Le Château des Amoureux.*

« Allons à la caisse, les garçons », dis-je en m'arrachant à ma rêverie.

Lorsque j'ouvre le coffre pour y déposer les sacs de courses, Alfie montre le lecteur de DVD portable. Cadeau de mes parents pour leurs petits-fils. Nous l'avions emporté dans nos valises et je l'avais laissé dans le coffre si jamais nous faisions beaucoup d'autoroute ou si nous étions coincés dans les embouteillages, pour éviter que les garçons s'ennuient.

« On peut regarder mon film tout de suite ? supplie Alfie.

– On sera bientôt de retour au gîte. Tu ne préfères pas attendre ?

– Non. »

Je suis sur le point de refuser et de lui tendre le sachet de *Carambar* à la place, mais je change d'avis. Et pas seulement au sujet du DVD.

« Bon. Pourquoi pas ? »

Noah bondit à l'arrière et installe le lecteur de DVD pendant que je me débats avec Google et le GPS.

Après avoir roulé dix minutes dans la direction opposée au gîte, je jette un coup d'œil dans le rétroviseur. Noah et Alfie dorment à poings fermés, leurs casques sur les oreilles. Je débranche le câble du lecteur de l'allume-cigare. D'après le GPS, je devrais arriver à destination dans quarante-six minutes. La commune s'appelle Saint-Martin-d'Ardèche. Je profite d'un rond-point pour allumer la radio. Une station baptisée RTL2 diffuse un morceau de U2.

« Vous avez gagné, Kelly », dis-je dans un soupir et me mets à chantonner avec Bono.

Environ une demi-heure plus tard, après plusieurs minutes de publicités incompréhensibles, une chanson en français – mélange de rap et de hip-hop – sort des haut-parleurs et envahit l'habitacle. J'éteins la radio et commence à me demander si je n'ai pas eu tort de faire ce détour. J'aurais au moins dû téléphoner avant. C'est un domaine familial. Sans doute dirigé par le père de Clémentine aujourd'hui encore. Et rien ne permet d'affirmer qu'elle aussi travaille dans le milieu du vin.

En outre, je ne sais absolument pas ce que je pourrais lui demander. Qu'ai-je envie de savoir ? J'ai agi de manière trop impulsive, sur un coup de tête. Un coup de tête de Kelly, plus exactement. Mes deux garçons dorment toujours. Je pourrais faire demi-tour. Ils ne remarqueraient rien. Personne ne saurait.

Au même moment, j'aperçois le premier panneau indiquant la direction de Saint-Martin-d'Ardèche, au-delà d'un pont qui enjambe la rivière du même nom. Plusieurs kayakistes pagaient à la surface de l'eau, dans laquelle se reflètent les gorges d'un vert profond et d'une blancheur de craie. Je suis presque arrivé. Alors, autant aller voir si Clémentine est là !

Je me perds un peu en traversant le village lui-même. Le GPS m'envoie sur une route étroite, un simple sentier en réalité. Tout au bout, il m'ordonne de tourner à gauche. Je contemple d'un air dubitatif le champ que je suis censé traverser et choisis de redescendre le sentier en marche arrière.

En faisant demi-tour, en bas, j'avise deux joggeurs.

Ils ont la gentillesse de s'arrêter quand je klaxonne et baisse ma vitre.

« Pour aller au Château des Amoureux, s'il vous plaît ? »

Mon français du collège me revient au bon moment.

Les joggeurs se retournent dans la direction d'où je viens. Un des deux ôte ses écouteurs et baragouine des indications. Je ne pige pas un seul mot. Mais je vois des vignes à flanc de coteaux et un château de pierre blanche au sommet de la colline, sous un ciel bleu uniforme.

À l'arrière, Noah se réveille et demande où on est. Je lui explique que j'ai dû m'arrêter pour le travail, sur le trajet du gîte. À mon grand étonnement, il ne ronchonne pas. Quand j'atteins le vignoble de la famille Rouquier, Noah et Alfie sont parfaitement réveillés l'un et l'autre. Je me gare devant le bâtiment principal. Une pancarte en bois indique « dégustation ». Heureusement, il y a la traduction en anglais – *wine tasting* – juste en dessous.

Un Border collie se précipite vers nous en remuant la queue quand nous descendons de voiture, et je laisse les garçons jouer avec lui pendant que je suis la direction indiquée par le panneau, derrière la maison. Une autre pancarte, portant la même inscription, est clouée sur une porte et une clochette tinte quand je la pousse. Je pénètre dans une salle sombre et fraîche, et mes yeux mettent une ou deux secondes à s'habituer à la pénombre. Il flotte une odeur de moisi, couverte par celles des tanins et du bois. Quelques verres à vin vides sont disposés sur un tonneau et deux tabourets font face à un comptoir. Je remarque quelques certificats et diplômes encadrés et accrochés aux murs de pierre.

Un homme d'une petite soixantaine d'années apparaît derrière le comptoir. Zut. J'espérais voir Clémentine. Je ne sais pas trop à quoi elle ressemble, mais une chose est sûre : ce n'est pas elle.

« Je veux Clémentine », dis-je.

L'homme ne répond pas, mais ses sourcils qui se dressent vers son crâne dégarni m'indiquent que ma phrase de trois mots n'est pas correcte.

Je rectifie :

« Je voudrais voir Clémentine. » Et j'ajoute : « S'il vous plaît. » Après coup.

L'homme sort son téléphone et prononce quelques mots en français. Il interrompt la communication et m'adresse un sourire crispé. Au bout de quelques minutes, alors que je commence à me dire que cet appel n'avait peut-être aucun rapport avec ma requête, la clochette tinte de nouveau. Je me retourne et me retrouve face à une jeune femme d'environ vingt-cinq ans, grande et mince. Elle porte un débardeur et un short en jean qui laissent admirer sa peau bronzée. Elle a les mêmes yeux marron foncé que l'homme. Clémentine.

« On se connaît ? » me demande-t-elle dans sa langue.

Elle est obligée de répéter sa question. Je réponds en anglais.

« Non, on ne se connaît pas, mais nous connaissons la même personne. »

Elle passe derrière le comptoir et ouvre un réfrigérateur. D'où elle sort une bouteille d'Évian en plastique. Elle dévisse le bouchon et boit plusieurs longues gorgées. Elle a les mains tachées, par le raisin, j'imagine.

« C'est bon, papa, tu peux nous laisser, dit-elle. C'est l'ami de quelqu'un que je connais. »

Son père émet un grognement et ressort comme il est entré, par la porte derrière le comptoir. Je me hisse sur un tabouret haut. Pendant quelques secondes, nous restons muets, Clémentine et moi, nous nous jaugeons.

Finalement, je me présente :

« Je m'appelle Jonathan Hunt. Je suis journaliste à *The Redcliffe Gazette*. Je passe quelques jours de vacances non loin d'ici…

– Redcliffe ? Vous venez de Bristol ? » Sa curiosité laisse place à la méfiance. « Ça concerne Michael Slade ?

– Non, plutôt son ex-épouse, Melissa. »

Je me demande pour quelle raison Clémentine a cru que je venais lui parler de Michael. À cause de sa liaison avec lui ?

« Ex ?

– Oui, ils ont divorcé pendant qu'elle était en prison.

– Était ?

– Elle est toujours incarcérée. Mais elle va être jugée en appel. J'enquête sur une éventuelle erreur judiciaire. Vous voulez bien répondre à mes questions ? Ce ne sera pas long.

– Je n'ai rien à vous dire. J'estime avoir eu de la chance de ne pas devoir témoigner au tribunal. J'ai juste rempli une déposition. Et je préfère rester en dehors de cette histoire.

– Vous n'êtes pas obligée de répondre aux questions qui vous gênent, et je ne citerai pas votre nom. » Comme elle ne réagit pas, je change de tactique. « S'il vous plaît ? J'ai fait tout ce trajet…

– Je croyais que vous étiez en vacances dans le coin ?

– Euh, oui, en effet… »

Je ne sais pas comment implorer du regard, mais c'est ce que j'essaye de faire à cet instant.

« Bon, OK. Du moment que c'est… en off… C'est comme ça que vous dites dans votre métier ?

– Oui. En off. Vous avez ma parole. Votre anglais est excellent, soit dit en passant. Mon français, en revanche, est épouvantable.

– Merci. Il est un peu rouillé, mais j'essaye de développer la partie exportation de l'exploitation de mon père, alors je suis obligée de me maintenir à niveau. »

Est-ce pour cette raison qu'elle a accepté de me parler ? Une bonne occasion de se perfectionner ? Ça me va.

Ou peut-être est-ce juste de la curiosité ? Elle se penche vers moi.

« Vous avez parlé d'erreur judiciaire. Vous voulez dire que Melissa n'a pas tué ses bébés ?

– Officiellement, elle a été condamnée pour le meurtre d'un seul bébé. Et en effet, une nouvelle preuve suggère qu'elle est innocente.

– *Un seul bébé* ? répète Clémentine. Quelle est cette nouvelle preuve ?

– Un rapport médical qui n'a pas été transmis à la défense. » Je ne peux pas laisser Clémentine inverser les rôles et poser les questions à ma place. Alors, je m'empresse d'ajouter : « Vous étiez engagée en tant que jeune fille au pair, c'est bien ça ?

– Oui. Pour un an, normalement, mais je suis rentrée au bout de trois mois. Ensuite, j'ai trouvé un autre boulot, aux États-Unis, pendant six mois.

– Toujours jeune fille au pair ?

– Non, serveuse, femme de chambre et plus généralement bonne à tout faire dans un hôtel en Californie.

– Un boulot difficile ?

– J'étais logée, nourrie et je faisais des progrès en anglais. C'était le plus important.

– Et travailler pour les Slade, c'était comment ? » Clémentine croise les bras et plisse les yeux. Je comprends que je suis sur le point de briser la relation de confiance que j'ai instaurée. Il faut que je contourne sa relation avec Michael Slade, alors je modifie ma question : « Travailler pour Melissa Slade, c'était comment ?

– Elle était lunatique. Un coup, elle était de mauvaise humeur et l'instant d'après, tout allait bien. Elle n'avait aucune patience avec ses jumelles. Et elle manquait totalement de confiance en elle. Amber pleurait beaucoup. Melissa ne parvenait pas à l'arrêter. Et des fois, elle pleurait elle aussi.

– Et vous, vous arriviez à calmer Amber ? »

Après un silence, la jeune femme répond :

« Je m'occupais surtout d'Ellie.

– Parce qu'elle était moins rétive ?

– Rétive ?

– Plus calme ? Vous préfériez vous occuper d'Ellie parce que c'était un bébé plus facile ? »

Clémentine hésite de nouveau. Comme si elle cherchait ses mots. Non pas parce qu'elle a du mal à s'exprimer en anglais, mais parce qu'elle veut donner la bonne réponse.

« Non. Je laissais Amber à Melissa en espérant que si elle réussissait à l'apaiser, elle deviendrait une mère plus sûre d'elle. »

Je ne suis pas sûr de gober cette explication. Je pense au contraire que si Melissa s'était occupée davantage d'Ellie, elle aurait eu l'impression de faire du bon travail. Mais je ne suis pas un expert en la matière. Mes fils sont là pour le prouver.

« Et avec les autres membres de la famille, ça se passait comment ? »

Je veille à rester le plus vague possible.

« Ils étaient tous très gentils. Callum était comme un petit frère. Et je m'entendais bien avec sa moitié de sœur, Bella.

– Sa demi-sœur.

– Oui, pardon, sa demi-sœur. »

Clémentine se balance d'un pied sur l'autre, ses yeux ne restent pas en place. Finalement, elle regarde son poignet. Elle n'a pas de montre, mais elle dit :

« Je n'ai plus de temps, désolée.

– Je sais ce qui s'est passé entre Michael et vous, Clémentine, si c'est ce qui vous inquiète. Et je ne suis pas ici pour ça. Alors, à moins que cela ait un rapport avec la situation de Melissa, nous ne sommes pas obligés d'en parler. »

Elle hoche la tête et dit :

« Je ne sais pas si Melissa avait deviné, sur le coup. Je ne la connaissais pas avant qu'elle ait ses bébés. Peut-être qu'elle était différente. Mais ce n'était pas une bonne mère ni une bonne épouse, quand je l'ai connue. Elle n'aimait pas ses enfants et elle n'aimait pas son mari. Elle non plus, elle ne s'aimait pas. Je me demande souvent si elle a découvert la vérité sur nous et si c'est ça qui l'a poussée.

– Qui l'a poussée ?

– Je veux dire, si elle a découvert qu'on était amoureux, Michael et moi, c'est peut-être pour ça qu'elle a tué ses bébés. Je m'en veux terriblement. »

Amoureux. Clémentine n'avait que dix-neuf ou vingt ans à l'époque et Michael frôlait la quarantaine, l'âge que j'ai aujourd'hui. Il me semble évident qu'il a profité d'elle. Pourtant, six ans après, elle continue à voir leur relation à travers un filtre rose.

« Vous pensez donc qu'elle est coupable ? dis-je.

– Qui d'autre aurait pu tuer deux bébés innocents ?

– La preuve qui vient de réapparaître indique qu'ils n'ont peut-être pas été tués. Ni l'un ni l'autre. »

Elle hausse les épaules.

« J'espère que c'est vrai.

– Mais vous n'y croyez pas.

– Je ne crois pas aux coïncidences. »

Pas plus que les jurés du procès de Melissa, me dis-je.

« Êtes-vous restée en contact avec Michael ?

– Non. » Elle baisse la tête. « Il pensait que c'était mieux comme ça. Il ne fallait pas que je sois… liée… impliquée dans tout ça, disait-il. »

J'ai plutôt l'impression qu'il s'était servi de cet argument pour mettre fin à sa liaison avec Clémentine, mais je m'abstiens de tout commentaire.

« Et Bella ? Vous disiez que vous vous entendiez bien. Vous êtes restée en contact avec elle ?

– Non. Elle m'a écrit… deux fois, je crois. Elle n'a pas assisté au procès, mais elle a quand même appris ce qui s'était passé entre son père et moi. Elle était furieuse. » Malgré les larmes qui menacent de jaillir, Clémentine garde les yeux fixés sur moi. « C'est la dernière fois que j'ai eu de ses nouvelles. Son dernier mail. J'ai voulu m'excuser ensuite, mais je ne savais plus comment la contacter. »

Il me semble pourtant qu'à notre époque, si vous voulez vraiment contacter quelqu'un, il y a toujours un moyen, mais je n'insiste pas.

Toutefois, comme si elle lisait dans mes pensées, Clémentine ajoute :

« Je crois que Bella n'utilise plus Internet. »

Il y a un truc qui cloche dans tout ça, mais quoi qu'il en soit, c'est une impasse. Merde ! Je sens que Bella pourrait être une pièce importante de ce puzzle bordélique.

« Vous ne savez pas où je pourrais la trouver ?

– Je ne connais pas son adresse, si c'est ce que vous voulez savoir. » Elle accompagne cette remarque d'un rire sardonique et je ne comprends pas pourquoi. Est-ce une plaisanterie dont le sens m'échappe ? « La dernière fois que j'ai appelé Michael, il m'a dit qu'elle était toujours à Bristol. Dans le centre. »

Je fronce les sourcils. Les cours de français de Mme Smith au collège me reviennent en mémoire sous forme de flash. Le mot « toujours » peut avoir deux sens. Manifestement, Clémentine pense que Bella vit encore dans le centre-ville. Peut-être au domicile de sa mère. Elle ignore sans doute que Bella a fichu le camp. Ce n'est pas à moi de le lui annoncer.

« Quand l'avez-vous appelé ? » Elle venait de me dire que Michael avait coupé tous les ponts. « Quand lui avez-vous parlé pour la dernière fois ?

– Peut-être trois ou quatre mois après le procès ? »

Je soupire. Nul ne semble savoir ce qu'est devenue Bella. Elle a quitté le domicile de son père quand Melissa a été arrêtée. Puis elle est partie de chez sa mère, et depuis, plus personne n'a entendu parler d'elle. Elle s'est volatilisée, il y a quatre ans, sans laisser la moindre trace.

« Merci pour votre aide, dis-je en m'efforçant de paraître sincère.

– Est-ce que… vous allez voir Michael prochainement ?

– Possible.

– Vous le saluerez de ma part ? Vous lui transmettrez mes amitiés ?

– Bien sûr. »

Je suis obligé de mentir. Pauvre gamine.

Sur ce, Clémentine se redresse de toute sa hauteur, comme si elle chassait l'adolescente amoureuse qu'elle était redevenue pendant un instant pour endosser le rôle de la jeune femme entreprenante qu'elle était en arrivant dans cette cave.

« Vous aviez l'intention d'acheter du vin ? »

Pour finir, j'achète deux cartons de Côtes du Rhône, sans savoir comment je vais les faire tenir dans nos bagages pour reprendre l'avion. Et je ne bois presque jamais de vin par-dessus le marché. Clémentine m'aide à les porter jusqu'à la voiture, où les garçons continuent à jouer avec le chien.

« On y va, les enfants. Préparez le lecteur de DVD pour le voyage du retour. »

En déposant les cartons de vin dans le coffre, j'avise un paquet de popcorn qui dépasse d'un des sacs de courses. Je le lance à Alfie.

« Ils sont adorables, commente Clémentine. Je suis sûre que vous êtes un père formidable. »

Je ne la détrompe pas.

« Merci. C'était un plaisir de vous rencontrer. Ne vous inquiétez pas, je ne citerai pas votre nom. Puis-je vous appeler si d'autres questions me viennent à l'esprit ?

– Si vous voulez », répond-elle avec un haussement d'épaules.

Sur le trajet du retour, je me repasse mentalement les paroles de Clémentine. J'ai le sentiment qu'elle m'a livré une information cruciale. Elle a dit une chose que j'aurais dû relever, elle m'a fourni un indice capital qui conduit à la vérité. Hélas, impossible de mettre le doigt dessus !

CHAPITRE 22

Kelly

Août 2018

Bushy Park est situé à Totterdown, non loin de chez ma mère, qui vit à Knowle, et donc, après avoir déjeuné chez elle, je me tape le trajet à pied, en suivant les indications de Google Maps sur mon téléphone. Sans savoir pourquoi, j'imaginais Simon Goodman habitant dans une maison, d'où mon étonnement. Certes, c'est un coin agréable, près du centre, mais je pensais qu'une jolie petite propriété dans un quartier sûr, du genre Horfield ou Henleaze, correspondrait davantage au statut d'un haut gradé de la police. Peut-être qu'il est célibataire et déteste le jardinage. Du coup, son appartement au rez-de-chaussée, à Totterdown, lui convient parfaitement.

Je suis pile à l'heure, alors j'ouvre le portail, je remonte l'allée étroite, gravis les quelques marches de pierre à l'extrémité et sonne à la porte. Goodman met un certain temps à réagir et quand il ouvre la porte, il semble perplexe, comme s'il ne se souvenait pas de moi.

« Kelly Fox, *The Redcliffe Gazette* ? » Ça ressemble à une question, alors j'essaye d'adopter un ton plus assuré. « J'ai pris rendez-vous – par mail – pour parler avec votre fils, Callum.

– Ah, oui, fait-il en caressant sa barbe naissante.

Désolé. J'ai oublié que vous veniez aujourd'hui. Je crains que Callum… n'aille pas très bien. »

Je sais, grâce au journal intime de Melissa Slade, que Callum a fait une sorte de dépression, et je me demande si c'est la cause de l'embarras de Simon Goodman. Veut-il dire que Callum va mal mentalement ? Qu'il est dépressif ? Ou est-ce une excuse pour se débarrasser de moi ?

« Dans ce cas, euh, je vous renverrai un mail ? » Je perçois l'irritation dans ma voix. Et je sais qu'il ne faut pas le braquer, au cas où Jon et moi aurions besoin de l'interroger de nouveau, alors je mime un sourire et ajoute : « Je vous souhaite un très bon week-end. »

Perchée sur le muret de l'église, non loin du domicile de Goodman, je sors mon portable de mon sac. Je remarque qu'il ne me reste que neuf pour cent de batterie. Je l'ai rechargée cette nuit, mais Google Maps l'a presque vidée. Peu importe, neuf pour cent c'est suffisant pour passer un petit coup de téléphone à ma mère. Je croise les doigts pour qu'elle réponde… Oui.

« Salut, maman. Est-ce que tu pourrais venir me chercher en voiture ?

– Bien sûr. Où es-tu ?

– À Totterdown. Tu as de quoi noter l'adresse ou je te l'envoie par SMS ? »

Pas de réponse. Je décolle le téléphone de mon oreille. L'écran est noir. Plus de batterie. Résistant à l'envie de balancer l'appareil sur le sol en poussant un juron, je le remets dans mon sac. Au moment où je m'apprête à descendre du muret, j'entends grincer le portail de Goodman. Ce dernier avance sur le trottoir, sans refermer le portail derrière lui, s'éloigne dans la direction opposée, vers la droite, puis tourne de nouveau à droite pour remonter la rue perpendiculaire à celle-ci.

Je suis toujours assise sur le muret quand je le vois réapparaître au coin, quelques secondes plus tard, derrière le volant de sa voiture. Il ne m'a pas vue. Soit il est absorbé par ses pensées, soit il n'est pas très observateur pour un policier. Dès que la voiture a disparu, je pousse le portail, suis l'allée jusqu'au perron et sonne de nouveau à la porte.

On appelle ça du démarchage à domicile. Quand un journaliste débarque chez une personne pour tenter de lui arracher une interview, alors que celle-ci ne veut pas parler. Même si, en l'occurrence, c'est le père qui ne veut pas que j'interroge son fils. Je me sens dans la peau d'un paparazzi.

Après avoir sonné trois fois, je renonce, mais au moment où je tourne le dos, la porte s'entrouvre et un garçon un peu plus jeune que moi, de cinq ou six ans, passe la tête par l'entrebâillement, en essayant sans doute de masquer le fait qu'il est encore en pyjama à quatorze heures. Il a des cheveux blond foncé qui auraient besoin d'une bonne coupe et des cernes sous ses yeux bleu-vert, qui seraient saisissants s'ils n'étaient pas injectés de sang. Sa peau a la pâleur de quelqu'un qui ne sort pas beaucoup, à moins qu'il soit véritablement malade… Malgré cela, il demeure séduisant, si vous aimez le style cheveux blonds faussement ébouriffés. Ce n'est pas mon cas.

« Oh ! J'ai cru que mon père avait oublié ses clés. »

Son haleine parvient jusqu'à moi. Tabac. Plus autre chose. Il émet un ricanement involontaire et je comprends : il est défoncé.

« Callum ? Je suis Kelly Fox. » Je montre ma carte de presse comme si c'était un insigne de police. « Je me suis arrangée avec votre père pour venir vous poser quelques questions cet après-midi.

– Je me souviens pas qu'il m'en ait parlé. Euh…

vous tombez mal. » Une nouvelle bouffée d'haleine fétide me parvient, mais je m'efforce de ne pas plisser le nez. Je repousse un haut-le-cœur.

« Ce ne sera pas long.

– Je… euh… je suis pas habillé. »

Son regard descend jusqu'à mes pieds, puis remonte pour s'arrêter sur mon décolleté. Je porte un T-shirt à col V sous un blouson en similicuir, et soudain, j'ai l'impression de ne pas être assez habillée, moi non plus.

« Ça m'est égal, dis-je. Si vous voulez, je peux vous faire un café pendant que vous allez vous rafraîchir un peu ? »

Son regard glisse de ma poitrine vers mon sac à main.

« Vous auriez pas de l'aspirine là-dedans, par hasard ? »

Je réprime un sourire. Il a la voix pâteuse et manifestement du mal à s'exprimer. Si vous ajoutez à ça un accent de Bristol à couper au couteau, on a l'impression qu'il essaye d'incarner un pirate bourré qui souffre.

« J'ai du paracétamol, si ça vous convient. »

Cela suffit à faire pencher la balance de mon côté. Callum hoche la tête, ce qui lui arrache une grimace de douleur ; il recule et ouvre la porte en grand pour me laisser entrer.

« Je préfère du thé, dit-il.

– Pardon ?

– Plutôt que du café. La cuisine est là-bas. » Il montre une porte à gauche dans le couloir. « Je reviens. »

Pendant que je me livre à la chasse aux sachets de thé dans les placards, j'entends de l'eau couler. J'en déduis que Callum prend une douche, et j'espère qu'il va se dépêcher, car j'ignore où est parti son père et je devine qu'il vaut mieux que j'aie filé quand il reviendra.

Je remplis un verre d'eau du robinet et y dépose deux

cachets effervescents de paracétamol. Callum apparaît sur le seuil de la cuisine, en jean et T-shirt, frottant ses cheveux mouillés avec une serviette. Je lui tends le verre. Il lance la serviette sur le dossier d'une chaise.

« Merci. Vous avez trouvé le thé ? »

Il ouvre un placard, d'où il sort un paquet de biscuits au chocolat au lait.

« Oui. »

Je le suis dans le salon, en portant nos deux tasses. Callum s'est aspergé d'après-rasage ou de déodorant, et je manque de suffoquer en marchant dans son sillage. Il ricane de nouveau. De toute évidence, il plane encore. Il me fait signe de prendre place dans le canapé et se laisse tomber dans le fauteuil en face. Je le regarde avaler d'un trait le verre d'eau, puis ouvrir son paquet de biscuits.

« De quoi faire disparaître le mal de crâne », dit-il en brandissant un biscuit.

Autant aller droit au but.

« Je voulais vous poser des questions sur votre mère. » Son visage se ferme, mais je poursuis. « Mon collègue et moi, on enquête sur son histoire pour notre journal, *The Redcliffe Gazette*. On essaye de mettre en avant la thèse de l'erreur judiciaire, autant que possible, avant son procès en appel.

– Qu'est-ce qui vous fait croire que c'est une erreur judiciaire ?

– Ce n'est pas votre avis ? » Comme il ne répond pas, je change de tactique. « Si vous me racontiez quelle mère elle était quand vous étiez petit ?

– Elle était super. On était une famille heureuse. Jusqu'à ce qu'elle quitte mon père pour foutre le camp avec un branleur. » Il s'exprime d'une voix monocorde, dénuée d'émotion, mais je me dis qu'il joue un rôle, pour masquer sa douleur. Et je ne parle pas de son mal de tête.

« Vous n'êtes pas un grand fan de Michael Slade ?

– On peut dire ça, répond-il, la bouche pleine de biscuits.

– Entre nous, je ne le porte pas dans mon cœur, moi non plus. »

Cette remarque lui arrache un sourire, qui, à son tour, provoque un froncement de sourcils et un gémissement. Il se penche en avant, les coudes sur la table basse, et se prend la tête à deux mains.

« Grosse soirée ?

– On peut dire ça, répète-t-il. Mais c'était de la bonne came. »

Il se masse le crâne comme pour illustrer son propos. Et je me demande s'il s'éclate le soir pour oublier les journées pourries.

Je balaie le salon du regard. Moquette grise. Le canapé sur lequel je suis assise est recouvert d'un tissu gris foncé et agrémenté de coussins rouges. Deux reproductions encadrées ornent les murs. Sur la première, une scène de rue, un parapluie rouge contraste avec la grisaille ambiante. Sur la seconde, en noir et blanc, un singe porte sur les épaules un panneau publicitaire d'homme sandwich, sur lequel on peut lire : *Riez maintenant, mais un jour, nous serons aux commandes.* Je reconnais immédiatement une œuvre de Banksy. On trouve ces posters dans n'importe quelle boutique pour touristes de Bristol. Dans son ensemble, cette pièce offre un décor anonyme et très masculin.

Une seule chose ressort : une grande photo encadrée posée sur le buffet. Melissa Slade, âgée d'une trentaine d'années, se tient entre Callum, qui doit avoir dix ou onze ans, et Simon Goodman, qui paraît moins usé sur cette photo qu'aujourd'hui. Une impression renforcée, peut-être, par son menton glabre.

« Les jours heureux », dit Callum en suivant mon regard.

Il y a une autre photo, plus petite, à côté : une photo d'école. Callum ne sourit pas sur celle-ci. Il voit que je m'y attarde.

« J'avais treize ans. C'était juste avant le procès de ma mère. »

Certes, il paraît plus âgé que sur la photo de famille, mais on ne lui donne pas treize ans.

« Vous avez assisté au procès de votre mère ?

– Je n'ai pas témoigné, si c'est ce que vous voulez savoir. Ils ont lu ma déposition devant la cour. Mes grands-parents m'y ont emmené un jour, et on a regardé du balcon, mais ils ont décidé que ce n'était pas une bonne idée – trop traumatisant pour moi, un truc dans le genre – et je n'y suis plus jamais retourné.

– Vous continuez à aller la voir en prison ?

– Non. J'y allais quand papa m'y obligeait. J'y suis pas allé depuis longtemps.

– Pourquoi ça ? »

Il hausse les épaules.

« J'ai pas envie de la voir. Elle a gâché ma vie. »

Affirmation un peu théâtrale ; néanmoins, je peux m'identifier à ce qu'il ressent. Je sais ce que c'est de grandir en détestant un de ses parents. Si mon père était toujours de ce monde, sans doute que je refuserais de le voir moi aussi. Et bien évidemment, son visage m'apparaît, aussi net que s'il se tenait devant moi. Même s'il n'est plus là, je continue à le voir : en couleur et en détail, dans mes pensées. Moins je pense à lui, mieux je me porte. Je ne lui ai pas pardonné.

Je me focalise plutôt sur le visage de Callum.

« En quoi a-t-elle gâché votre vie ? »

Il secoue la tête avant de poursuivre :

« Les gens me jugent en fonction d'elle. À la fac, quand les autres ont découvert qui j'étais, c'est devenu un enfer.

– Les gens sont parfois cruels.

– J'ai perdu mes deux petites sœurs, puis ma mère quand ils l'ont envoyée en prison à cause de ça. Mais j'ai aussi perdu ma demi-sœur. »

Quand j'entends ces paroles, un coup de poignard me transperce le cœur.

« Je sais ce que c'est de perdre un parent et…

– Mes amis m'ont abandonné. Ma petite copine m'a largué. Tout ça à cause d'elle. »

Je me demande si Callum a l'habitude de se lamenter sur son sort ou si c'est l'influence de l'herbe dans son organisme qui l'incite à se livrer sans retenue. Toutefois, s'il se montre bavard, il ne m'a fourni aucune information utile, que ce soit pour pondre un article ou avancer sur le chemin de la vérité.

« Vous n'avez plus aucun contact avec Bella ?

– Non. Personne ne sait où elle est. »

Voilà ce que je n'arrive pas à comprendre.

« Et personne ne la cherche ?

– À mon avis, tout le monde a pensé qu'elle avait fichu le camp et ne voulait pas qu'on la retrouve. »

Bel exemple de famille dysfonctionnelle. Encore plus fracturée que la mienne.

« Je comprends que la police n'ait pas les moyens humains de poursuivre les recherches, même si je trouve que ça craint, mais j'ai du mal à croire que sa propre famille ait renoncé. »

Quand Callum lève la tête pour me regarder avec ses yeux bleus écarquillés, veinés de rouge, je m'aperçois que j'ai pensé à voix haute et de manière plutôt véhémente.

« Pardon, dis-je. C'est un sujet sensible. » Je me penche en avant pour déposer ma tasse de thé sur la table basse et reste perchée au bord du canapé pour observer Callum.

« Qu'est-ce qui vous fait dire que Bella a fichu le camp ?

– Elle était complètement déboussolée.

– À cause de la mort des jumelles ? »

Il pose un biscuit entamé devant lui et plisse le front.

« Je crois que c'était la goutte d'eau. Elle vacillait au bord du vide depuis pas mal de temps déjà et ça l'a fait basculer.

– Vous vous entendiez bien avec Bella ?

– Oui. Elle était sympa. Pas le genre à se prendre la tête. Et c'était une nana intelligente. Elle avait parfois des idées noires et elle était super introvertie, mais elle savait être drôle. »

Une adolescente normale, quoi.

« Et votre mère ? Bella s'entendait bien avec elle ?

– Ouais. Bella l'aidait à s'occuper des bébés et tout ça. Je crois que tout le monde l'aimait bien. Mike n'arrêtait pas de délirer, comme quoi il était fier d'elle.

– Mike ? Tu veux parler de Michael Slade ?

– Ouais. Bella n'était pas souvent là. Et des fois, quand elle était là, j'y étais pas : je devais aller chez papa une semaine sur deux. Bella vivait la plupart du temps chez sa mère. Je crois qu'elle préférait être là-bas.

– Pour quelle raison ?

– Je sais pas. Moi je préférais être chez ma mère à l'époque. Y avait plus de monde. J'étais pas seul avec papa. Bella trouvait peut-être que c'était plus calme chez sa mère. »

Sentant que je m'enfonce dans une impasse, je tente de ramener la conversation sur le terrain de Melissa.

« Vous disiez, à l'instant, que vous n'aviez pas seulement perdu votre mère quand elle avait été condamnée. Vous ne pensez pas qu'elle aussi se dit qu'elle a perdu ses petites filles, et son fils ? »

Son expression se modifie, son regard se perd dans le vague, ses lèvres se pincent.

« Elle l'a bien cherché, bordel ! Elle mérite tout ce qui lui arrive. J'espère que son appel sera rejeté et qu'ils la laisseront croupir en taule pour de bon. »

Ne sachant comment réagir face à cet éclat de colère, j'attends qu'il continue, mais il porte sa tasse à ses lèvres, entre ses mains tremblantes, pour boire une gorgée de thé. Il a troqué son pyjama contre un T-shirt Black Sabbath et mon attention est soudain attirée par son avant-bras gauche. Zébré de cicatrices pâles. Des traces de scarification. Aucun doute, il est dérangé. Ses problèmes ont-ils débuté après l'arrestation de sa mère ? Ou existaient-ils déjà ?

« Pourquoi ça, Callum ? » Il secoue presque imperceptiblement la tête. Et bien qu'il soutienne mon regard, je sais qu'il ne va pas répondre. Je fais une nouvelle tentative. « Pourquoi dites-vous qu'elle mérite de rester en prison ? »

Il baisse la tête et je crois l'avoir perdu. Mais il murmure :

« C'est elle.

– Vous pensez que votre mère est coupable ? »

Bref hochement de tête.

« Pourquoi dites-vous qu'elle est coupable ? » Je dois faire un effort pour garder un ton neutre. « Elle vous l'a dit ? Quelqu'un d'autre vous l'a dit ?

– Je ne pense pas qu'elle l'ait fait…

– Vous venez de me dire…

– Je *sais* qu'elle l'a fait. Elle a tué Ellie.

– Comment le savez-vous ? » Pas de réponse. « Comment le savez-vous, Callum ? »

Un bruit derrière moi me fait sursauter.

« Rebonjour. Kelly, c'est bien ça ? » Je tourne la tête si brutalement que ma nuque craque. Simon Goodman se tient sur le seuil du salon. Son regard glisse vers Callum. « Je vois que tu es sur pied, mon garçon. Tu te sens mieux ?

– Un peu, répond Callum, l'air piteux.

– Bon, je vous laisse, dis-je en me levant.

– Oui, bonne idée. »

Simon Goodman ne bouge pas et je frôle accidentellement son bras en passant devant lui. Mon cœur cogne dans ma poitrine, car pendant une seconde, je me demande s'il a entendu notre conversation. Je m'attends presque à ce qu'il se jette sur moi pour m'empêcher de quitter cette maison. Je sens sa présence dans mon dos en me dirigeant vers la sortie. Je ne peux contenir un petit gémissement en le voyant tendre la main.

Mais c'est pour m'ouvrir la porte. En émergeant en plein jour, je m'en veux de m'être laissée emporter par mon imagination débridée. La faute à la situation, trop tendue, trop intense. L'amertume de Callum vis-à-vis de sa mère. Sa conviction qu'elle avait tué sa petite sœur. L'irruption de Goodman.

La porte d'entrée claque derrière moi. J'inspire à fond et descends l'allée à grandes enjambées. Je ralentis sur le chemin qui me ramène chez ma mère. Un peu plus tôt, je n'avais pas envie de marcher ; je me dis maintenant que cela me fera du bien. J'ai besoin de remettre de l'ordre dans mes pensées.

Callum était-il sincère en accusant sa mère ? Comment pouvait-il savoir qu'elle était coupable ? Peut-être qu'il n'avait aucune certitude et exprimait simplement son intuition. Par ailleurs, pourquoi est-ce que personne ne s'inquiétait pour Bella ? Même si elle était partie de chez elle de son plein gré, quelqu'un avait forcément envie de savoir où elle était, non ? C'était une personne disparue qui ne manquait à personne. À moins que quelqu'un sache où elle se trouvait.

Une demi-heure plus tard, toujours plongée dans mes pensées, je suis assise à la table de la cuisine chez ma mère, devant une tasse de chocolat chaud.

« À quoi penses-tu ? demande-t-elle en s'asseyant face à moi.

– Tes hanches font des siennes ? »

J'ai remarqué qu'elle se déplaçait lentement. Ma mère approche de la cinquantaine – elle avait une vingtaine d'années quand elle nous a eues, ma sœur et moi –, mais elle souffre déjà de raideurs dans les articulations. De l'arthrite peut-être. Elle refuse d'aller chez le médecin. Elle est un peu rondelette et toujours entre deux régimes à la mode, convaincue que si elle était plus mince, ses douleurs disparaîtraient.

« Ne t'occupe pas de moi. Parle-moi plutôt de ton interview du fils de Melissa Slade. »

Je vais chercher la boîte à biscuits et choisis un paquet de Hobnobs. Au déjeuner, nous avons mangé des œufs mimosas, avec de l'avocat et de la laitue iceberg, conformément au dernier régime en date de ma mère et je meurs de faim. Callum a dévoré au moins cinq biscuits devant moi, sans m'en offrir un seul, le salopard.

Je fais à ma mère, tout ouïe, le résumé de la conversation que j'ai eue avec lui. Elle écoute toujours ce que je lui raconte, mais je suis surprise par son intérêt pour mon travail depuis que j'enquête sur le cas Melissa Slade. Cela confine à la fascination morbide. Elle me questionne chaque fois que je viens la voir.

Alors, je me prépare à affronter une salve de questions, mais quand j'ai fini mon récit, elle demeure muette, le visage grave. Sûrement à cause du passage concernant Bella. Elle pense à Lily, je parie. Dès que le sujet de la disparition de Bella ressurgit, moi aussi je repense à Lily.

« Désolée, maman. Je t'ai fait de la peine.

– Non, ça va », dit-elle, mais je sens bien que ça ne va pas. « J'espère que justice sera rendue à Melissa Slade. Cette femme a suffisamment souffert.

– Tu te souviens de cette affaire ? »

Elle se relève difficilement, en prenant appui sur la table avec ses bras.

« Oui, bien mieux que la plupart des gens. »

Elle reprend le panier à linge posé sur le plan de travail.

« Et tu penses qu'elle est innocente ? Pourquoi donc ?

– Disons qu'elle ne paraissait pas coupable.

– Comment ça "elle ne paraissait pas coupable" ?

– Je veux dire… enfin, tu vois. » Ma mère baisse la tête pour fuir mon regard. C'est elle qui a abordé ce sujet et maintenant, elle ne veut pas en parler, pour une raison quelconque. « Quand on la voyait à la télé et dans les journaux… Elle paraissait innocente… et si belle.

– Non, non, attends ! Tu ne t'en tireras pas comme ça ! m'exclamé-je au moment où elle passe devant moi pour sortir de la cuisine. Dis-moi tout. »

Elle se retourne.

« Je ne peux pas. Je n'ai pas le droit.

– Ça veut dire quoi tu n'as pas le droit ?

– J'ai juré de garder le secret. »

Sur ce, elle disparaît, armée de son panier de linge propre. J'entends son pas lourd dans l'escalier. Je sais que je n'en tirerai pas davantage. Pas aujourd'hui, en tout cas.

CHAPITRE 23

Jonathan

Août 2018

« Alors, j'ai rendu visite à Callum Goodman pendant que vous étiez en vacances », m'informe Kelly en se laissant tomber sur son siège pivotant.

Elle dépose son sac à ses pieds. Ses yeux pétillent d'excitation.

Kelly commence souvent ses phrases par « alors », ce qui a le don de m'exaspérer, mais je me mords la langue. Au moins, elle ne reproduit pas ce tic à l'écrit. Et ça m'amuse de voir qu'elle s'est dispensée de toute forme de salutation, bien qu'on ne se soit pas vus depuis plus d'une semaine.

« Oh. Et comment vous l'avez trouvé ?

– Grâce à Google Maps.

– Non, ce n'est pas ce que je…

– Je plaisantais. Il s'apitoie un peu trop sur son sort, il est complètement déboussolé et immature.

– Un garçon adorable, quoi. »

Elle fait rouler son fauteuil vers moi et ses genoux frôlent ma cuisse.

« Il affirme que Mélissa a tué Ellie, me glisse-t-elle.

– Ah oui ? Et comment le sait-il ?

– Il ne me l'a pas dit.

– Vous lui avez posé la question ?

– Évidemment ! Manque de chance, son père nous a surpris à ce moment-là. »

Je ne peux m'empêcher de rire devant son air grave.

« Parfait timing. » Kelly esquisse un sourire, mais je vois bien qu'elle ne trouve pas ça drôle. « Et vous l'avez cru ?

– Je pense que Callum croit sa mère coupable. Est-ce qu'il en est certain ? Aucune idée. » Elle fait reculer son siège jusque devant son poste de travail. « Au fait, vous aviez raison et tort.

– Comment ça ?

– Vous aviez tort de dire qu'il ne se passe jamais rien d'intéressant en août et raison de dire que le procès en appel de Melissa Slade allait devenir une info nationale. Pendant que vous étiez de l'autre côté de la Manche, tout le monde ne parlait que de ça ici.

– Oui, j'ai vu. J'ai acheté le journal à l'aéroport en arrivant.

– Et pas seulement dans les journaux. À la télé aussi. Cette fois, tout le monde semble s'être rangé dans son camp. » Sans reprendre son souffle, elle demande : « Alors, c'était comment en France ?

– Super. Les garçons et moi, on a passé du bon temps. D'ailleurs, j'en ai profité pour faire un petit détour. Je suis allé voir…

– Pourquoi votre femme ne vous a pas accompagnés ? interroge Kelly avant que je puisse lui parler de Clémentine. Elle travaillait ? » Je fronce les sourcils. « Désolée, ça ne me regarde pas. Ça m'a échappé. Je n'aurais pas dû vous poser cette question. » Elle semble mortifiée. « J'ai franchi la limite. Après tout, vous êtes un peu comme mon patron.

– Ce n'est pas grave, Kelly. »

Je passe ma main dans mes cheveux. Je sais qu'elle a failli m'interroger sur Mel à deux reprises déjà. La première fois le soir où elle a gardé Noah et Alfie pour que je puisse aller au restau avec Holly, et la seconde quand je lui ai confié que je partais en vacances avec mes fils.

« Ma femme est morte. »

Ma voix se brise.

Kelly demeure bouche bée.

« Oh, désolée, répète-t-elle. Je ne voulais pas être indiscrète.

– Ce n'est rien. Vous ne pouviez pas savoir.

– Comment elle est morte ? Elle était malade ?

– Non. »

Silence. Kelly soutient mon regard. Je n'aime pas aborder ce sujet. Holly était la dernière personne à qui j'en avais parlé et il m'avait fallu plusieurs mois pour y parvenir. Mais Kelly possède une sorte de don qui me pousse à me confier à elle. Et elle a le droit de savoir. Elle a gardé mes garçons.

Je prends une profonde inspiration et je me lance :

« Un accident avec délit de fuite sur un passage protégé.

– Elle a été renversée par une voiture ?

– Une camionnette. »

Je m'attends à ce que la conversation s'arrête là, mais Kelly insiste.

« Délibérément ?

– Non. Le conducteur envoyait un texto. Il ne l'a pas vue traverser la rue. Et il l'a fauchée. Elle est morte dans l'ambulance. »

Je me racle la gorge.

« Toutes mes condoléances. »

Elle pose sa main sur la mienne.

« Mel… ma femme était enceinte de sept mois et demi de notre petite Rosie. » Ma voix n'est plus qu'un murmure. « Elle aussi est décédée.

– Nom de Dieu ! »

Après cette sortie, elle reste muette, sous le choc. Finalement, elle demande :

« Ils ont arrêté le chauffeur ?

– Oui. Un certain Adrian Pike. Il dort en prison. Pour homicide.

– Je suis désolée », répète-t-elle une fois de plus.

Le silence s'installe pendant quelques secondes. Et puis, juste au moment où je m'apprête à embrayer sur mon séjour en France, Kelly se lève et se dirige vers le distributeur, pour me laisser le temps de me ressaisir sans doute. Je la suis des yeux, puis regarde autour de moi. Les travaux de rénovation n'ont guère avancé depuis mon départ, même si une forte odeur de peinture flotte dans l'air. Au moins, c'est calme ce matin. Pas de perceuses, pas de marteaux.

Quand Kelly revient en me tendant un café dans un gobelet en plastique, je demande :

« Où sont passés les ouvriers ?

– Saunders a expliqué qu'ils travaillaient sur plusieurs chantiers en même temps, je crois.

– Un peu comme des journalistes. »

Elle rit poliment.

« Vous alliez me parler d'un endroit que vous avez visité en France.

– Pas un endroit, une personne. »

Elle ouvre de grands yeux et laisse échapper un petit couinement d'excitation.

« Vous êtes allé chez les vignerons ! Vous avez vu la jeune fille au pair ? Qu'est-ce qu'elle vous a dit ? »

Je lui résume ma conversation avec Clémentine. Sans

préciser que j'étais convaincu d'être passé à côté d'une chose essentielle. Plusieurs fois, je me suis repassé notre conversation dans ma tête. Du coup, je ne suis plus certain qu'elle ait dit une chose importante. Plus j'y pense, plus je suis convaincu que j'ai pris mes désirs pour la réalité. Je ne voulais pas avoir fait ce trajet jusqu'au *Château des Amoureux* pour rien.

« Au centre-ville ? répète Kelly quand j'ai terminé mon résumé. Clémentine sait que Bella est partie de chez elle ? Vous pensez que c'est sa mère qui vit dans le centre de Bristol ?

– Je l'ignore.

– C'est mon prochain objectif, déclare Kelly en affichant sa détermination. Retrouver Bella.

– On se croirait dans un film d'animation Pixar.

– Ah ! » fait Kelly. En réalité, ça ne l'amuse pas. « Si on ne compte pas les jumelles, il y avait huit personnes dans la maison le soir où Amber est morte. À nous deux, nous avons interrogé cinq d'entre elles : Melissa et Michael Slade, Callum, Clémentine et Jennifer Porter. » Elle compte sur ses doigts au fur et à mesure. « Inutile d'interroger Rob ou Sophia Porter à mon avis. Ne reste que Bella sur la liste. Elle est notre dernière chance. Si on la retrouve, on saura peut-être ce qui est réellement arrivé à ces bébés…

– Peut-être.

– … et sa mère constitue un bon point de départ. Et vous ? Qu'allez-vous faire ? »

Je fronce les sourcils. Maintenant que je suis rentré, je n'ai aucune envie de poursuivre cette pseudo-enquête. Je croyais l'avoir clairement fait comprendre à Kelly. On s'est servi de moi. J'ai joué le jeu en criant à l'erreur judiciaire, pour montrer la voie, et apparemment, ça a fonctionné. Le procès en appel a droit à une couverture nationale et Melissa semble soutenue par l'opinion publique. Il est temps pour moi de retrouver mon domaine de prédilection : les infos locales. Les fêtes d'écoles, les créations d'emplois et licenciements, les barrages routiers. Je suis un scribouillard dans l'âme.

« Je vous le répète, Kelly. Ça ne m'intéresse plus. J'ai du travail. Des tonnes de boulot en retard après ma semaine de congé.

– On ne peut pas arrêter maintenant.

– Kelly, je ne…

– Pourquoi êtes-vous allé voir Clémentine Rouquier si vous ne voulez plus entendre parler de cette histoire ?

– C'était une erreur. Du temps perdu.

– Pourquoi est-ce que ça ne vous intéresse pas ?

– Pourquoi est-ce que ça devrait m'intéresser ? »

J'ai haussé le ton et un silence gêné s'est abattu dans la salle. Je sens les regards de nos collègues posés sur nous.

Kelly ne répond pas immédiatement. Je devine toutefois qu'elle a quelque chose à ajouter. Elle cherche la meilleure façon de le formuler. J'attends.

« Vous venez de me raconter votre histoire, Jon. Votre bébé a été tué. Les jumelles de Melissa Slade sont mortes. Peut-être qu'elles ont été tuées elles aussi.

– Merci, Kelly, mais ce n'est pas nécessaire de me le rappeler. »

Voilà précisément ce qui me taraude depuis le début. Ai-je un point commun avec Melissa Slade ? Si elle a assassiné un de ses bébés ou les deux, nous sommes diamétralement opposés, elle et moi. En revanche, si quelqu'un les a tués, alors oui, je devrais me sentir proche d'elle, de ce qu'elle a enduré, de ce qu'elle continue à endurer. Et je devrais me battre pour elle.

Je suis incapable de fournir un contre-argument. Pas question, cependant, de céder aux exigences de Kelly.

« Et vous, pourquoi ça vous intéresse tant ? » J'ai baissé d'un ton et tout le monde autour de nous s'est remis au travail. La tension est retombée. « En quoi ça vous concerne ? »

Kelly soupire et baisse la tête. J'espère qu'elle ne va pas pleurer.

« Kelly ?

– Vous vous souvenez de Lily Fox ? » demande-t-elle en fuyant toujours mon regard.

Elle aussi a baissé d'un ton.

« Lily Fox… » C'est le nom de famille de Kelly. « Non, ça ne me dit rien, je l'avoue. Une parente à vous ? »

Kelly fait pivoter son fauteuil face à son écran. Fin de la conversation ? Elle tape quelque chose sur son clavier, puis oriente son ordinateur vers moi. Je découvre un article de journal, accompagné de la photo d'une belle jeune fille blonde de quatorze ou quinze ans. Je la reconnais. Son portrait avait été publié dans toute la presse, à l'époque.

« C'est vous qui avez écrit cet article », dit Kelly d'un ton accusateur.

Son index tapote l'écran de son ordinateur.

« Lily Fox. » Ça me revient maintenant. On en avait parlé dans tout le pays. « C'était votre sœur ? Votre jumelle ?

– Non, ce n'*est* pas ma jumelle. C'*est* ma grande sœur. Elle a deux ans de plus que moi. »

Je regarde Kelly d'un air vide.

« Je suis désolé pour votre sœur. La police a découvert ce…

– Non. Si je suis devenue journaliste, c'est à cause

de la disparition de Lily. Je ne peux m'empêcher de penser que si à l'époque, un journaliste s'était investi dans l'enquête, peut-être qu'on aurait su…

– Je ne vois pas le rapport avec l'affaire Slade. » À peine ai-je prononcé ces mots que je comprends : pour Kelly aussi il y a un parallèle. « Si vous voulez retrouver Bella, c'est à cause de Lily. »

Elle acquiesce.

À mon tour de soupirer. Je cède.

« OK. Il y a une chose que je peux faire. »

J'envoie un mail à Simon Goodman pour lui demander s'il peut me fournir l'adresse de la mère de Bella. J'ignore si elle s'est remariée ou si elle utilise son nom de jeune fille, que je ne connais même pas. Je ne sais rien de cette femme. Contrairement à Goodman, j'en suis sûr. Au pire, il pourra se renseigner. Et cette info fournira un point de départ à Kelly.

Tandis que mon mail file vers l'ordinateur du superintendant, mon téléphone m'annonce l'arrivée d'un texto. Holly. Mon cœur cesse de battre quelques secondes quand je découvre son nom sur l'écran. Cela fait trois mois que je me demande, chaque jour, si je dois la contacter. Depuis qu'elle a rompu. Mais je suis trop lâche pour l'appeler ou lui envoyer un message.

Après avoir lu son texto, je demande :

« Kelly, seriez-vous libre ce soir, par hasard ? »

*

Les garçons protestent. Ils sont assez grands, affirment-ils, pour rester seuls un soir sans baby-sitter, mais je ne partage pas cet avis. Certes, Noah est capable d'émettre des commentaires précoces parfois, mais il est encore beaucoup trop jeune pour que je lui confie la responsabilité de son petit frère. Toutefois, leurs objections cessent dès que je leur annonce que Kelly vient les garder.

Après avoir remis les garçons entre ses mains expertes et lui avoir transmis des instructions strictes, je pars rejoindre Holly. J'essaye de ne pas m'emballer, mais je vois un signe positif dans le fait qu'elle ait accepté de me voir. Je ne veux pas gâcher cette occasion de dissiper les malentendus. Dans la voiture, je répète mon discours. Je lui dirai qu'elle m'a manqué et que si elle accepte de m'offrir une seconde chance, je serai heureux de parler d'elle à mes fils, et à partir de là, on verra bien.

Malgré quelques difficultés pour me garer, j'arrive en avance dans ce bar de Cotham Hill où Holly a proposé qu'on se retrouve. Je n'y suis jamais allé. C'est situé près de chez elle et j'en déduis que c'est peut-être un de ses repaires. D'après les tableaux noirs installés dehors sur des chevalets, on y sert des pizzas et des assiettes composées jusqu'à 23 heures, avec des options végétariennes, ce qui convient à Holly. Je jette un coup d'œil à l'intérieur. Le décor semble chaleureux et convivial. Parfait.

Elle est déjà là, assise à une table en bois pour deux. Je prends une grande inspiration et j'entre. En me voyant, elle sourit et mon cœur s'emballe. Elle se lève pour m'accueillir et nous nous embrassons timidement, sur la joue.

Après avoir échangé quelques politesses, nous passons commande, mais la nervosité me coupe l'appétit. Plus d'une fois, nous entamons une phrase en même temps, alors nous nous interrompons et recommençons. Nos rapports ont perdu leur naturel. Nos tentatives pour entretenir la conversation sont un concert dissonant de faux départs et de silences embarrassés.

« Où en est l'affaire Melissa Slade ? demande Holly.

– Ma collègue – Kelly, notre journaliste stagiaire – a pris le relais. Elle essaye de retrouver la belle-fille, Bella, qui semble avoir disparu sans laisser la moindre trace.

– Très mystérieux. » Holly change vite de sujet. « Tu es bronzé, dis donc. Tu étais en vacances ? »

La tension retombe légèrement. Le travail et les vacances : deux thèmes inoffensifs.

Je lui raconte notre séjour en Camargue. Je lui rapporte même ce que m'a raconté Clémentine.

« Et toi ? Tu es partie quelque part ? »

Elle secoue la tête.

« Je n'ai pas pu prendre congé.

– Comment ça se passe au boulot ? » Cette question m'apparaît comme la suite logique et je ne vois pas quoi dire d'autre. Je suis surpris de voir le visage de Holly se défaire. « Qu'y a-t-il ? » Je prends sa main par-dessus la table, même si ce geste peut paraître déplacé. Elle la retire. « Raconte-moi.

– Ça se passe de nouveau mal.

– J'ignorais que ça se passait mal avant.

– Depuis le procès de Melissa Slade, je suis sur la touche et je sens qu'on me pousse vers la sortie. J'ai perdu toute crédibilité à cause de cette affaire. Et comme je suis une femme qui travaille dans un milieu d'hommes, ça a nui à ma carrière. »

Elle dit cela sans une trace d'autoapitoiement.

« Je suis désolé, Holly. Je ne savais pas. Tu ne m'en as jamais parlé. »

Elle a un geste dédaigneux.

« Avec le procès en appel de Melissa Slade qui approche, c'est redevenu un enfer. » Un sourire méchant déforme ses traits. « Mais grâce à la réapparition de ce rapport caché… espérons que Sparks aura ce qu'il mérite. Je suis bien contente qu'il ait pris sa retraite.

– Peut-être que je devrais enquêter sur lui, dis-je. Il a sans doute des squelettes dans son placard.

– Oui, bonne idée », approuve Holly et son sourire s'élargit.

Cette conversation me paraît un peu irréelle et nous replongeons dans le silence, penchés au-dessus de nos assiettes. Mon regard balaie le décor – la grosse pendule au mur, qui semble s'être arrêtée, le plancher, les tables et les chaises en bois, l'éclairage tamisé –, avant de revenir se fixer sur Holly. Elle plante ses yeux dans les miens. C'est à moi de jouer. Le moment est venu de débiter le texte que j'ai répété dans la voiture.

Tout jaillit d'un coup :

« C'est super de te revoir, Holly. Plusieurs fois, j'ai failli t'appeler, mais je me suis dégonflé. J'ai été stupide. Je ne savais pas comment mes fils réagiraient en apprenant que leur papa avait une petite amie. D'ailleurs, je ne le sais toujours pas. Mais… »

Un froncement de sourcils ride le front de Holly. Je ne parviens pas à déchiffrer son expression et je m'arrête au début de ma phrase. Son front se creuse de plus belle. Me suis-je fourvoyé ? Pourquoi voulait-elle me voir, si ce n'était pas pour m'offrir une nouvelle chance ? Ai-je été trop présomptueux ?

« Je suis enceinte », lâche-t-elle de but en blanc.

J'ouvre la bouche et la referme. Je suis obligé de faire défiler ses paroles plusieurs fois dans ma tête pour qu'elles s'y impriment.

Je parviens à articuler un :

« Ouah ! OK.

– De toi. Au cas où tu te poserais la question.

– Non, non, pas du tout. »

Cette fois, je prends ses deux mains au-dessus de la table. Et cette fois, elle ne résiste pas. Elle regarde nos mains jointes, en fuyant mon regard. Je m'aperçois qu'elle a peur.

Soudain, j'ai un flash. Je revois Melissa Slade, à Haresfield Park, m'expliquant combien elle avait été stupéfaite d'apprendre qu'elle était enceinte des jumelles. Et je me souviens d'avoir alors pensé que ce serait un sacré choc de découvrir, à mon âge, que j'allais être à nouveau père. Ironie du sort.

Pourtant, c'est plus une surprise qu'un choc. Je suis surexcité. Je sens un sourire s'épanouir sur mon visage tandis qu'une douce sensation de bonheur me submerge.

« Pourquoi tu ne me l'as pas dit plus tôt ? »

Holly soupire.

« Pour plusieurs raisons. Je l'ai appris peu de temps après cette soirée en mai quand j'ai suggéré qu'on… fasse une pause. J'avais besoin de faire le point. J'avais envie de te voir, mais je ne pouvais pas te voir sans t'avouer la vérité. Je n'arrêtais pas de penser à Rosie. Je ne voulais pas t'en parler trop tôt, au cas où… Pas avant d'avoir franchi le cap des douze semaines en tout cas.

– Tu en es à combien ?

– Un peu plus de trois mois. »

Levant la tête, elle découvre mon large sourire. Alors, elle sourit, elle aussi, timidement.

« Et tout se passe bien ?

– Je suis en bonne santé et le bébé aussi.

– Bonne nouvelle. Un peu plus de trois mois, ça fait… Janvier ? Février ?

– Au tout début de février. Le deux, normalement. Ça doit être la dernière fois qu'on a… tu vois… juste avant… »

Je lâche les mains de Holly et déplace ma chaise pour

venir m'asseoir à côté d'elle. Je la prends par la taille et elle se love contre moi. Je retrouve les effluves fruités de son shampoing. Je ferme les yeux et inhale son odeur.

« Je passe une écho la semaine prochaine, dit-elle, la bouche collée contre ma poitrine. Ce sera sûrement trop tôt, mais si tu veux connaître le sexe, je peux demander. Tu veux ?

– Oui. Non ! Je ne sais pas. J'aimerais t'accompagner, en revanche. Je peux ? On peut faire ça ensemble ?

– J'espérais que tu dirais ça.

– Je pense qu'il est temps que tu rencontres les garçons.

– J'espérais aussi que tu dirais ça. »

CHAPITRE 24

Kelly

Août 2018

Jon n'est pas rentré tard hier soir après son rendez-vous avec Holly, mais il semblait préoccupé et je n'ai pas pu lui soumettre mon idée. Je la trouve bonne, mais je ne suis pas certaine qu'il l'approuvera, et je ne peux pas en parler à Saunders avant d'en avoir discuté avec lui.

Je ne cesse de repenser à ce qu'il m'a raconté au sujet de l'accident mortel de sa femme. Des images défilent dans ma tête. Je sais à quoi elle ressemblait, car j'ai vu des photos d'elle avec Jon et les garçons, chez eux. Je l'imagine sur le passage protégé, levant les yeux une fraction de seconde avant d'être percutée par la camionnette. J'espère que ça ne s'est pas passé de cette façon. J'espère qu'elle n'a pas vu arriver le véhicule. Je ne veux même pas imaginer sa terreur et sa douleur. Je me demande si le conducteur l'a vue, lui aussi, juste avant de la faucher. A-t-il pilé net ? Ou bien s'est-il aperçu de sa présence seulement au moment du choc ?

Je vois presque quotidiennement des gens téléphoner ou fumer au volant. Pas plus tard que ce matin, dans le bus, en allant travailler, j'ai vu une femme qui se maquillait en conduisant. Certes, ça roulait mal, mais ce n'est pas bien. J'ai senti la colère monter en moi. Ma mère, quant à elle, a la sale manie de tripoter son GPS quand elle roule à 120 sur l'autoroute.

Distraction au volant. J'aimerais bien écrire un article sur ce sujet. Une comparaison avec l'alcool et la vitesse comme causes d'accidents mortels. Je pourrais consulter les statistiques de la région de Bristol et effectuer une enquête sur les habitudes en fonction de l'âge ou du sexe. Mais pour cela, il me faut obligatoirement l'accord de Jon.

« Je trouve que c'est une formidable idée, Kelly, me dit-il quand je lui en fais part.

– Vraiment ? Vous êtes sûr ?

– Oui, absolument. Cela aidera les gens à prendre conscience de ce fléau. J'aime bien vos choix de sujets. Les sans-abri, la conduite dangereuse. Je trouve ça super que vous vous attaquiez à ce genre de problèmes. » Après un silence, il ajoute : « Toutefois, j'ai quelque chose qui va vous intéresser encore plus, j'en suis sûr.

– Oh ? Quoi donc ? »

Il me tend une feuille de papier sur laquelle figurent un nom et une adresse. Je ne reconnais pas le nom. Mais je devine à qui correspond cette adresse.

« C'est ce que je pense ? Comment vous l'avez eue ?

– Simon Goodman. Heureusement, il ne savait pas que c'était pour vous. Si j'en juge par le contenu de son mail, vous n'êtes pas en odeur de sainteté.

– Ah ! Il a dû entendre une bonne partie de ma conversation avec Callum.

– Je crois qu'il vous reproche plutôt d'avoir interrogé son fils contre sa volonté. Bref, il préfère que vous ne rappeliez pas. »

Gênée, je baisse les yeux. Ils reviennent se poser sur l'adresse. Mme Margaret Brock, 5 Greenditch Avenue, Hartcliffe.

« C'est où, exactement ?

– Hartcliffe ? Au sud-est. Ce n'est pas le quartier le plus prisé de Bristol. Il y a beaucoup de personnes au chômage et de logements sociaux délabrés.

– C'est pas dans le centre, si ? Clémentine ne vous a pas dit que Bella vivait dans le centre ?

– Si. Mais ce n'est pas très loin du centre. C'est dans la proche banlieue. Et puis, Clémentine ne savait peut-être pas que Bella avait déménagé. Ou alors, elle voulait peut-être dire que Bella vivait dans le centre après être partie de chez sa mère. »

J'ouvre l'application Mappy sur mon téléphone et tape Greenditch Avenue. C'est à environ sept kilomètres du bureau. J'envoie un texto à ma mère pour savoir si elle peut venir me chercher après le boulot. Il faut vraiment que je repasse mon permis un de ces jours, mais ayant déjà échoué deux fois, je me dis que ce n'est peut-être pas la peine d'insister. Une chance que ma mère accepte de faire le taxi sans rechigner.

*

Mme Brock habite dans une minuscule maison mitoyenne, qui, jadis, avait peut-être été jaune. Aujourd'hui, les restes de peinture qui s'accrochent encore à la façade sont d'un gris sale. Les maisons qui l'encadrent sont dans un bien meilleur état. Extérieurement en tout cas.

Il n'y a pas de voiture dans l'allée dallée.

« Apparemment, elle n'est pas là, dis-je à ma mère. Je vais voir.

– Je t'attends là. »

Je marche jusqu'à la porte et sonne. Contre toute attente, la porte s'ouvre presque immédiatement. Je découvre une petite femme qui tient une cigarette dans une main et un chat roux sous l'autre bras. Elle porte une longue jupe foncée et un pull gris anthracite informe. Elle a des dents jaunes et des cheveux longs teints en noir – il y a plusieurs mois déjà au vu de la longueur de ses racines grises. Exception faite du chat qui n'est pas de la bonne couleur, il ne lui manque plus qu'un chapeau pointu et elle pourra participer à la collecte des bonbons à Halloween.

« Bonsoir, madame Brock. Je m'appelle Kelly Fox. »

Je fouille dans mon sac à main, à la recherche de ma carte de presse.

« Vous êtes une amie de Bella ? »

Elle pose sur moi un regard soupçonneux.

« Euh… oui. »

Allons-y pour cette version. Je ferme mon sac et plaque un sourire sur mon visage.

« Bella est pas là. Je sais pas où elle est. »

Mme Brock veut me fermer la porte au nez, mais je la bloque avec mon pied et la repousse.

« Je ne vous embêterai pas longtemps, madame Brock. » J'essaye de prendre un ton ferme et je fais un pas en avant pour l'obliger à reculer. « Je m'inquiète pour Bella. »

Je suis effarée par mon audace. Je suis quasiment entrée de force dans cette maison. Une fois dans le vestibule, je ferme la porte derrière moi. Ça empeste le tabac froid. Mme Brock m'entraîne à contrecœur dans le salon, où la puanteur est encore plus forte. Un épais nuage de fumée flotte dans la pièce. Sur la table basse, un cendrier plein à ras bord côtoie une bouteille de gin et un verre vide. Mme Brock suit mon regard.

« La journée a été dure, dit-elle en guise d'excuse, un peu gênée. J'avais besoin de boire un canon. »

Les relents de son haleine, qui empeste le gin, parviennent jusqu'à mes narines à travers l'air vicié et suffocant. Une odeur familière. Mes souvenirs d'enfance s'accompagnent des miasmes du gin ou du rhum. Je n'ai pas besoin de regarder ma montre pour savoir qu'il n'est pas plus de dix-sept heures trente.

« Voulez-vous une tasse de thé, madame Brock ? Moi, j'en boirais bien une. Je peux en faire, si ça vous dit.

– Je croyais que vous deviez pas rester longtemps », grommelle-t-elle en écrasant sa cigarette dans le cendrier. D'un ton moins hostile, elle ajoute : « Je m'en occupe. Asseyez-vous. »

Je pose les fesses au bord d'un des fauteuils, qui a connu des jours meilleurs, sans aucun doute. Mme Brock revient quelques minutes plus tard avec un mug dans chaque main. Elle les pose brutalement sur la table basse et un peu de thé déborde. Soit elle ne s'en est pas aperçue, soit elle s'en fiche. La table est parsemée de brûlures de cigarettes et les mugs sont ébréchés. Mon thé ressemble à de l'eau chaude qui n'a jamais vu passer un sachet. Peut-être qu'elle ne s'apercevra de rien si je ne le bois pas.

J'essaye d'endosser le costume de mon personnage. Je suis censée être une amie de Bella.

« Madame Brock, je n'ai pas vu Bella depuis un certain temps. Savez-vous où elle est ?

– Ça fait un bail que je l'ai pas vue, moi non plus. La dernière fois que je suis tombée sur elle par hasard, ça devait être il y a deux ans environ.

– Où était-ce, madame Brock ?

– Oh, laissez-moi réfléchir. Dans la vieille ville, je crois. Dans Corn Street ou Wine Street peut-être. »

La vieille ville n'est pas loin des bureaux du *Rag*, à

Redcliffe. Et j'ai l'étrange impression que Bella se cache sous mon nez depuis le début.

« Que faisait-elle ?

– Elle se baladait, je suppose. J'ai pas eu l'occasion de lui poser la question. Dès qu'elle m'a aperçue, elle a filé.

– Pourquoi ? »

Margaret Brock m'observe en plissant les yeux.

« Vous dites que vous êtes une bonne amie de Bella ?

– Je m'inquiète pour elle. J'aimerais la retrouver.

– Elle m'accuse.

– De quoi ?

– De tout. » Elle se sert une bonne dose de gin et s'en envoie une gorgée. « Vous savez bien ce qui lui est arrivé, hein ? »

Je me fige. Heureusement, Mme Brock garde la tête baissée et elle ne voit pas mon air surpris. Elle allume une cigarette et aspire une longue bouffée. Je remarque qu'elle a les ongles sales.

« Elle m'accuse d'être responsable de ce que lui a fait ce salopard », reprend-elle, m'évitant ainsi de répondre. Elle souffle sa fumée en parlant. « Elle m'accuse d'avoir fermé les yeux pendant tout ce temps. Et elle me l'a jamais pardonné.

– Vous n'aviez aucune idée de ce qui se passait ? »

J'improvise. Ce n'est pas ce que je veux savoir. Les questions qui se bousculent dans ma tête sont : *Quel salopard ? Qu'a-t-il fait à Bella ?* Je ne sais pas comment les formuler sans me trahir.

Curieusement, comme si elle lisait dans mes pensées, elle ignore la question que je lui ai posée pour me fournir les réponses que j'attends.

« J'allais le quitter. Quand Bella m'a tout raconté, j'ai promis de le quitter. Mais c'est lui qui m'a quittée avant, pour cette traînée. »

Mon cerveau fonctionne à plein régime, pour essayer de suivre. Sans doute fait-elle allusion à Michael Slade. C'est lui, le salopard. Ça semble plausible. Par conséquent, la traînée en question est Melissa Slade.

« Vous parlez de Melissa Sl… Goodman ?

– Exact. Elle-même. La femme flic. Celle qui a tué les demi-sœurs de Bella. Bella, ça l'a achevée. Ça l'a fait basculer. »

Ses paroles me font l'effet d'un direct à l'estomac bien placé. J'en ai le souffle coupé. Je frémis, alors que le visage de mon père se matérialise devant moi. La disparition de Lily, c'est ça qui l'a fait plonger lui aussi. Littéralement.

Tandis que je chasse l'image de mon père, les paroles de Callum Goodman me reviennent en mémoire. *Elle vacillait au bord du vide depuis un moment et ça l'a fait basculer.* D'après Callum et Mme Brock, la goutte d'eau qui avait fait déborder le vase pour Bella était la mort des jumelles. Je revois Callum, défoncé, en pyjama. Pour lui, la goutte d'eau avait été son rejet par sa petite amie quand elle avait appris l'identité de sa mère.

Pour Margaret Brock, quel avait été le moment charnière ? Depuis quand était-elle alcoolique ? Depuis que Michael Slade l'avait quittée ? Depuis que Bella s'était enfuie ? Ou avant ? Qu'avait-elle refusé de voir exactement ? Elle n'avait pas précisé ce que Michael Slade avait fait à leur fille. Une idée germe dans un coin de ma tête. J'espère que je me trompe. J'aimerais que Margaret Brock soit plus précise.

« Je voudrais rester seule maintenant », dit-elle. Sa voix est pleine de tristesse, mais ferme. « Je ne vous raccompagne pas. »

Je brûle d'envie de savoir ce qu'a fait le père de Bella, mais il est évident que je ne tirerai rien de plus de sa mère. Sa main s'est à nouveau refermée sur la bouteille de gin.

Je me lève et me dirige vers la porte. Soudain, une idée me vient.

« Madame Brock ? » Elle lève la tête. « Pourrais-je vous demander une photo de Bella ? La plus récente que vous ayez ? Ça m'aiderait à la retrouver. »

Je suis sûre qu'elle a pigé que je n'étais pas une amie de Bella et du coup, elle hésite avant de montrer une bibliothèque. Je m'en approche. Ne voyant aucune photo sur les étagères, je m'interroge. Puis, j'avise deux rangées d'albums photos, un pour chaque année, de 1995 à 2012. Je prends le dernier.

« Puis-je emprunter celui-ci, madame Brock ? »

Comme elle ne répond pas, je m'en vais, puisqu'on me l'a demandé, l'album sous le bras.

« Vous lui direz que je l'aime toujours ? » me lance-t-elle d'une voix mal assurée.

Ma mère démarre pendant que je boucle ma ceinture de sécurité. Elle appuie sur un bouton qui commande l'ouverture des quatre vitres.

« Hé, on se gèle !

– Désolée, Kelly. Tu pues.

– Merci ! »

Elle remonte les vitres et je m'aperçois qu'elle a raison. L'odeur de tabac a imprégné mes vêtements et mes cheveux. En effet, je pue. Je prendrai une douche dès que je serai rentrée.

« Merci de m'avoir attendue pendant tout ce temps, maman.

– De rien. Et puis, ce n'était pas si long. Alors, du nouveau ?

– Je ne sais pas trop pour l'instant.

– Allez, raconte ! »

Amusée par la curiosité de ma mère, je lui rapporte ma conversation avec Mme Brock. Et je commence à tourner les pages de l'album. De nombreuses photos montrent une fille brune. Bella. Sur certaines, elle est assise à côté de sa mère, presque méconnaissable : bien habillée et maquillée, ses cheveux noirs sont brillants et ondulés, comme ceux de sa fille.

Une photo attire particulièrement mon attention. Un gros plan. Je suis le contour de son visage avec mon doigt, j'enregistre ses traits dans ma mémoire.

« Elle est jolie, dis-je à voix haute. Elle doit avoir dans les dix-sept ans sur ces photos.

– Montre, dit ma mère en jetant un coup d'œil à l'album ouvert sur mes genoux.

– Regarde la route ! »

Je plaque l'album contre moi pour l'empêcher de voir. Elle rit de bon cœur. Je décide de garder pour plus tard mon laïus sur la conduite responsable.

« Tu ne dis plus rien », fait-elle remarquer après quelques minutes.

Je suis incapable de détacher les yeux du portrait de Bella. Finalement, je confie ce qui me préoccupe :

« Son visage ne m'est pas inconnu.

– Toutes les adolescentes se ressemblent, répond ma mère. On dirait des clones. Cheveux longs, visages tristes, sweats à capuches, Ugg aux pieds. »

Je me tourne vers elle, sourcils dressés.

« Oui, tu as sûrement raison », dis-je en refermant l'album d'un coup sec.

Pourtant, impossible de me défaire de l'idée que je l'ai déjà vue quelque part.

CHAPITRE 25

Jonathan

Août 2018

J'ai passé toute la matinée devant mon ordinateur à essayer de dénicher le maximum d'infos sur le Dr Roger Sparks. Si je veux être honnête, mon but est de dénicher des infos compromettantes. En pensant à Holly, je suis furieux qu'il ose la traiter avec un tel mépris, simplement parce qu'après avoir autopsié Amber Slade, elle était parvenue à des conclusions qui différaient des siennes, concernant Ellie. En vérité, c'était plutôt l'inverse. Car Amber était morte avant sa sœur jumelle, non ? Par ailleurs, je me souviens très bien avoir entendu Holly dire que Sparks était le meilleur médecin légiste qu'elle connaissait. Elle l'avait qualifié de méticuleux. Apparemment, elle n'a jamais mis en doute son professionnalisme ni les conclusions de son autopsie. Lui, en revanche, n'a pas hésité à jeter le discrédit sur Holly et son travail.

J'ai réussi à rassembler quelques infos sur ses antécédents, essentiellement via des sources en ligne. Il a fait ses études – et de l'aviron – à Oxford. Il vient d'une riche famille du Wiltshire. Il a une femme et quatre enfants : deux garçons, deux filles. Il n'a pas pris la peine de protéger sa page Facebook, alors je fais défiler ses publications. Mais à l'exception d'un trait d'esprit à propos de son métier « dans lequel les clients ne reviennent jamais », je ne trouve rien de vaguement rebutant.

Toutefois, il y a quelque chose de foncièrement louche dans la réapparition tardive de son rapport. À moins que le plus étrange, ce soit le fait qu'il ait disparu au départ. Sparks l'a-t-il caché délibérément ? A-t-il été soudoyé pour exclure les analyses toxicologiques de son compte-rendu ? Par qui ? Qui avait envie de faire condamner Melissa Slade, alors qu'elle était innocente ?

Je ne vois qu'une seule personne qui possède un mobile : le meurtrier ou la meurtrière. Une piste que je ne peux pas suivre pour le moment. À l'évidence. Je me demande si l'avocate de l'accusation aurait pu, raisonnablement, être impliquée dans cette affaire. En obtenant la condamnation de Melissa Slade, sans doute aurait-elle donné un coup de pouce à sa carrière. Et celle du Dr Sparks n'a pas eu à se plaindre de l'issue du procès. Jusqu'à présent. C'est un peu tiré par les cheveux, et moi-même je ne suis pas convaincu, mais je m'efforce de trouver un lien entre le Dr Roger Sparks et maître Eleanor Wood.

Et soudain, eurêka ! Je regarde fixement l'écran de mon ordinateur. Wood a étudié le droit à Oxford. L'info est apparue quand j'ai googlé son nom. Hélas ! Ma joie est de courte durée. Wood a sept ans de moins que Sparks, il y a donc peu de chances pour que leurs chemins se soient croisés. Le lien est trop ténu.

Je suis frustré de ne pas déceler la moindre trace d'un acte malhonnête ou préjudiciable. Exception faite, bien évidemment, de la réapparition de ce rapport de toxicologie. Je pourrais écrire un article à ce sujet, et préciser subtilement que Wood et Sparks étaient ensemble à l'université, mais je ne peux pas m'abaisser à faire ça, même pour venger Holly.

Toutefois, Dan, un journaleux que je connais, m'a demandé plusieurs fois, dernièrement, si je n'avais pas des tuyaux à lui refiler sur l'affaire Melissa Slade. Il a bossé un peu pour le *Rag*, en freelance, quand il vivait à Bristol. Il travaille maintenant pour un tabloïd national, à Londres, et il adore bâtir une histoire à partir de rien. De manière suffisamment habile pour que les lecteurs tirent eux-mêmes les conclusions auxquelles il veut les amener, sans risquer un procès en diffamation, pour lui ou son journal.

J'envisage de l'appeler. Puis je me ravise. Holly est une femme compétente et indépendante, qui ne m'a pas demandé de livrer bataille à sa place. Elle n'a pas besoin de moi pour salir la réputation d'un de ses collègues, afin de réussir sa vie professionnelle. Même s'il l'a mérité.

Je tourne la tête vers le poste de travail voisin. Inoccupé. Kelly, partie couvrir une manifestation contre un projet de parking, est restée absente toute la matinée. J'en ai terminé avec Sparks pour le moment, alors je décide de chercher des articles en ligne sur la sœur de Kelly. Lily Fox. Je ne retiens pas les noms ni les visages, et ma mémoire est une vraie passoire.

Mais son histoire me revient à présent. Et d'autres détails ressurgissent en voyant le visage de l'adolescente sur mon écran. Ça remonte à il y a dix ans. Je me souviens d'avoir interviewé la mère de Kelly, Ruby Fox, alors que l'affolement était à son comble, un mois avant que le père de Kelly se suicide.

Je clique sur plusieurs gros titres et la lecture de certains articles me donne une idée plus précise de la chronologie des événements. Quand Lily Fox a disparu en mai 2008, personne ne s'est inquiété outre mesure. Elle avait déjà fugué à plusieurs reprises. Mais deux jours plus tard, sa fille n'étant toujours pas revenue, Ruby Fox avait signalé sa disparition à la police. L'enquête s'était vite concentrée sur une éventuelle implication du père dans ce mystère. Puis il avait « fait une chute mortelle » du haut du pont suspendu de Clifton. À partir de là, il y avait très peu d'infos sur la famille Fox.

Je commence à rédiger un mail à l'intention de Simon Goodman (un contact précieux désormais). Mes doigts hésitent au-dessus du clavier. Finalement, j'efface ce que j'ai écrit et je l'appelle sur son portable. Persuadé qu'il est occupé, je prépare un message dans ma tête, mais il répond directement.

Je lui demande des nouvelles de Melissa. Il m'informe qu'une date a été fixée pour l'audience d'appel. Le 13 novembre. Je la note dans mon carnet.

« C'est beaucoup plus rapide qu'on ne le pensait, ajoute-t-il. Lissa aimerait voir quelques visages amicaux dans la salle de tribunal. J'espère persuader Callum de m'accompagner à Londres. Puis-je compter sur vous ?

– Bien sûr. C'était prévu, affirmé-je faussement. Je serai dans la tribune de presse. Ça ira ?

– Oui, parfait. Elle est nerveuse. Et elle a envie de voir des gens qui sont de son côté… vous comprenez ?

– Ses parents seront présents ? Et son amie, Jennifer Porter ?

– J'espère que George et Ivy viendront. Jenny, je ne sais pas. Tout dépend de savoir si Rob a son mot à dire. » Sans reprendre son souffle, il ajoute : « Mais je suppose que vous ne m'appelez pas pour avoir des nouvelles de Lissa ?

– Ce n'est pas l'unique raison, non. Je… ma collègue… celle que vous avez vue au Watershed Café.

– Je me souviens. La fille qui est venue importuner Callum.

– Oui, voilà. Kelly Fox. C'est une personne adorable, Simon. Elle m'aide à effectuer des recherches et à interviewer des gens pour mes articles sur Melissa.

– Eh bien ?

– Sa sœur s'appelait… » Je me souviens que Kelly a utilisé le présent. Manifestement, elle refuse de penser que Lily est morte. « … s'appelle Lily Fox, ça vous dit quelque chose ? Vous avez des infos sur elle ?

– La fille qui a disparu ? Ça remonte à quand ? Huit ou neuf ans ? »

Simon a une bien meilleure mémoire que moi.

« Dix ans. Elle en avait quinze.

– Autant que je m'en souvienne, ça ressemblait à une fugue. Père alcoolique. Relations conflictuelles avec la mère, comme la plupart des ados, cela étant. On avait dû suspendre l'enquête au bout d'un moment, par manque d'indices et d'effectif.

– Y avait-il des éléments qui pouvaient laisser supposer que le père de Lily l'avait enlevée ou qu'il était d'une quelconque manière impliqué dans sa disparition ?

– Pas à mon souvenir. Même si ça faisait partie des pistes explorées par mes collègues au départ. Comme on l'imagine, le père de Lily a très mal vécu sa disparition. Il se jugeait responsable. Sa femme aussi lui en tenait rigueur. De l'avis général, il se tuait à petit feu en picolant, mais il s'est achevé en sautant d'un pont.

– Et plus personne n'a revu Lily Fox ni entendu parler d'elle ?

– Pas que je sache. Aucun corps n'a jamais été retrouvé. Elle est toujours considérée comme une personne disparue. Je vais voir ce que je peux trouver. Lissa en sait certainement plus que moi. Elle s'est intéressée à certains aspects de cette affaire, pendant quelque temps. De plus près que moi, sans aucun doute. Je lui poserai la question.

– Merci. Je vous revaudrai ça.

– J'y compte bien. »

Je suppose qu'il plaisante, mais son ton est on ne peut plus sérieux. Alors, après notre échange téléphonique, j'appelle Dan à Londres pour lui refiler mes infos sur Roger Sparks et Eleanor Wood. Je ne suis pas fier de moi, mais cela pourra peut-être aider Holly et Melissa. En outre, je doute qu'un simple article puisse nuire à la réputation de deux personnes éminentes si elles n'ont rien à se reprocher, surtout un article signé par un journaliste qui jouit lui-même d'une mauvaise réputation.

Je n'ai pas grand-chose à faire aujourd'hui, hormis quelques révisions et mises à jour, mais je suis coincé au boulot. Je me replonge dans la contemplation du portrait de Lily Fox sur l'écran de mon ordinateur. Elle ressemble un peu à Kelly. Même sourire immense, même nez, sans le piercing. Sur cette photo, elle paraît à la fois innocente et heureuse.

Voyant Kelly entrer dans le bureau, je m'empresse de refermer cette fenêtre sur mon ordinateur.

Après avoir déposé son sac sur son poste de travail, elle se tourne vers moi et déclare :

« Je suis allée voir Mme Brock, la mère de Bella, hier, après le boulot.

– Comment ça s'est passé ? Elle ressemble à quoi ? »

La réflexion déforme le visage de Kelly. À moins que ce soit le dégoût.

« C'est une mégère alcoolique, qui fume clope sur clope. » Pour faire bonne mesure, elle ajoute : « Elle n'est pas très à cheval sur l'hygiène. »

Je me souviens que Kelly avait accusé Callum d'être

immature, déboussolé et de s'apitoyer sur son sort. Je songe alors qu'elle est encore plus impitoyable que moi et je suis sur le point de lui lancer une pique, mais me ravise. Son père était un alcoolique. D'où, peut-être, son manque de compassion envers cette femme.

« Elle affirme ne pas avoir vu sa fille depuis deux ans. La dernière fois, elle l'a croisée par hasard en ville, dit-elle, et apparemment, Bella a filé pour éviter de lui parler.

– Bizarre. Toutefois, cela semble confirmer la thèse de la fugue.

– Ce qui est intéressant, c'est de savoir pourquoi elle aurait fugué. »

Le ton de Kelly reflète le sérieux de son expression.

« Continuez », dis-je.

Kelly déglutit et prend une grande inspiration.

« D'après Brock, Bella l'incrimine de ce que lui a fait subir Michael Slade.

– À savoir ?

– Elle n'a pas développé. Mais Bella s'est apparemment confiée à sa mère. Et Brock prétend qu'en l'apprenant, elle a décidé de quitter Slade, mais il l'aurait devancée pour partir s'installer avec Melissa Goodman.

– Ça devait être très grave pour qu'elle prenne la décision de le quitter.

– Oui. Et je ne vois qu'une seule explication. »

Kelly n'a pas besoin de me faire un dessin.

« Je sais ce que vous pensez, dis-je, mais ne tirons pas de conclusions hâtives. Pour le moment, nous ne disposons que du vague récit d'une ex-épouse alcoolique et sans doute aigrie.

– On peut penser que s'il se passait quelque chose de grave, la mère s'en serait aperçue. Et c'est peut-être le cas. C'est peut-être pour ça que Bella l'accuse d'avoir fermé les yeux.

– Hmmm, fais-je, évasif.

– Il y a clairement un truc qui cloche chez ce type. »

Sur ce point, je suis d'accord avec Kelly. Je crois Michael Slade capable de tout. Je n'ai aucune confiance en lui.

« La mère est un peu dérangée elle aussi, poursuit Kelly. Je m'étonne qu'elle ait reconnu sa fille en ville. Elle était certainement bourrée. Oh ! Ça me revient. J'ai une photo d'elle. »

L'excitation fait monter sa voix dans les aigus.

« Qui ça ? La mère de Bella ?

– Non ! Bella elle-même. » Kelly reprend son sac, fourrage à l'intérieur et en sort son téléphone. Elle fait apparaître une photo, qu'elle me montre. « Regardez ! J'ai photographié une des photos de l'album que m'a prêté Brock. Je suis certaine d'avoir déjà vu cette fille quelque part. Son visage ne vous dit rien ? »

J'examine la photo. Bella est une jolie adolescente. Cheveux noir corbeau. Regard sombre. Sourire forcé.

« Non. » Le visage de Kelly se décompose. J'ai ruiné ses espoirs. « Désolé. Michael Slade avait peut-être une photo d'elle sur sa cheminée ou sur un de ses murs beiges, c'est pour ça que vous avez l'impression de la reconnaître.

– Peut-être. » Kelly ne semble pas convaincue. « Vous êtes allé chez lui avec moi. Vous l'auriez reconnue vous aussi.

– Pas nécessairement. Je ne suis pas du tout physionomiste. Et j'ai une très mauvaise mémoire, comme vous l'avez certainement remarqué. Par ailleurs, j'avoue que la plupart des adolescentes se ressemblent, à mes yeux.

– Ma mère m'a dit quasiment la même chose. Figurez-vous qu'elle est obsédée par Melissa Slade. Elle n'arrête pas de m'interroger sur les progrès de notre enquête.

– Elle n'a pas oublié, je suppose, l'emballement médiatique autour de l'arrestation et du procès de Melissa. Elle a fait la une de toute la presse pendant des mois, et par ici… comme vous pouvez l'imaginer, tout le monde était obnubilé par cette histoire.

– Parce que Melissa Slade vivait dans cette ville.

– Oui. Mais surtout, elle était intelligente et belle. Elle ne correspondait pas à l'idée que la plupart des gens se font d'une meurtrière. Elle était accusée d'un crime épouvantable et elle avait un visage d'ange. Ses excellents états de service dans la police décuplaient la fascination générale. »

Après un instant de réflexion, Kelly dit :

« Je vous ai raconté ma soirée. Vous ne m'avez pas parlé de votre rencard l'autre soir. Comment va Holly ? »

Ce passage du coq à l'âne me désarçonne quelques instants, mais je suis trop heureux de pouvoir évoquer ce sujet.

« Elle va bien. »

J'ai organisé une rencontre avec Noah et Alfie. Nous allons les emmener visiter les grottes de Wookey Hole ce week-end, après quoi Holly rentrera avec nous, et nous préparerons le dîner tous les deux. Pendant que les garçons regarderont un film. Tel est le plan. Ensuite, je leur parlerai. Je ne leur ai pas encore annoncé qu'ils allaient avoir un petit frère ou une petite sœur. À vrai dire, je redoute cette conversation. En revanche, j'éprouve l'envie subite de me confier à Kelly.

« Elle m'a annoncé une très bonne nouvelle hier soir.

Totalement inattendue. Je suis tombé des nues. Mais je suis sur un petit nuage…

– Elle est enceinte ?

– Bon sang, comment vous avez deviné ?

– Vous employez trop de clichés. (Cette remarque me fait rire.) Mais félicitations ! Vous êtes excité ?

– Oui. Heureux et excité. »

Terrorisé également. La foudre ne frappe jamais deux fois au même endroit. C'est ce que l'amie de Melissa Slade lui avait dit. Et pourtant, ça lui est arrivé. Amber est morte, puis Ellie est morte à son tour. Melissa a perdu ses deux filles. Moi, j'ai perdu Mel et Rosie, la femme que j'aimais et notre bébé. Je ne pourrai pas revivre ça.

« Garçon ou fille ? » me demande Kelly.

Je sens mon visage s'assombrir.

« Je ne sais pas trop.

– Vous avez envie de savoir ?

– Je ne sais pas trop. »

Je dois me décider avant l'échographie prévue à la fin de la semaine, mais je ne le dis pas à Kelly.

Elle hoche la tête sagement.

« Tout se passera bien, Jon. Ne vous inquiétez pas. » Parfois, je la trouve trop perspicace pour son âge. « Et vous serez un excellent père. Que ce soit un garçon ou une fille.

– Comment vous le savez ?

– Vous l'êtes déjà. »

Elle baisse la tête, visiblement gênée par le compliment qu'elle vient de me faire. Son sourire, qui est son signe distinctif, a déteint sur mon visage.

Mais je le sens qui s'efface lorsque mes pensées me ramènent vers ces deux filles portées disparues. Qu'est-il arrivé à Bella Slade ? Qu'est devenue Lily Fox ?

CHAPITRE 26

Kelly

Septembre 2018

Les gens trouvent différents moyens de soulager leur douleur. Certains rejoignent un groupe de soutien ou participent à un forum en ligne. D'autres trouvent une échappatoire provisoire dans la drogue. Comme Callum, je suppose. Le chagrin de Jon est parfois palpable. Il a du mal à lâcher prise, à investir toute son énergie dans l'éducation de ses enfants ; en même temps, il a fait tout son possible pour aller de l'avant et il est follement épris de Holly.

Et puis, il y a le cas de mes parents. Mon père, qui, pour reprendre l'expression de ma mère, « avait déjà un penchant pour la bouteille » (euphémisme de l'année), a picolé de plus belle quand Lily a disparu. Ma mère, quant à elle, est dans le déni. Aujourd'hui encore, après toutes ces années. Pour elle, Lily est toujours vivante, quelque part, et d'un jour à l'autre, elle va rentrer à la maison. À cause de son arthrite, elle a du mal à monter l'escalier et la maison est trop grande pour elle ; pourtant, elle refuse de déménager. Lily aurait vingt-cinq ans maintenant et elle ne considérerait certainement plus cette maison comme la sienne, mais cela n'entre pas en ligne de compte.

Elle a perdu énormément de choses, ma mère. Elle a perdu sa fille et son mari. Alors, elle a juré de ne pas me perdre. Et elle n'a jamais perdu espoir, non plus. J'ai toujours pensé que c'était ce qu'il y avait de plus ravageur. Ne pas savoir, les « peut-être que », les « et si ». Néanmoins, si ma mère survit grâce à l'espoir, alors je n'ai pas le droit d'employer le conditionnel, uniquement le futur. Je ne peux pas dire « si », mais « quand ». « Elle est » au lieu de « elle était ». Car c'est de cette manière que ma mère affronte la disparition de Lily.

Nous sommes très proches, ma mère et moi. Nous l'étions déjà avant, mais si nous le sommes restées, c'est dû en grande partie à la disparition de Lily. Ensuite, nous nous sommes retrouvées seules toutes les deux. Elle a reporté tous ses espoirs et tous ses rêves sur moi, mais aussi tout son amour. Nous sommes franches et honnêtes l'une envers l'autre. Nous échangeons des confidences.

Et à cet instant, je me sers de cette relation contre elle. Je lui lance au visage ces mêmes mots qu'elle avait employés durant toute mon adolescence.

« On se dit toujours tout. »

Je perçois mon ton suppliant.

« Oui, mais ça, je ne peux pas te le dire. »

Assise sur le canapé, avec son point de croix, elle ne lève pas les yeux.

« Pourquoi ? Je veux juste comprendre pourquoi tu penses en savoir plus que la plupart des gens sur l'affaire Melissa Slade. » J'ai repris la conversation là où nous l'avions laissée le dernier week-end où j'étais venue la voir. « Dis-moi juste pourquoi tu t'en souviens si bien.

– Je te le répète : j'ai juré de garder le secret. »

J'ouvre la bouche pour protester, puis la referme, frappée par une évidence. Elle avait prononcé les mêmes paroles la dernière fois. Pourquoi n'a-t-elle pas dit *J'ai promis de n'en parler à personne* ? C'était quoi ces conneries de *secret* et de *serment* ? À qui l'avait-elle juré ?

Je n'ai pas beaucoup de souvenirs du procès de Melissa Slade. J'avais dix-huit ans. Je venais d'entrer à l'université de Cardiff, et même si j'avais déjà envie de devenir journaliste, je n'étais pas accro aux infos. Je préparais une licence d'anglais et je devais déjà me taper un paquet de bouquins. Je manquais de temps. Il est facile de faire abstraction du monde extérieur quand vous êtes étudiant.

Toutefois, je me souviens de ma mère regardant les infos un soir, après la fin du procès. J'étais rentrée à la maison pour le week-end – à moins que ce soit pour Noël, car il y avait un sapin et des décorations. J'étais assise par terre, penchée au-dessus de la table basse, plongée dans un devoir, pendant que ma mère était assise sur le canapé. Et je me souviens qu'elle pleurait devant la télé. Elle avait changé de chaîne et s'était servi un verre de sherry. Ma mère ne boit jamais, pas même une goutte, à cause de mon père. Mais à Noël, il y avait toujours du sherry à la maison, pour les voisins et les invités. Et ce soir-là, elle en a bu.

Mon front se plisse et mes lèvres se pincent. J'essaye de saisir un souvenir qui demeure obstinément hors d'atteinte. C'était quelques semaines avant le verre de sherry. Un coup de téléphone quand j'étais à la fac. Soudain, ça me revient et ça me terrasse. Ma mère m'annonce qu'elle est convoquée au tribunal. J'entends encore sa voix, aussi nette que si elle prononçait ces paroles à l'instant même, assise sur le canapé… Quand était-ce ? Le procès avait eu lieu en 2013. Il y a cinq ans.

« Tu faisais partie du jury, dis-je dans un murmure.

C'est pour ça que l'autre jour, tu as dit qu'elle paraissait innocente. Tu ne parlais pas des photos dans les journaux. Tu l'avais vue *de tes propres yeux*, dans le box des accusés.

– Aïe ! »

Elle s'est piquée avec son aiguille ou alors elle fait semblant.

« Tu m'as raconté que tu avais été choisie pour être jurée, mais tu ne voulais pas en dire plus. Tu ne m'as même pas dit de quel procès il s'agissait. C'était celui-ci, hein ? Tu as été jurée au procès d'assises de Melissa Slade ? »

Elle continue à broder, comme si je n'étais pas là. Ça ne lui ressemble pas. Jamais elle ne m'ignore. Mon esprit fait défiler des extraits du journal de Melissa Slade. Ma mère était certainement cette femme qualifiée de « mémère », du même âge qu'elle, dont Melissa espérait qu'elle se rangerait de son côté. Elle supposait que ma mère avait de nombreux enfants. Si elle avait su… Elles avaient plus de choses en commun qu'elle ne pouvait l'imaginer.

Plus loin dans son journal, Melissa évoquait le coup de théâtre à la fin du procès. Incapable de parvenir à une décision unanime, le jury avait rendu *deux* verdicts à la majorité. Dix jurés sur douze estimaient qu'elle n'avait pas assassiné Amber. Dix jurés sur douze l'avaient jugée coupable de la mort d'Ellie. Dans son journal, Melissa se demandait si les deux femmes de son âge, la maigrelette et la rondouillarde – ma mère – avaient voté en sa faveur.

Que s'était-il passé dans cette salle de tribunal ? S'agissait-il d'une forme de compromis arbitraire ? *Nous ne sommes pas sûrs, Votre Honneur, alors nous allons dire qu'elle est coupable d'un côté et innocente de l'autre.* Ma mère pourrait éclairer ce mystère, mais elle refuse.

Malgré tout, j'insiste :

« Maman ? » Je me penche vers elle pour l'inciter à lever la tête, mais elle continue à fuir mon regard. « Que s'est-il passé ? Pourquoi ces deux verdicts différents ? »

Enfin, elle pose sa broderie sur ses genoux.

« Je n'ai pas le droit de révéler ce qui s'est passé dans la salle des délibérations. »

Elle paraît moins déterminée que précédemment et je me dis qu'elle va peut-être céder.

« C'est *moi*, maman. Je n'écrirai rien dans le journal, si c'est ce qui t'inquiète. J'aimerais comprendre, c'est tout. »

Elle soupire et secoue la tête. Ma mère n'a jamais été du genre à vendre la mèche, mais comme je l'ai dit, nous n'avons aucun secret l'une pour l'autre. Je soupire à mon tour. Je prends la télécommande de la télé pour zapper. Je m'interdis de la harceler. Si elle refuse de parler, je dois respecter son choix, aussi frustrant soit-il.

Sa voix, quand elle se met à parler, est à peine audible.

« Ce n'est que mon humble avis. Je pense qu'elle est innocente. »

J'éteins la télé aussitôt.

« C'est ce que tu as voté ?

– Oui. Pour les deux chefs d'inculpation. »

Nous restons muettes pendant plusieurs secondes et je m'aperçois que je retiens mon souffle.

« Comment est-ce que…

– Tout cela était très déconcertant. La légiste qui avait autopsié le premier bébé, Amber, n'en démordait pas : il était mort de causes naturelles. Et elle était très convaincante. Concernant Ellie, toutes les preuves médicales indiquaient le contraire. Alors, j'imagine que certains jurés ont préféré ne pas trancher, dans un sens comme dans l'autre.

– N'empêche, la juger coupable d'un meurtre sur deux, c'était synonyme de perpétuité pour Melissa Slade.

– Je sais. Il y avait énormément de pression pour qu'on rende un verdict à la majorité. Et pour que certains d'entre nous changent d'avis et de vote. Faute de quoi, le juge devrait annuler le procès. » Ma mère s'interrompt. Quand elle reprend, sa voix n'est plus qu'un murmure. « Nous avions déjà passé deux nuits à l'hôtel. Je crois que la plupart des gens avaient hâte de rentrer chez eux et de retrouver leur famille. Noël approchait.

– Donc, certains jurés se sont laissé convaincre. C'est ce que tu es en train de dire ?

– Je n'utiliserais pas ce…

– Qui d'autre croyait en l'innocence de Melissa ?

– Je ne me souviens pas de tout. Et même si je m'en souvenais, ça me gêne d'en parler. J'ai juré de…

– Garder le secret, oui, je sais.

– Je n'ai rien de nouveau à t'apprendre. »

J'ai encore une question, cependant.

« Son innocence ne faisait aucun doute ?

– Bien sûr que si ! Mais c'est censé marcher dans l'autre sens, non ? Je ne la croyais pas coupable au-delà de tout doute raisonnable. »

Je suppose que tout a été dit, mais ma mère ajoute :

« Cette femme avait perdu ses bébés. Elle donnait une mauvaise image à la barre. Elle paraissait indifférente. Froide. Mais je ne voyais pas en elle une femme diabolique. Surtout, j'estimais que le fait de perdre ses petites filles, même si elle était en partie responsable, était un châtiment suffisant. »

Je laisse infuser ces paroles.

« C'est une incroyable coïncidence, dis-je. J'enquête sur un procès dans lequel tu as été jurée. »

Ma mère hausse les épaules, reprend son ouvrage et se remet à broder.

« Ce n'est pas si incroyable. Tu es journaliste. Cette affaire a fait grand bruit à l'époque. Et ça s'est passé ici. Il fallait bien que ça ressorte un jour. »

Je me demande si l'affaire de ma sœur « ressortira » un jour.

J'attends que l'averse s'arrête avant de prendre congé. J'ai décidé de rentrer à pied. Ce n'est pas très loin. Ma mère propose de me raccompagner en voiture, mais j'ai besoin de m'éclaircir les idées.

J'ai parcouru deux pâtés de maisons quand je commence à me sentir mal à l'aise. Au début, ce ne sont que des picotements dans la nuque, mais tous mes sens sont aussitôt en alerte maximale. J'entends des pneus qui glissent sur la chaussée mouillée, le ronronnement d'un moteur. On me suit. Je me retourne vivement. En effet. Une voiture rouge roule derrière moi, le long du trottoir, si lentement que le doute n'est pas permis. Je regarde de nouveau par-dessus mon épaule. Toutes les autres voitures dans la rue sont garées. Et avec ce temps, il n'y a pas un chat dehors.

Mon cœur se serre. Pourquoi cette voiture me suit-elle ? Ça me rend nerveuse, je me sens vulnérable. Une fois de plus, je jette un coup d'œil derrière moi.

Je sais qui est mon suiveur. Sa voiture est reconnaissable : une Mercedes SLK. Mon père était concessionnaire automobile. Il connaissait tous les modèles, c'était son sujet de conversation préféré et cela avait déteint sur moi.

Je m'efforce de presser le pas et sors mon portable de

mon sac pour appeler ma mère. Qui ne répond pas. Je garde le téléphone collé à mon oreille pour faire croire que je parle à quelqu'un. J'espère que cela me donnera le temps de réfléchir. Que veut-il ? Je tente de me raisonner : s'il voulait m'écraser, il roulerait sur le trottoir. Veut-il me forcer à monter dans sa voiture ? Pour quelle raison ? Cherche-t-il simplement à me flanquer la frousse ?

Ma curiosité est sur le point de l'emporter. J'approche d'un carrefour. Je me sens davantage en sécurité. Il y a désormais des voitures, beaucoup de voitures, à quelques mètres de moi. J'ouvre l'application Voice Memo de mon téléphone, j'appuie sur le bouton rouge pour lancer l'enregistrement et laisse pendre mon bras le long de mon corps. Et je m'arrête brutalement. Je fais face à la voiture rouge. Le conducteur pile. Je descends sur la chaussée et contourne le véhicule pour me retrouver du côté du volant. Le conducteur hésite avant de baisser sa vitre.

« Monsieur Slade, qu'est-ce que vous faites ?

– Je pensais bien vous avoir reconnue, répond-il d'un ton enjoué en feignant la surprise.

– Ne jouez pas avec moi. Cette rencontre ne doit rien au hasard. Vous me suiviez. Pourquoi ?

– C'est vous qui jouez un petit jeu, mademoiselle Fox. Un jeu de rôle, précisément. En vous faisant passer pour une amie de Bella. »

Je me suis fait prendre la main dans le sac. La sorcière alcoolique m'a mouchardée.

« Ne vous approchez pas de mon ex-femme. »

Je sais bien qu'il parle de Margaret Brock, toutefois je ne peux résister au plaisir de demander : « Laquelle ? »

Ce qui le met en rogne. Son visage s'empourpre.

« Qu'est-ce que vous voulez savoir ? Allez-vous

enfin foutre la paix à ma famille ? Qu'espérez-vous prouver ? »

Je le dévisage. Il me donne la chair de poule. Mais pas parce qu'il me fait peur. Non, il me donne la chair de poule, car il me révulse. Je toise cet homme assis dans sa voiture, qui serre son volant à faire blanchir ses jointures. Et je vois un lâche.

S'il refuse de m'expliquer pourquoi il me suit, je suppose qu'il ne répondra pas non plus à l'autre question que je lui réserve. Je la pose quand même.

« Avez-vous abusé sexuellement de votre fille, monsieur Slade ? » Bien qu'il ne me fasse pas peur, je ne suis pas aussi rassurée que j'en ai l'air. Je guette sa réaction. Son visage cramoisi blêmit. « Voilà ce que j'essaye de prouver. »

Je m'attends à ce qu'il nie. Ou reste muet. Et de fait, pendant plusieurs secondes, il ne dit rien. Il me regarde d'un air hébété.

« Vous ne pourrez jamais le prouver, dit-il finalement. Bella ne vous racontera rien. Même si vous la retrouvez. »

Sur ce, il démarre et s'engage sur la route principale sans céder le passage, ce qui lui vaut de se faire klaxonner par un autre automobiliste. Plantée au milieu de la chaussée, je le suis du regard, glacée par ses paroles, qui défilent en boucle dans ma tête.

CHAPITRE 27

Jonathan

Septembre 2018

Holly et moi sommes en train de préparer le dîner dans la cuisine quand la sonnerie stridente de mon portable nous fait sursauter.

« J'espère que ce ne sont pas mes parents qui m'annoncent qu'ils ne peuvent pas garder les garçons demain », dis-je à voix basse en sortant mon téléphone de ma poche.

Holly et moi avons prévu de passer la journée ensemble, tous les deux… et demi.

Je grimace en voyant le nom sur l'écran. Ce n'est pas son genre de m'appeler le week-end. Elle ne l'a jamais fait.

« Il faut que je réponde, dis-je à Holly en faisant glisser mon index sur l'écran. Allô, Kelly ? Tout va bien ? »

Manifestement, non. Elle bredouille au bout du fil, sans reprendre son souffle, et je ne comprends rien à ce qu'elle raconte.

« Calmez-vous. Commencez par le commencement. Que se passe-t-il ? »

Je ne l'interromps pas pendant qu'elle me raconte son histoire. Des petits coups frappés contre la fenêtre de la cuisine me font me retourner vivement et je me retrouve face à mon reflet spectral, lacéré par les traînées de pluie qui courent sur le carreau noir. Quand Kelly a terminé, je lui demande : « Où êtes-vous ? » Elle ne peut pas rester seule, dehors, dans ces ténèbres. Elle doit se rendre dans un endroit sûr. Et sec.

Elle m'indique le nom d'une route que je ne connais pas.

« Vous voulez que je vienne vous chercher ? Pour vous ramener chez vous ou chez votre mère ? »

J'adresse un bref regard à Holly, occupée à trancher des tomates. Elle hoche la tête.

« Non, pas la peine, répond Kelly. Je serai chez moi dans quelques minutes. Ça va aller.

– Peut-être qu'il se trouvait dans le même quartier que vous par hasard. » Moi-même je n'y crois pas. Je suis prêt à parier que Slade traquait Kelly, en effet. « Toutefois, si cela se reproduit, ça s'apparente à du harcèlement et nous pourrions aller trouver la police. J'en parlerai à Simon Goodman, en tout cas. »

Je songe au courage – et à l'imprudence – dont a fait preuve Kelly en marchant vers la voiture pour affronter Slade et lui demander, de but en blanc, s'il avait agressé sexuellement sa fille.

« Répétez-moi ce qu'il vous a dit.

– Il a dit “Vous ne pourrez jamais le prouver. Bella ne vous racontera rien. Même si vous la retrouvez.”

– Ce sont ses paroles exactes ?

– Oui, je crois. Je l'ai enregistré sur mon téléphone. Je vous ferai écouter notre conversation lundi.

– Pour moi, ça ressemble à des aveux.

– Il n'a pas nié, en tout cas. » Sa voix se brise à cet instant. J'entends qu'il s'est mis à pleuvoir également là où elle se trouve. « Désolée de vous avoir dérangé un samedi soir, Jon. Je vais vous laisser tranquille. J'avais juste besoin de parler à quelqu'un. Et je crois que ma mère a eu sa dose pour aujourd'hui. Elle ne répond plus au téléphone. Et vous êtes la seule autre personne à qui j'ai pensé.

– Vous avez bien fait de m'appeler, Kelly. Je vais rester au téléphone jusqu'à ce que vous arriviez chez vous, d'accord ? »

Elle ne proteste pas. En dépit de sa bravade, je sens que cette scène avec Slade l'a ébranlée. Et on peut le comprendre. Après un bref silence, elle dit :

« Parlez-moi de votre journée. »

Ce changement de sujet me prend par surprise.

« Euh… avec Holly, on a emmené les garçons à Wookey Hole. »

Je sens percer une note enjouée dans ma voix et je me retourne vers Holly en souriant.

« Oh, oui, vous m'en aviez parlé. C'était comment ?

– Pluvieux. Heureusement, une bonne partie de la visite se fait sous terre, alors c'était moins grave. Et les garçons ont adoré.

– Je me souviens d'y être allée quand j'étais petite.

– Ils se sont beaucoup agrandis depuis ma dernière visite. Ils ont créé de nouvelles grottes à coups d'explosifs.

– Oh ! Vous avez eu des entrées gratuites en échange d'un article ? »

Cette remarque me fait rire.

« Hélas, non ! J'ai bénéficié d'une réduction parce que j'ai acheté les billets en ligne, mais ça coûte une petite fortune. Cela étant, ça vaut le coup. »

Un silence. Je cherche ce que je pourrais demander à Kelly, afin d'entretenir la conversation.

« Il vous reste suffisamment de batterie dans votre portable pour continuer à parler jusque chez vous ?

– Oui. Je suis bientôt arrivée.

– Parfait. Et vous, comment s'est passée votre journée, au fait ? Jusqu'à cette rencontre avec Slade, je veux dire. »

Je vais chercher une bière dans le frigo. N'ayant qu'une seule main, je m'apprête à la déboucher avec les dents, mais Holly m'arrache la bouteille des mains, déniche un décapsuleur dans le tiroir à couvert et s'en charge. Elle me tend la bouteille et en échange, je lui envoie un baiser.

« Un peu bizarre, à vrai dire. Vous savez garder un secret ? »

Je suis intrigué. Et totalement incapable de garder un secret. Je ne peux même pas faire une surprise aux garçons : je suis obligé de leur dévoiler avant l'heure ce que j'ai acheté ou préparé.

« Oui, bien sûr, mens-je avant de boire une gorgée de bière.

– J'ai appris que ma mère faisait partie du jury lors du procès de Melissa Slade. »

La bière manque de ressortir par le nez. Au lieu de cela, je m'étrangle.

« Hein ?

– Ma mère était jurée dans…

– Oui, j'ai entendu. Vous êtes sûre ? Ruby Fox ? Kelly, j'ai interviewé votre mère après le… quand votre sœur… Bref, il y avait sa photo dans le journal. Je l'aurais reconnue au tribunal. »

Kelly émet un petit ricanement.

« Sans vouloir vous vexer, Jon, vous avez une mémoire de poisson rouge et vous n'êtes pas physionomiste pour un sou. Je ne suis même pas sûre que vous puissiez reconnaître votre propre mère.

– Touché.

– De plus, ma mère a énormément grossi après la disparition de Lily. Par conséquent, elle était presque méconnaissable à l'époque du procès.

– Oh. »

Kelly me rapporte les propos de sa mère, concernant ce qui s'était passé derrière les portes closes de la salle des délibérations, et en l'écoutant, je sais déjà que c'est un secret que je ne trahirai pas. Cet éclairage permet de comprendre les verdicts contradictoires. Toutefois, même si la mère de Kelly acceptait d'entrer dans les détails, cela ne nous aiderait sans doute pas à déterminer si Melissa Slade a réellement été victime d'une erreur judiciaire. En écoutant Kelly, je ressens une intuition familière : jamais nous ne saurons avec certitude ce qui est arrivé à ces deux nourrissons.

« Kelly, dis-je quand elle a terminé, il ne faut pas en parler, à personne. » Je baisse la voix pour ajouter : « Je crois qu'un juré qui révèle ce qui s'est dit durant des délibérations est coupable d'outrage à magistrat et risque une lourde amende ou… »

Je m'arrête là, je ne veux pas trop l'effrayer.

Mais Kelly termine la phrase à ma place.

« La prison.

– Oui. Tout ça doit rester entre nous. OK ?

– Promis. »

Elle ajoute une chose que je ne saisis pas et je suis obligé de la faire répéter.

« Impossible d'inventer une chose pareille, dit-elle plus fort pour couvrir le bruit de la pluie. C'est une sacrée coïncidence, non ?

– En effet.

– Je suis arrivée, Jon. Merci pour tout.

– De rien, voyons.

– Bonne soirée. À lundi. »

À peine Kelly a-t-elle mis fin à la communication que Holly me bombarde de questions. Je lui raconte ce qui s'est passé avec Slade, mais je ne dis pas un mot au sujet du jury. Si elle a capté des bribes de ma conversation avec Kelly, elle ne cherche pas à en savoir plus. Pour ma part, je relègue pour le moment cet appel dans un coin de mon esprit. Je dois me concentrer sur un autre sujet.

J'attire Holly contre moi.

« Je sais maintenant que j'ai choisi l'homme parfait, dit-elle.

– Parce que je sais faire des câlins ?

– Non. Parce que tu possèdes un formidable instinct paternel. » Je pense qu'elle fait référence à Noah et à Alfie, mais elle ajoute : « Tu es bon avec Kelly. »

Je l'éloigne de moi afin de pouvoir la regarder, ma superbe et intelligente petite amie, qui porte mon bébé. Elle a enfilé un gilet par-dessus une chemise épaisse. Je ne cesse d'observer son ventre, mais on ne voit pas encore qu'elle est enceinte. Pour le moment, les garçons savent seulement que leur papa a une nouvelle fiancée. Nous avons prévu de leur annoncer l'arrivée du bébé ce soir au dîner.

Holly et moi avons décidé de mettre en vente son appartement et ma maison, et de commencer à chercher un logement pour nous cinq. Nous allons prospecter dans le quartier de Kingswood pour éviter aux garçons le traumatisme d'un changement d'école. Nous débuterons nos investigations en fonction de la réaction de Noah et d'Alfie. Dans l'immédiat, cette maison-ci est assez grande pour nous tous, y compris le bébé à venir, et j'aimerais que Holly vienne s'y installer, si les garçons sont d'accord. Toutefois, Holly et moi aimerions choisir un endroit à nous, pour prendre un nouveau départ. Je crains que mes fils ne sautent pas de joie à l'idée de déménager, mais je ferai de mon mieux pour leur vendre notre plan.

« Une chose à la fois », me rappelle Holly lorsque j'appelle les garçons à table.

C'est devenu son leitmotiv chaque fois que nous parlons de Noah, d'Alfie et du bébé.

Tandis que les garçons dévorent leurs pâtes aux boulettes, je sens mon estomac se nouer. Je me répète mentalement ce que je veux dire, mot pour mot. Pas question d'improviser.

« Avant de passer au dessert… dis-je en adoptant un ton grave et un air sérieux.

– C'est du pudding ? demande Alfie.

– Vous pouvez avoir des glaces si vous voulez…

– Youpi !

– Mais avant cela, Holly et moi, on a quelque chose à vous annoncer.

– Vous allez vous marier », dit Noah.

Ça ne ressemble pas à une question.

« Non. Ce n'est pas ça. Pas tout de suite. Nous allons avoir un bébé. Vous allez avoir… » Holly a passé l'échographie hier. J'étais fou de joie en apprenant que nous allions avoir un garçon, toutefois je crois qu'une fille m'aurait ravi tout autant. Mais un garçon… ça ressemble vraiment à un nouveau départ. « … un petit frère. En février prochain. »

Holly presse ma main dans la sienne sous la table. Cette marque de soutien me fait chaud au cœur. Je réponds de la même manière.

Alfie semble abattu.

« Ça veut dire que la salle de jeux sera une chambre pour le bébé, comme avant ?

– Euh… non. Le bébé pourra dormir avec… moi…

enfin, nous… Holly et moi. Au début. » Cela risque de devenir gênant. « Et quand nous serons tous prêts, nous irons vivre dans une maison plus grande. Tout près d'ici, pour que vous puissiez garder vos amis et rester dans les mêmes écoles. »

Les garçons ne disent rien, ils assimilent la nouvelle.

« Vous pourrez nous aider à choisir la nouvelle maison, ajoute Holly. Le bébé aura sa propre chambre. Et nous ferons en sorte que vous ayez une salle de jeux.

– Peut-être qu'on pourrait la partager avec le bébé. Comme ça, il aura un endroit pour jouer lui aussi », suggère Alfie et je m'étrangle d'émotion.

Je reconnais bien mon petit gars.

« On pourra choisir le prénom du bébé nous aussi ? demande Noah à Holly.

– Oui, bien sûr ! Ça nous aidera.

– Le bébé pourra dormir dans ma chambre jusqu'à ce qu'on déménage. »

Je me retiens pour ne pas fondre en larmes.

« On peut avoir nos glaces maintenant ? » demande Alfie.

*

Holly ne passe pas la nuit à la maison. Elle pense qu'il vaut mieux laisser à Noah et à Alfie le temps de digérer ce qu'on vient de leur apprendre. Les garçons s'étonnent de ne pas la voir en se levant. Mais Holly a raison. Une chose à la fois. Et annoncer aux garçons qu'ils vont avoir un petit frère, c'est une chose. Annoncer à mes parents, le lendemain matin, quand ils viennent les chercher, que je vais être à nouveau père, c'en est une autre. Je ne peux prévoir leur réaction et je me félicite que Holly ne soit pas là à cet instant. Je la rejoindrai chez elle dès que les garçons seront partis avec leurs grands-parents.

Cela se passe mieux que prévu. Ma mère me rappelle que je lui avais promis un troisième enfant et mon père me félicite en me donnant une tape dans le dos qui manque de m'envoyer au tapis. Après quoi, ils embarquent Noah et Alfie, et je sais que les garçons vont passer une super journée. Si ma mère et mon père n'ont pas été de bons parents, ils sont d'excellents grands-parents.

Je souris comme un idiot en me rendant chez Holly, soulagé. J'ai hâte de bâtir un avenir avec elle et les trois garçons. Nous formerons une famille. J'essaye de savourer au maximum cette perspective sans céder à la paranoïa, à cause de ce qui est arrivé à Mel et à Rosie.

« Ça s'est bien passé hier soir. » Tels sont ses premiers mots lorsqu'elle me fait entrer dans son appartement.

« On ne pouvait rêver mieux, dis-je en prenant Holly dans mes bras, tout en refermant la porte avec mon pied.

– Thé ?

– Oui, volontiers. Tu veux que je le fasse ?

– Non, va t'asseoir. » Elle désigne le canapé d'un mouvement de tête. « Je m'en occupe. »

Après avoir déposé mes chaussures près de la porte, je me laisse tomber dans le canapé, pendant que Holly se rend dans la cuisine. J'ai toujours aimé son appartement. Elle a beaucoup de goût en matière de décoration, et j'espère que grâce à son œil, nous créerons un magnifique intérieur dans notre future maison.

Les pantoufles de Holly sont glissées sous la table basse et son ordinateur portable trône dessus. Je souris en repensant à ces soirées durant lesquelles je regardais les infos pendant qu'elle travaillait, les pieds sur cette table, son ordinateur sur les genoux.

Mes yeux se posent sur son fond d'écran. Une photo prise au cours d'un safari en Afrique du Sud avec des amis. Deux zèbres regardent chacun dans une direction ; celui de derrière est plus gros que celui de devant, et ce qu'il y a de formidable, c'est que les rayures de la mère et de son petit sont parfaitement alignées, comme si on les avait peints en même temps l'un et l'autre, à grands coups de pinceaux.

Et soudain, je l'aperçois : un document Word niché parmi les nombreux dossiers qui encombrent son bureau. Je le remarque, car c'est l'unique fichier à n'être pas classé dans un dossier. Son nom est composé de deux majuscules, contrairement à celui des autres dossiers, en minuscules.

Tout d'abord, je n'y prête pas attention. Je me rassieds confortablement au fond du canapé, je croise les bras et pose les pieds sur la table basse, à la manière de Holly. Et tout à coup, le déclic. Je me redresse, comme si j'avais été piqué par une guêpe. Je crois connaître la signification de ces lettres.

Je jette un coup d'œil sur la droite. La porte qui sépare le salon de la cuisine est entrouverte et j'entends Holly s'affairer, sans la voir. Plus important : elle ne me voit pas. Penché en avant, je clique sur le fichier. Une boîte de dialogue apparaît pour me réclamer un mot de passe. Le document est protégé.

Je suis convaincu à présent d'avoir vu juste. Je crois même deviner la nature de ce document. *Oh, mon Dieu ! Oh, non !* Du coin de l'œil, je vois la porte de la cuisine s'ouvrir. Vite, jc referme la boîte de dialogue et m'enfonce à nouveau dans le canapé, juste au moment où Holly réapparaît avec nos tasses de thé.

« Tout va bien ? Qu'as-tu envie de faire ? On a toute la journée devant nous. Youpi ! »

Je plaque un sourire sur mon visage tandis que Holly s'assied à côté de moi et j'essaye de répondre avec naturel. Tout ce que je dis sonne étrangement à mes oreilles et je ne reconnais plus ma voix. Notre conversation est déconnectée de la question qui occupe tout mon esprit : *Que dois-je faire maintenant ?*

Nous décidons d'aller nous promener. Nous prenons la direction du pont suspendu Clifton, que nous empruntons pour flâner dans Leigh Woods. En cette journée ensoleillée, la vue sur les gorges de l'Avon est spectaculaire. Je m'évertue à me détendre et à profiter de cet instant.

Mais mon esprit me ramène sans cesse vers ce document que j'ai découvert sur l'ordinateur de Holly. Peut-il s'agir d'une coïncidence ? Les paroles de Kelly résonnent dans ma tête. *Sacrée coïncidence*, a-t-elle dit au téléphone. Toute cette affaire Melissa Slade est truffée de coïncidences, qui commencent à me mettre mal à l'aise. Amber et Ellie ont-elles été victimes de la mort subite du nourrisson ? Serait-ce une coïncidence improbable ? Leur mère elle-même s'est posé la question. Par-dessus le marché, Ruby Fox faisait partie du jury et le Dr Holly Lovell, ma Holly, est le légiste qui a pratiqué l'autopsie d'Amber.

Mais ce document… Il ne peut s'agir d'une coïncidence. Pas si mon intuition est bonne. Un frisson court le long de ma colonne vertébrale, comme si quelqu'un promenait ses doigts glacés dans mon dos.

CHAPITRE 28

Kelly

Septembre 2018

Quand je débarque dans les locaux du *Rag*, je remarque immédiatement un changement, indéfinissable. Je dors encore à moitié. En me laissant tomber sur ma chaise, je constate que sur le bureau de Jon, tout a disparu : la lampe, les carnets, le pot à crayons, la pile de livres, sa corbeille à papier, les câbles informatiques, tout. Puis je comprends : Jon ne travaillera plus à côté de moi désormais. Cette pensée me perturbe un peu, sans que je sache pourquoi. Je crois que je m'étais habituée à le voir assis à ma gauche, il corrigeait mes articles, il me tenait compagnie.

Je m'oblige à attendre quelques minutes avant d'aller frapper à la porte de son nouveau bureau. Contrairement à l'Aquarium, celui-ci n'est pas vitré – les murs sont en contreplaqué ou en Placoplatre ou je ne sais quel truc fin – et je ne peux pas voir s'il est là ou pas.

« Entrez ! » dit-il.

Je pousse la porte et risque un coup d'œil à l'intérieur. Jon est en train de déballer des bouquins et des bricoles d'un carton.

« Salut, dis-je. Je voulais vous faire écouter l'enregistrement de Slade. Je tombe mal ?

– Bonjour, Kelly. Non, c'est parfait. Asseyez-vous. »

Il me désigne la chaise située devant son bureau et s'assied derrière, dans son fauteuil pivotant.

« Chouette bureau. »

Jon hausse les sourcils d'un air ironique. Je regarde autour de moi la pièce exiguë, sombre, malgré les murs blancs. Un bureau, deux sièges, trois étagères.

« C'est un peu minimaliste, dis-je, mais ça peut le faire.

– On n'y voit rien et ça pue la peinture. Il n'y a pas assez de place pour organiser des réunions avec plus d'une seule personne à la fois. Bref, écoutons ce que raconte ce cher Slade. »

Je m'assieds et passe l'enregistrement. Le son est mauvais par moments, mais on saisit l'ensemble de l'échange. Quand il est terminé, je demande :

« Alors, qu'en pensez-vous ?

– Vous l'avez dit vous-même : il ne nie pas lorsque vous l'accusez d'avoir abusé de Bella. Au contraire : on a plutôt l'impression qu'il avoue, en sachant très bien qu'il ne sera pas inquiété.

– Vous parlez du passage où il affirme que je ne pourrai rien prouver ? Je peux vous dire ce que j'en pense ? »

J'ai conscience de parler trop vite. J'ai mal dormi cette nuit et je suis une véritable pile électrique après avoir bu trop de café ce matin. Je dois me contenir pour ne pas me lever d'un bond et arpenter de long en large cet espace réduit.

Jon paraît amusé.

« Continuez.

– Je pense que les paroles de Slade pourraient avoir un sens caché, plus sombre. Il affirme que Bella ne me parlera pas, même si je la retrouve. Et si elle était déjà morte ? Et s'il le savait, ce qui lui permettait d'affirmer ça ? »

Jon émet une sorte de reniflement dégoûtant. Je m'aperçois que je vends très mal mon idée. Mes paroles ne tiennent pas debout.

« Qu'est-ce qui vous fait croire qu'elle est morte ?

– Réfléchissez. Ça expliquerait pourquoi personne ne sait où elle est et pourquoi personne ne la recherche.

– Sa mère l'a aperçue. Mme… c'est quoi son nom, déjà ?

– Brock.

– Oui, voilà. Mme Brock vous a dit qu'elle avait vu sa fille dans la vieille ville.

– Oui, mais elle n'a pas pu lui parler. Quand elle l'a appelée, Bella s'est enfuie, dit-elle. Et peut-être qu'elle a *cru* la voir.

– Vous voulez dire qu'elle se serait trompée ? Elle aurait apostrophé une personne qui n'était pas sa fille et qui a fichu le camp ?

– Peut-être. Si ça se trouve, elle était bourrée et elle a cru voir sa fille, alors que ce n'était pas elle. Ou bien elle a menti pour couvrir son ex-mari. Elle a inventé cette histoire afin que tout le monde croie que Bella est toujours vivante. »

Jon ne dit rien, alors je demande :

« Qu'en pensez-vous ?

– Sincèrement ? » Je hoche la tête. « Je pense que ce ne sont rien que des suppositions. » Il a dit cela avec gentillesse, pour atténuer l'effet de ses paroles. « Slade a peut-être abusé de sa fille, ce qui ferait de lui un pédophile et un pervers. Mais pas nécessairement un assassin. Quelle raison aurait-il de liquider Bella ? Et pourquoi Mme Brock le couvrirait-elle en racontant qu'elle a vu leur fille ? Désolé, Kelly, je ne marche pas. »

Le scepticisme de Jon déteint sur moi. Pourtant, ma théorie semblait en béton quand elle a surgi dans mon esprit à trois heures du matin. À présent, je découvre qu'elle est pleine de lacunes. Cela fait partie de ces idées bancales que vous trouvez géniales en pleine nuit et dont vous découvrez, dans la lumière froide du matin, que c'est de la merde.

« Je me disais simplement qu'il existait peut-être un lien entre la disparition d'une des filles et le meurtre des deux autres.

– S'il s'agit bien d'un meurtre.

– Je ne peux m'empêcher de penser que Slade est impliqué, d'une manière ou d'une autre.

– Écoutez. Je vais contacter Simon Goodman pour l'informer que Michael Slade vous a suivie samedi soir. J'aimerais connaître son avis. Je lui demanderai s'il a des infos sur Slade. Je parie qu'il va me répondre que c'est un connard, mais un connard inoffensif. En attendant, Kelly, ne vous approchez pas de lui. Et ne partez pas à la recherche de Bella sans moi. Vous risquez de provoquer Slade. Si rien ne prouve que ce soit un meurtrier, il semble avoir un penchant pour les jeunes femmes, et nous ignorons s'il est dangereux. »

*

La réunion éditoriale du lundi matin a lieu vers onze heures trente, mais aujourd'hui, elle se déroule à l'étage. Et pour une fois, nous arrivons tous à l'heure, impatients de découvrir la « nouvelle salle de réunion ».

Comme le bureau de Jon, elle empeste la peinture et la térébenthine. Toutefois, grâce à la longue baie vitrée, elle est beaucoup plus lumineuse. La majeure partie de l'espace est occupée par une table en Formica autour de laquelle peuvent prendre place toute l'équipe rédactionnelle et le service pub (bien qu'il n'y ait pas assez de chaises). Je reste debout, adossée au mur, tandis que les anciens du *Rag* s'octroient les sièges. Exception faite de Jon qui vient se placer à côté de moi.

« Je me suis arrangé pour rencontrer Goodman demain ou après-demain, avec un peu de chance », me glisse-t-il à l'oreille, les yeux fixés sur Claire qui traverse la salle en se pavanant pour ouvrir une fenêtre.

Je m'étonne qu'il ait besoin de rencontrer Simon. Je pensais qu'un coup de téléphone suffirait. Alors, je demande :

« Dois-je m'inquiéter ? Étant donné que vous allez le voir en personne ?

– Oh, non ! Absolument pas, Kelly. Je veux le voir pour une autre affaire, en urgence.

– Demain ou après-demain, du coup. Avec un peu de chance.

– Oui. C'est juste que… il est très pris.

– OK. »

Jon ne me dit pas tout, mais sans doute cela n'a-t-il aucun rapport avec moi.

« Attention ! » Jon décolle mon épaule du mur, en douceur. « Je crois que la peinture n'est pas encore sèche. »

Son autre main montre le sol. Nos pieds reposent sur des feuilles de journaux constellées de peinture et disposées tout autour de la salle, contre les plinthes.

Claire prend la parole et aussitôt, le bourdonnement des voix animées s'éteint. Elle aime que tout le monde assiste à ces réunions ; elle nous encourage à participer et souvent, elle tempère nos débats enflammés. Cependant, la plupart des éléments de discussion sont fournis par Jon, qui a dressé au préalable une liste de sujets pour l'édition papier du jeudi. Il les soumet à Claire, qui prend toutes les décisions en définitive. Et qui définit la position du journal vis-à-vis des sujets controversés.

Aujourd'hui, la réunion promet d'être longue, car nous devons commencer à travailler sur le numéro d'octobre de *The Mag*. Et je sens ma concentration faiblir. Je m'oblige à demeurer attentive. Hélas, au bout d'un moment, je me déconnecte totalement. J'ai encore besoin d'un café. Je sens la fatigue jusque dans mes jambes. Certains n'ont pas hésité à s'asseoir par terre, alors je m'autorise à en faire autant. En prenant soin de ne pas coller mon dos au mur, au cas où la peinture ne serait pas sèche, je ramène mes genoux contre ma poitrine et y appuie mon menton. Je laisse mon esprit dériver vers Bella et Michael Slade.

Ma théorie est-elle réellement tirée par les cheveux ? Nul ne sait véritablement ce qui est arrivé aux trois filles Slade. Deux sont mortes dans des circonstances suspectes et une a disparu. Ce type est louche, c'est certain. Toutefois, Jon a sans doute raison. Il existe une énorme différence entre un agresseur sexuel, doublé d'un connard, et un meurtrier. Ce ne sont pas ses paroles exactes, mais c'est le sens général.

Mes paupières sont de plus en plus lourdes, et quand je vois cette double page de journal étalée à côté de moi, sur le sol, je me demande si je ne rêve pas. C'est un de mes articles. Je le prends et examine les photos qui l'accompagnent. Je suis soudain parfaitement réveillée. L'effet produit équivaut à dix tasses de café noir. Une des photos a échappé aux taches et aux traînées de peinture blanche. Comme si on l'avait protégée, afin d'attirer mon attention. Impossible d'en détacher mon regard. Je suis incapable de bouger et pourtant j'ai vaguement conscience que les gens commencent à quitter la pièce.

« Tout va bien, Kelly ? » s'inquiète Jon.

Il tend la main, comme pour m'aider à me relever, puis la retire. Un geste jugé trop familier, sans doute, surtout en présence de Saunders.

« Vous avez une minute, Jon ? demande-t-elle.

– Je vais bien, dis-je en me relevant précipitamment. Regardez ! »

Je brandis la double page sous ses yeux.

Il fronce les sourcils et dit :

« Ne vous inquiétez pas, il y a des tonnes d'exemplaires aux archives. »

Nous ne sommes pas sur la même longueur d'onde et il me faut une seconde pour comprendre d'où vient la méprise. J'ai écrit cet article et Jon pense que je suis effarée de découvrir que les ouvriers s'en sont servis pour protéger le sol. C'est amusant, mais je n'ai pas envie de rire. La preuve manquante était juste là, sous notre nez ! J'aurais dû piger depuis longtemps.

« Non, ce n'est pas ça. » Voyant arriver Saunders, je parle tout bas : « Elle est vivante, Jon. »

Il me prend des mains l'article que j'agite devant lui.

« Excellent reportage sur les comportements dangereux au volant, Kelly, dit Saunders. J'ai hâte de voir ce que vous nous réservez la prochaine fois. Bravo ! »

Elle est plutôt avare en compliments en temps normal, et je devine que c'est une façon déguisée de me congédier.

« Merci ! »

Jon me lance un regard perplexe tandis que Saunders le prend par le coude pour le ramener vers la table. Je l'entends s'enquérir poliment de l'état de santé de son fils.

Notre conversation est terminée pour le moment. Je vais devoir attendre si je veux la poursuivre. Mais je n'ai pas le temps. Je fonce vers la porte et dévale l'escalier pour récupérer mon sac.

CHAPITRE 29

Jonathan

Septembre 2018

J'écoute à peine ce que me dit Claire. Ce n'est pas important, il n'y a rien d'urgent. Ça pouvait attendre. Pas moi. J'ai hâte de quitter cette salle de réunion.

Hélas, Claire est en mode monologue ! Toutefois, c'est la voix de Kelly que j'entends dans ma tête. *Elle est vivante, Jon.* Tout d'abord, je crois qu'elle parle de sa sœur, Lily. Pensée que je rejette dès qu'elle s'infiltre dans mon esprit. Elle parle de Bella. Évidemment. Je ne sais pas trop ce que mijote Kelly, mais je me dis qu'elle ne devrait pas agir seule. Quelque chose me tracasse, sans que je puisse mettre le doigt dessus. J'ai besoin que Claire cesse de jacasser pour pouvoir me concentrer.

« Ce sera tout, Jon. »

Sa voix pénètre dans mes pensées. Elle me congédie enfin.

Je regagne la salle de rédaction en dévalant l'escalier. Pas de Kelly à l'horizon. Son sac a disparu lui aussi. Merde !

« Quelqu'un sait où est Kelly ? »

J'obtiens quelques regards vides en guise de réponse. La plupart de mes collègues ne daignent pas lever les yeux de leurs écrans. Manifestement, ils n'ont même pas remarqué qu'elle avait quitté les lieux.

Je m'aperçois que je tiens toujours la double page de journal que je lui ai prise des mains. Je m'assieds à son poste de travail pour l'examiner. Le texte, maculé de peinture, est illisible, et deux des photos sont presque recouvertes. En revanche, pas une seule goutte n'est tombée sur la dernière photo, ce qui la fait d'autant plus ressortir. On y voit une des sans-abri que Kelly a photographiées. Sous mes yeux, elle semble se transformer pour prendre l'apparence de la photo que m'a montrée Kelly, provenant de l'album de Margaret Brock. Un portrait de Bella, une jolie fille avec des cheveux noir brillant, des yeux très foncés et tristes. Et un sourire forcé.

La sans-abri du journal est très différente. Elle porte des vêtements miteux, ses cheveux sont ternes et emmêlés. Et elle ne souriait pas au moment où Kelly a volé ce cliché avec son téléphone. Pourtant, il n'y a aucun doute : cette jeune femme d'une vingtaine d'années qui vit dans la rue est bien Bella Slade.

Kelly avait donc raison. Elle avait reconnu Bella en voyant cette photo dans l'album de sa mère. Non pas parce que Michael Slade avait une photo de sa fille sur sa cheminée, comme je l'avais suggéré. Mais parce qu'elle avait interviewé Bella pour son article sur les musiciennes des rues de Bristol.

J'en déduis que Kelly est partie à sa recherche. Je sors mon téléphone de ma poche arrière pour l'appeler, et tombe directement sur sa boîte vocale. Je laisse un message. Et j'attends qu'elle me rappelle, en pianotant nerveusement sur son bureau. Kelly est une femme intelligente et compétente. *Qu'est-ce qui te tracasse, Jon ?*

Soudain, je songe que cet article a été publié avant

que l'on se rende au domicile de Slade. Qui avait eu un comportement lubrique en reluquant Kelly. Avait-il compris qu'elle était l'auteure de ce papier ? À quoi jouait-il ? Pourquoi nous avait-il laissés entrer ?

Puis je me souviens qu'il n'avait pas demandé son nom à Kelly ce jour-là. Il m'avait empêché de finir les présentations – attitude pour le moins ironique : il insistait pour que Kelly l'appelle par son prénom, alors qu'il n'avait pas cherché à connaître le sien. *Appelez-moi Michael.*

Il ne pouvait pas savoir à ce moment-là que Kelly avait écrit cet article. Et sans doute qu'il n'avait même pas vu la photo de sa fille dans le journal. Sinon, il ne nous aurait pas parlé. Quand nous avons sonné à sa porte, il savait que nous voulions lui poser des questions sur Melissa. Il ne nous a pas demandé si nous venions pour Bella. Il ne pouvait pas se douter que nous l'avions dans le collimateur. Nous-mêmes, nous l'ignorions.

Toutefois, Slade a certainement fait le rapprochement à présent. Peut-être a-t-il20 googlé Kelly à la suite de l'interview. Je crois me souvenir qu'elle lui a laissé sa carte de visite, quand je lui ai donné la mienne. Peut-être est-il tombé par hasard sur l'article de Kelly, récemment. Ou bien il s'est renseigné après avoir parlé à Margaret Brock.

Une chose est certaine : il a compris que Kelly détenait toutes les pièces du puzzle et n'avait plus qu'à les assembler pour découvrir le tableau dans son ensemble. Ce qui expliquerait pourquoi il l'avait suivie. Non pas comme un prédateur sexuel. Mais pour l'effrayer. La menacer. Car il se méfie d'elle à présent.

Il faut que je la retrouve. Au départ, nous enquêtions sur la mort des bébés Slade. Se lancer à la recherche de Bella, c'est prendre un chemin détourné. Potentiellement risqué. Je sais que Kelly est déterminée à la retrouver, mais elle ne doit pas agir seule. Slade a peut-être un coup d'avance. *Où êtes-vous, Kelly ?* Où est Bella ? Car Kelly ne sera pas loin.

J'épluche l'article en quête d'un indice. En vain. Le texte est en grande partie masqué par les projections de peinture, comme si quelqu'un l'avait délibérément (et abondamment) censuré à coups de Tipp-Ex. Quant à la photo de Bella, la sans-abri, si elle est immaculée, impossible en revanche de deviner où elle a été prise.

Je me souviens soudain que nous avons publié également l'article de Kelly sur notre site. Je me lève d'un bond et fonce dans mon bureau. Je fais défiler le texte sur l'écran de mon ordinateur jusqu'au passage consacré à Bella. Elle ne donne pas son nom, contrairement à Rose, la violoniste des rues interviewée par Kelly. Je relis l'histoire de Bella pour me rafraîchir la mémoire. Abusée sexuellement par son père, elle avait raté ses examens, elle avait commencé à se droguer, sa mère l'avait flanquée à la porte et elle avait été violée dans la rue. *La pauvre.* Nous avions là, noir sur blanc, de la bouche même de Bella, la confirmation de ce que nous supposions. Michael Slade avait bien agressé sexuellement sa fille. *L'ordure.*

Pero's Bridge. Ces mots me sautent au visage. Kelly avait interviewé Bella à cet endroit, dans le quartier de Harbourside. Je récupère ma veste sur le dossier de ma chaise, jaillis hors de mon bureau, traverse en courant la salle de rédaction et dévale l'escalier jusqu'à la sortie. Pero's Bridge est à plus d'un kilomètre. Inutile de prendre ma voiture. J'irai plus vite en courant. Et puis, Kelly s'y est rendue à pied, elle aussi.

Je regrette presque aussitôt d'avoir pris ma veste. Je ne l'ai pas enfilée et ce n'est pas facile de trottiner en la portant suspendue à l'épaule. En revanche, en atteignant Redcliffe Hill, à seulement trois ou quatre minutes des locaux du *Rag*, je regrette de ne pas avoir pris ma voiture. La vache, ma condition physique laisse à désirer. Obligé de marcher à présent, je me promets de faire régulièrement du sport à partir de maintenant. Je trouverai bien un moment dans mon emploi du temps pour faire du jogging ou du vélo. Puis je me souviens que je vais être père pour la troisième fois et je mets de côté ces bonnes résolutions. Les nuits blanches ne permettent pas d'accumuler assez d'énergie et de volonté pour entretenir sa forme.

En passant devant un panneau pour piétons qui indique le centre-ville, je revois la pancarte en bois sur la porte du chai de dégustation dans le vignoble de la famille Rouquier. Et les paroles de Clémentine me reviennent en mémoire. *Je ne connais pas son adresse, si c'est ce que vous voulez savoir.* Je l'entends encore ricaner. C'était une plaisanterie de mauvais goût. Bella n'a pas d'adresse fixe, évidemment. *La dernière fois que j'ai appelé Michael, il m'a dit qu'elle était toujours à Bristol, dans le centre.* Je m'aperçois maintenant qu'elle savait depuis le début où se trouvait Bella.

Une pensée me traverse l'esprit et je suis submergé par une vague de fureur, qui me coupe le souffle pendant quelques secondes. Bien que j'aie arrêté de courir. Clémentine a obtenu cette information par le biais de Michael Slade. Il savait que sa fille vivait dans le centre de Bristol… dans la rue ! Il ne voulait pas qu'on la retrouve, aussi avait-il pris soin de nous cacher cette triste réalité. Mme Brock devait le savoir elle aussi. Elle avait aperçu sa fille un jour, dans la vieille ville. Pourquoi n'avait-elle pas dit la vérité à Kelly ? Avait-elle honte de Bella ? Pensait-elle que Kelly savait que

Bella était une sans-abri ? Ou peut-être qu'elle ne lui faisait pas confiance ? Quelle que soit la raison, elle avait abandonné sa fille.

Pauvre Bella. Quels espoirs pouvait nourrir une enfant affligée de tels parents ? Je m'aperçois que je serre les poings et je m'oblige à respirer profondément pour me calmer. Je ne serai d'aucune aide pour Bella ou Kelly si je me laisse dominer par la colère.

Je poursuis mon chemin en trottinant et en marchant tour à tour. Lorsque j'arrive enfin, je suis obligé de me pencher en avant, les mains sur les genoux, pour reprendre mon souffle. J'entends quelqu'un pousser un juron derrière moi, et en me retournant, je vois un cycliste contraint de freiner pour m'éviter. Il m'adresse un sourire crispé, met pied à terre et pousse son vélo sur le pont piétonnier.

Je suppose que Kelly avait déniché Bella sur les quais, de l'autre côté de la rivière, alors je décide de traverser moi aussi. Quelle ironie ! Alors que Kelly se démenait pour la retrouver, Bella était à moins de deux kilomètres des locaux du journal pendant tout ce temps. Plus ironique encore : Kelly était tombée sur elle ! Qu'avait dit Clémentine quand nous avions évoqué la possibilité que les jumelles soient décédées de la mort subite du nourrisson toutes les deux ? *Je ne crois pas aux coïncidences.* Eh bien, je me dis que je commence à y croire, moi.

Soudain, j'aperçois Kelly, accoudée au garde-fou, contemplant les eaux boueuses du Floating Harbour, avec ses embarcations amarrées le long du quai. Elle est en partie masquée par un des étranges contrepoids en forme de cornes, dont Alfie affirme qu'ils ressemblent aux oreilles de Shrek. Je la reconnais malgré tout.

Une bulle enfle en moi et se transforme en un rire

idiot qui me surprend autant que la vieille dame qui arrive en sens inverse. Rire provoqué par le soulagement de voir Kelly, plus que par l'image de Shrek. À moins que ce soit l'adrénaline liée à l'angoisse et les endorphines dues à l'air frais et à l'exercice.

« Elle a disparu, dit Kelly en me voyant approcher. Plus aucune trace.

– Il a fait froid ces derniers temps et il a plu, dis-je. C'est sans doute bon signe qu'elle ne soit pas dehors. Elle a peut-être trouvé une chambre dans un foyer. »

Kelly se redresse et se tourne vers moi. Cette idée illumine son visage.

« Oui, vous avez raison.

– Maintenant qu'on est là, si on faisait un petit tour, pour essayer de la retrouver ? Mme Brock affirme avoir vu sa fille dans la vieille ville ? Où exactement ?

– Dans Corn Street ou Wine Street, a-t-elle dit.

– Ce n'est pas loin. On y va ? »

Pendant une heure, nous arpentons les environs. Nous traversons même The Arcade, le centre commercial, même si je ne vois pas pourquoi Bella serait venue ici. Kelly demande à des passants s'ils viennent souvent par ici et elle leur montre les deux photos de Bella sur son téléphone : celle qu'elle a prise elle-même, dans la rue, et celle provenant de l'album. Hélas, personne ne reconnaît Bella !

Alors que nous passons devant l'Exchange pour la deuxième fois, Kelly montre l'horloge sur la façade du bâtiment.

« Vous saviez, me dit-elle, que les Bristoliens ont refusé d'adopter l'heure GMT au départ. Ils voulaient conserver l'heure locale. C'est pour cette raison que cette horloge possède deux aiguilles des minutes. L'heure de Bristol retardait de dix minutes.

– C'est fascinant, Kelly, dis-je, mais j'emploie malgré moi un ton sarcastique, car je commence à en avoir marre de déambuler dans la vieille ville. Heure GMT ou heure locale, je pense qu'il est temps de rentrer. »

Nous regagnons Redcliffe et nous remettons au travail, Kelly à son bureau, moi dans le mien, aseptisé et malodorant. Je repense à l'horloge de l'Exchange. Il n'y a pas d'horloge dans ce bureau. Il faut que j'en accroche une et peut-être aussi une reproduction quelconque pour égayer un peu les murs.

J'ai un tas de choses à faire – Claire veut publier un supplément spécial du *Rag* pour le centenaire de l'Armistice –, mais mon esprit vagabonde. Je regarde, l'heure sur mon téléphone, comme toutes les cinq minutes. Encore deux heures à tirer avant de pouvoir me barrer. Ensuite, j'ai un boulot qui m'attend.

Ce soir, je vais chez Holly pour l'aider à débarrasser son appartement de certaines choses que je vais transporter chez moi, afin de le rendre plus attrayant aux yeux d'éventuels acheteurs. Elle va le mettre en vente dans quelques jours.

Mais il y a une chose en particulier que je tiens à récupérer. Et je doute fort qu'elle la mette dans les sacs de vêtements ou dans les cartons de bouquins que je vais emporter. Je dois essayer de la glisser en douce dans une valise pendant qu'elle a le dos tourné. Il s'agit de son ordinateur portable. Je dois absolument savoir ce que contient ce document. Il recèle peut-être la clé de tout. Je ne peux pas faire comme si je ne l'avais pas vu, ni accorder le bénéfice du doute à Holly. J'ai le sentiment d'être malhonnête, mais je me dis que Holly l'a été avec moi, elle aussi.

CHAPITRE 30

Kelly

Octobre 2018

Au boulot, tout le monde ne parle que du supplément spécial à l'occasion du centenaire. Saunders veut des histoires vraies, sur des gens du coin considérés comme des héros et des héroïnes de guerre dans leurs familles, des soldats qui ont combattu et péri durant la Grande Guerre, des infirmières qui ont bravé les bombes pour sauver des vies.

Par ailleurs, elle veut que nous évoquions ceux qui sont morts dans des conflits plus récents. J'ai déjà rédigé un article, après avoir interviewé, par téléphone principalement, des vétérans locaux qui se sont battus en Irak et en Afghanistan. Je me suis concentrée sur leurs blessures secrètes : la dépression, le stress post-traumatique, les insomnies… J'ai été bouleversée par le récit de leur lutte quotidienne pour retrouver une vie normale. Je veux que les lecteurs se souviennent et honorent ceux qui ont combattu et sont morts sur des champs de bataille à l'étranger, mais également ceux qui ont survécu et pour qui, une fois de retour au pays, le combat est loin d'être terminé.

Ce n'est qu'après avoir remis mon article à Jon, plus tard dans la semaine, que je peux enfin me remettre à la recherche de Bella. De mon poste de travail, grâce à Internet et à une association caritative locale, je déniche dix centres d'accueil de sans-abri, à Bristol et dans sa périphérie. Je commence par appeler un foyer situé en ville, mais la personne au bout du fil refuse de me donner plus d'informations. J'essaye ailleurs. Cette fois, on me répond qu'ils n'ont personne du nom de Bella. Ce qui m'incite à m'interroger : Bella donnerait-elle son vrai nom ? Finalement, au lieu d'appeler tous les lieux d'hébergement, je décide de me rendre sur place.

Je quitte le journal une heure plus tôt et me dirige, à pied, vers un centre d'accueil près de Pero's Bridge. Jon m'a clairement fait comprendre qu'il ne voulait pas que je recherche Bella sans lui, mais cela risque de prendre un certain temps et j'ai eu l'impression qu'il avait un truc important à faire ce soir. Je lui envoie un texto avant de partir.

La porte blanche à double battant du centre d'accueil est fermée. Je sonne et j'attends. Je frappe. Toujours rien. Peut-être qu'ils ouvrent plus tard, en soirée. J'ai noté le nom et l'adresse d'un foyer à quinze minutes de marche. Je décide de m'y rendre.

Au moment où mon portable sonne. C'est Jon.

« Où êtes-vous ? me demande-t-il.

– Je me rends dans un foyer de Cheltenham Road. »

Un silence me fait croire que la communication a été coupée. Mais Jon reprend :

« Pouvez-vous m'envoyer l'adresse exacte et un message dès que vous serez arrivée ? Je serai plus rassuré en sachant où vous êtes. Et je vous interdis de prendre des risques. »

Je suis touchée, et ce n'est pas la première fois, par la manière dont il veille sur moi. Presque paternelle. Comme le faisait mon père à une époque, avant que l'alcool ne le détruise. Et donc, après cet échange, je lui envoie l'adresse du foyer et ouvre Google Maps sur mon téléphone, avec un petit sourire nostalgique.

Le foyer se trouve à l'intérieur d'une imposante maison de ville en pierre grise, qui est à la fois la construction la plus ancienne et la plus belle de la rue. Je suis étonnée, même si je ne saurais dire à quoi je m'attendais. À une sorte de gymnase, sans doute. Cette fois, la porte s'ouvre quand je la pousse, alors j'entre. Je suis aussitôt abordée par une jeune femme à queue de cheval, vêtue d'une veste polaire orange. Elle porte un badge, sur lequel est écrit : MATHILDA BÉNÉVOLE. Elle se présente malgré tout et me demande ce qu'elle peut faire pour moi.

« Je cherche une personne qui vivait dans la rue il y a quelques mois. Bella Slade.

– Bella… Ce nom me dit quelque chose. Il faudrait que je vérifie dans les registres. Je peux savoir pourquoi vous la cherchez ?

– Je suis journaliste. » Je sors ma carte de presse et la lui montre brièvement. « J'ai écrit récemment un article sur les femmes sans-abri de Bristol. J'avais interviewé Bella à cette occasion et j'aimerais raconter la suite. »

Je suis choquée par la facilité avec laquelle ce mensonge est sorti de ma bouche. Néanmoins, ce n'est pas très éloigné de la vérité, en un sens.

« Je dois me renseigner pour savoir si j'ai le droit de transmettre ce genre d'information. Le mieux, c'est peut-être que vous me laissiez votre numéro de portable ou une carte de visite. Et si je retrouve cette Bella, je lui demanderai de vous contacter.

– Vous ne pouvez pas me dire si elle est ici ou pas ?

– Nous n'avons pas de Bella pour le moment. C'est

un foyer d'urgence. Les gens restent très peu de temps, avant de partir ailleurs. »

Je m'apprête à lui demander où quand j'entends quelqu'un crier mon nom.

Je me retourne.

« Oui, c'est bien vous ! » Une fille en pantalon de treillis, avec un petit bonnet et des mitaines marche vers moi d'un pas décidé dans le couloir qui sent le désinfectant. « Vous vous souvenez de moi ?

– Bien sûr. » C'est Rose, la musicienne des rues que j'avais également interviewée pour mon article. « Comment ça va ?

– Bien. J'ai un appart dans une cité maintenant. Et je bosse un peu ici. J'essaye d'aider les sans-abri comme ces bénévoles m'ont aidée. Je prends le relais, on pourrait dire. Et vous, qu'est-ce que vous venez faire ici ? Vous écrivez un autre article ?

– Oui, en quelque sorte. Je cherche quelqu'un, une jeune femme de votre âge, plus ou moins, qui vivait dans la rue, elle aussi. »

J'ai toujours à la main mon portable, qui m'a guidée jusqu'ici, alors je fais défiler les photos pour retrouver celle de Bella que j'ai prise.

« Je la connais ! » Mon cœur s'emballe, mais mes espoirs retombent presque aussitôt, quand Rose ajoute : « C'est une des filles de votre article. J'avais acheté le journal, vous savez. C'était la première fois qu'on parlait de moi dans la presse.

– Exact, dis-je en essayant de masquer ma déception. Elle s'appelle…

– Bella », dit Rose avec un grand sourire.

Mon cerveau met une seconde à percuter. Bella n'avait pas voulu que j'indique son nom dans mon article. Avant que je puisse demander à Rose comment elle connaît son nom, elle ajoute : « Elle habite dans la même cité que moi.

– Vous pouvez me dire où c'est ?

– Great Ann Street. À St Paul's. À dix minutes à pied d'ici. Je peux vous y emmener si vous voulez.

– Vous feriez ça, Rose ? C'est super gentil. »

Tandis que nous quittons le refuge, j'envoie un nouveau texto à Jon pour le tenir informé. Rose ne cesse de jacasser durant le trajet. J'apprends ainsi qu'elle joue du violon, une fois par mois, dans un bar irlandais du coin, où elle travaille en cuisine.

« Le patron a dit que je pourrais servir en salle cet été. »

Son ton et son visage témoignent de son excitation.

« Je me réjouis pour vous, Rose. » Je m'aperçois que je suis en train d'apporter une suite à mon article, finalement. « Je viendrai vous écouter la prochaine fois que vous jouerez. »

Le grand ensemble en question n'est pas un endroit où j'aimerais habiter. Des cages à poules empilées sur cinq niveaux me toisent. Un groupe d'adolescents traîne devant. Je perçois les effluves d'herbe avant d'arriver près d'eux et de leur vilain chien albinos.

« Ils ne sont pas méchants », me glisse Rose en me précédant dans le hall, qui empeste la pisse.

Soudain, je songe que Bella n'est peut-être pas là.

« Bella travaille, elle aussi ? » je demande en suivant Rose dans l'escalier jusqu'au troisième étage.

« Elle bosse le soir. D'ailleurs, je crois qu'elle m'a dit qu'elle était de repos ce soir. »

Alors que je vais demander quel métier exerce Bella, Rose annonce :

« C'est là. » Elle tambourine à une porte, dont la peinture bleue s'écaille. Et s'écrie : « Bella ? C'est Rose ! Ouvre. »

Bella s'exécute. Et elle apparaît, là, devant moi. J'ai du mal à y croire. J'ai retrouvé Bella Slade. Enfin.

« Bonjour, Bella. Vous vous souvenez de moi ? Kelly. Je vous ai interviewée pour mon article sur les femmes qui vivent dans la rue à Bristol. Ça vous ennuie si j'entre un petit moment pour bavarder ? »

Le regard de Bella file de droite à gauche tel un animal pris au piège, qui ne sait pas dans quelle direction fuir.

« Je prépare une suite à mon article.

– Oui, d'accord », dit-elle d'un air hésitant.

Impossible de déchiffrer son expression. De la surprise ? De la colère ? De la gêne, peut-être ?

« Bon, faut que je retourne au foyer, annonce Rose. À plus, Bella. »

Celle-ci s'écarte pour me laisser entrer. Son appartement est propre, bien qu'un peu trop austère. Une légère odeur de litière pour chat flotte dans le vestibule. Elle me conduit dans le salon, que jouxte une kitchenette. Quelques instants plus tard, je me retrouve assise sur le canapé (unique meuble de la pièce à l'exception d'une petite table basse en plastique), à côté d'une Bella un peu plus détendue. Son chat tigré ronronne bruyamment entre nous. Elle m'apprend qu'elle fait la plonge dans un restaurant.

« Le patron est sympa avec moi. Il me laisse dîner là-bas après le service, quand tout a été lavé. »

Je prends des notes en sirotant le thé qu'elle a préparé.

« Et je suis des cours aussi, ajoute-t-elle en caressant son chat. C'est le foyer qui m'a trouvé ça. Pour aider les gens qui ont sombré dans l'alcool et la drogue. Les gens comme moi. »

C'est la perche que j'attendais.

« Je voulais prendre de vos nouvelles et je suis super contente de voir que ça va bien. Maintenant, si vous êtes d'accord, j'aimerais aborder un autre sujet. » Je ferme mon carnet et le range dans mon sac, de manière ostentatoire, pour bien montrer à Bella qu'à présent, tout ce qui se dira restera entre elle et moi. « Je voudrais qu'on parle d'une autre forme d'emprise. »

Je la sens se raidir à côté de moi et remarque que sa main se fige sur le dos du chat.

« Dans la rue ?

– Non, pas dans la rue. Chez vous, avant que vous n'en partiez. » En me tournant vers elle, je vois ses yeux se remplir de larmes. Je demande délicatement : « Pourquoi vous ne l'avez pas signalé ?

– C'est… comment on dit dans votre métier, déjà ? En *off* ?

– Oui. Je vous donne ma parole. »

Malgré cette assurance, Bella secoue la tête.

« Je ne veux pas en parler. Et en quoi ça vous intéresse, d'abord ? »

Bonne question. Que répondre à cela ? Ce n'est pas très clair dans ma tête. Au départ, j'enquêtais sur la mort des jumelles Slade et je pensais que Bella, présente le soir où Amber était décédée, pourrait apporter un éclairage différent sur cette affaire. Je m'étais étonnée que personne ne sache où elle était et cela avait renforcé ma détermination à la retrouver. Après quoi, j'avais découvert que Michael Slade avait abusé sexuellement de sa fille et j'avais une si mauvaise opinion de lui que je m'étais convaincue qu'il avait joué un rôle dans la mort de ses bébés. Toutefois, comme l'a souligné Jon, le fait qu'il ait abusé d'une de ses filles ne signifiait pas qu'il avait tué les deux autres.

« J'essaye d'aider quelqu'un. Quelqu'un qui est en prison, et qu'on a peut-être condamné à tort.

– Melissa.

– Exact. Je pense que votre père cache quelque chose – je ne sais pas quoi – qui pourrait apporter la preuve de l'innocence de Melissa. » Je m'abstiens d'ajouter : ou de sa culpabilité. « Je suis certaine qu'il en sait plus qu'il veut bien le dire, à la presse, à la police ou à quiconque. Et j'aimerais en savoir plus. Alors, je tente de comprendre qui est réellement votre père ; je m'efforce de dresser un portrait complet. Ce qu'il vous a fait subir, voilà encore une chose qu'il a toujours cachée, n'est-ce pas ? »

Peut-être que tout cela est aussi embrouillé dans l'esprit de Bella que dans le mien, car elle demeure silencieuse et crispée, à côté de moi.

Finalement, elle dit :

« J'aimerais beaucoup aider Melissa. Sincèrement. Elle est gentille. Mais je ne veux pas… J'ai tiré un trait sur tout ça, quand je suis partie de la maison.

– Oui, je comprends. Désolée. Parlons de Melissa, alors. Et de vos sœurs. Vous voulez bien ? »

Elle répond par un hochement de tête à peine perceptible.

« Avez-vous des souvenirs du soir où Amber est morte ? Pouvez-vous me raconter ce qui s'est passé ? »

D'abord, Bella reste muette encore une fois. Elle se remet à caresser le chat, avec des gestes lents, de la tête à la queue. Il ne ronronne plus, mais peut-être que ce rituel apaise Bella.

« Il y avait un dîner ce soir-là. Les amis de papa et de Melissa étaient là, avec leur fille. Il y avait aussi Callum, mon demi-frère. Et Clémentine… » Elle crache ce prénom. « La jeune fille au pair. »

Le non-dit flotte entre nous deux, mais je suis certaine que nous pensons la même chose, elle et moi.

Clémentine était également la maîtresse de son père. Michael avait reconnu l'existence de cette liaison à la barre. Bella n'avait pas assisté au procès, mais je parie qu'elle l'avait suivi. Et je me souviens que Jon m'avait parlé de ce mail rageur qu'elle avait envoyé à Clémentine.

« Clémentine est descendue avec Ellie et lui a donné son biberon, poursuit Bella. Melissa était assise à table, avec le babyphone, à attendre qu'Amber se réveille. Et bien entendu, Amber ne s'est pas réveillée. Finalement, ma belle-mère est montée la voir. Oh ! C'était horrible… ces cris. Quand on a entendu Melissa hurler, j'ai compris. Une chose horrible s'était produite. Clémentine a allongé Ellie sur le tapis et on s'est tous précipités au premier. Clémentine a essayé de faire du bouche-à-bouche à Amber. Quelqu'un a appelé une ambulance… » Sa voix se brise. « Mais c'était… trop tard. »

Le chat saute du canapé en miaulant. Bella lui a peut-être tiré les poils sans s'en rendre compte.

« Qu'est-il arrivé à Amber, à votre avis ?

– La mort subite du nourrisson, comme ils appellent ça. »

Elle paraît très sûre d'elle.

« Et Ellie ? C'était la même chose, vous croyez ? »

Elle ne répond pas immédiatement. Et au moment où je commence à croire qu'elle va esquiver ma question, elle déclare :

« Non. La mort d'Ellie était intentionnelle.

– Vous voulez dire qu'on l'a assassinée ?

– Oui. »

Sa voix est presque inaudible, à moins qu'elle soit couverte par le rugissement du sang dans mes oreilles.

« Vous savez qui l'a tuée ? »

Elle hoche la tête.

Je sens que je retiens mon souffle dans l'attente de la suite, qui ne vient pas.

« C'est Melissa ?

– Non.

– Vous en êtes sûre ?

– Oui.

– Qui, alors ? »

Elle secoue la tête. Je cherche un moyen de lui tirer les vers du nez.

« Quelqu'un d'autre sait qui a tué Ellie ?

– Oui.

– Qui ?

– Mon père. Il était présent ce soir-là.

– Où ça ?

– Sur le palier, devant la chambre des bébés. Il sait tout. »

CHAPITRE 31

Jonathan

Octobre 2018

Simon Goodman met deux jours à me recontacter. Bien entendu, Holly a remarqué immédiatement la disparition de son ordinateur. À peine étais-je arrivé chez moi, avec ses affaires, qu'elle m'a téléphoné pour me demander de fouiller dans les sacs. Et elle voulait venir le récupérer. J'ai dû mentir, en racontant qu'Alfie avait de la fièvre et que je ne voulais pas qu'elle s'approche de lui, à cause de sa grossesse. Pour la même raison, j'ai rechigné à abandonner mon fils malade pour lui rapporter son ordinateur. Elle n'a pas insisté. Heureusement. Mais son silence au téléphone était lourd de sous-entendus, qui m'échappaient.

Je suis rongé par un sentiment de culpabilité, parce que j'ai subtilisé l'ordinateur de Holly que je ne lui fais pas confiance et que je regrette de l'avoir remis à Simon. Mais il fallait absolument que je sache à quoi m'en tenir. Je n'ai pas réfléchi au-delà. J'ignore ce que je ferai si mes soupçons sont avérés. Je suis persuadé d'avoir raison. Pourtant, jamais je n'ai autant désiré avoir tort.

Comme il est prévu que Holly passe le week-end avec les garçons et moi, je pousse un soupir de soulagement quand je reçois l'appel de Goodman jeudi matin. Il refuse de me donner des détails au téléphone. Il ne veut même pas me dire si son « gars » a réussi à cracker le fichier protégé par le mot de passe. Nous convenons de nous retrouver dans un pub près de chez lui, à Totterdown, le soir même. J'imagine que tout me sera révélé à ce moment-là.

« Banco Lounge. Au coin de Wells Road et d'une autre rue dont je ne connais pas le nom. Je ne sais même pas si elle en a un.

– OK. Vous dites que c'est près de chez vous ? »

Je m'étonne, dans ce cas, qu'il ne connaisse pas le nom de cette rue.

« Oui. C'est à vingt mètres de ma porte. Vous ne pouvez pas le louper. C'est une ancienne banque. D'où son nom. On dit vers dix-huit heures ?

– Pas de problème. Je suis libre », réponds-je, en pensant : *je vais devoir demander à mes parents de garder les garçons*. « Vous apporterez l'ordi, hein ?

– Évidemment. »

Les indications de Goodman me paraissaient un peu vagues. Néanmoins, je trouve sans peine le pub en question, même dans l'obscurité. On distingue difficilement l'inscription « Banco Lounge » sur les vitres. En revanche, les mots « Lloyds Bank » s'étalent en énormes lettres de pierre sur la façade. Je suis pile à l'heure. Je parviens à glisser ma fidèle Ford entre deux autres voitures dans la rue sans nom. Goodman passe devant à pied au moment où j'en descends. L'ordinateur calé sous le bras, il me serre la main de manière un peu gauche. Nous avançons, côte à côte, vers le pub.

En réalité, il s'agit plutôt d'un café-bar, très bruyant. Un groupe de consommateurs survoltés et déguisés fêtent manifestement un événement. Le barman lui-même arbore un uniforme de policier, alors que, paradoxalement, Simon est en jean et bombers.

Il avise un homme et une femme, habillés normalement eux aussi, qui enfilent leurs manteaux. Nous nous précipitons sur leur table pour deux, juste devant le bar, sous trois rangées de tableaux accrochés au mur bordeaux. Je les balaie du regard : paysages sombres, portraits et compositions florales. Si les thèmes diffèrent, ils sont tous aussi affreux et ternes. Je parie qu'ils viennent d'un vide-grenier.

Le couple parti, Simon se débarrasse de son blouson, d'un mouvement d'épaules, et s'assied sur une des deux chaises.

« Euh… je m'en occupe, dis-je en rassemblant les verres vides sur la table.

– Une brune pour moi, dit Goodman alors que je me dirige vers le bar.

– En quoi vous êtes déguisé ? » me demande le barman en me regardant de la tête aux pieds, avant de me souffler une langue de belle-mère au visage, par-dessus le comptoir.

J'émets un petit rire forcé et commande une pinte de brune et une pinte de blonde. Après réflexion, je commande également deux paninis poulet-chorizo.

Quand je regagne mon siège face à Goodman, l'ordinateur est posé sur la table entre nous. Il va droit au but.

« J'ai confié l'ordi à un collègue et ami. Un spécialiste de l'informatique qui bosse pour la scientifique. Coup de chance, votre petite amie possède une vieille version de Microsoft Office. Sur les versions récentes, c'est beaucoup plus difficile de cracker les documents protégés, parfois même impossible. »

Il me tend un document imprimé.

« C'est… c'est bien ça… hein ? »

La première fois que j'ai vu ce document, c'était dans un restaurant thaï de Clifton, avec Holly. Les mêmes mots qui avaient alors attiré mon attention me sautent aux yeux. *Antimoine*, *foie*.

« Oui, il s'agit bien du rapport toxicologique de l'autopsie d'Ellie.

– Est-il possible que Holly ait sauvegardé ce document sur son ordinateur après qu'il a refait surface ?

– Non. C'est elle qui a créé ce document. Et la date de la dernière modification précède celle de la découverte du rapport de toxicologie. De deux jours.

– Donc, c'est un faux. »

Ce n'est pas une question. C'est ce que je soupçonne depuis que j'ai trouvé ce fichier dans l'ordinateur de Holly. Un document Word intitulé ES. Ellie Slade.

« Oui, ça m'en a tout l'air.

– Holly affirme que le rapport toxicologique a été découvert dans les papiers et également dans l'ordinateur de son collègue. Pourtant, il serait facile de prouver que ce n'est pas lui qui l'a rédigé, non ?

– Changer le nom de l'auteur est assez facile. Pour changer l'horodatage et tout le reste, il faut s'y connaître un peu en informatique, mais c'est faisable. Elle a dû changer toutes les propriétés du document après l'avoir transféré sur l'ordi de son collègue. »

Je suis effaré de découvrir les malversations de Holly et en même temps, je ne peux m'empêcher d'éprouver une certaine admiration. Pour se venger de Sparks qui avait nui à sa réputation, elle a détruit la sienne.

Nos paninis arrivent. Simon mord dans le sien avec voracité. Moi, j'ai perdu mon appétit.

« Est-ce qu'elle… ? Qu'est-ce qu'on… »

Apparemment, j'ai aussi perdu la parole.

« Non. Rien. » Goodman pose son panini et forme

une pyramide avec ses doigts. Il braque sur moi un étrange regard où se mêlent une mise en garde et une requête. « Toute trace du document protégé a été effacée de cet ordinateur. »

Je pense aussitôt que Holly va s'en apercevoir. Elle saura que je sais. Et puis, une autre pensée me vient. Simon Goodman est un flic de la criminelle. Et il a détruit une preuve. La preuve que ma fiancée a truqué un rapport pour se venger de son collègue. En outre, cette manipulation de Holly est la bouée de sauvetage de Melissa, sa carte « Vous êtes libéré de prison ».

« Ni vous ni moi, nous n'avons touché à l'ordinateur de Holly, ajoute-t-il pour bien se faire comprendre. OK ? »

Un passage du journal intime de Melissa me revient en mémoire. Quand elle raconte de quelle manière Simon l'a convaincue de faire appel encore une fois. Elle décrit un homme qui parvient toujours à ses fins. C'est sur moi à présent qu'il pose ses yeux bleu intense. Il attend que j'accepte sa décision. Il sait que je serai d'accord. Il me tient par les couilles.

Je soutiens son regard tandis qu'il caresse sa barbe faussement négligée. Je songe qu'il fait régner l'ordre, à sa manière. Et en même temps, il se place au-dessus des lois, il agit de son propre chef, selon sa propre vision du bien et du mal. Je pense au fils de Claire, dont le délit (quel qu'il soit) a été enterré par Goodman. Il a vu un garçon qui avait besoin d'une seconde chance, et il la lui a offerte.

Quant à Melissa, Simon est convaincu de son innocence. Et il fera tout pour la prouver. Quitte à s'appuyer sur une preuve falsifiée. Il veut que Melissa retrouve la liberté, à tout prix. Pour elle, pour leur fils, mais aussi pour lui-même.

« OK », dis-je en déchirant le document imprimé.

Car cela va au-delà du secret qui nous unit désormais. Derrière nos actions se cache la même motivation ultime. Comme Simon, je serais prêt à tout pour protéger la femme que j'aime. Et de même que Simon pense à l'intérêt de son fils, je veux faire le meilleur choix possible pour mes fils… les trois.

« Parfait, dit-il en faisant glisser l'ordinateur de Holly vers moi. Vous vouliez me parler d'une autre affaire, je crois ? »

Je suis sidéré par sa capacité à sauter d'un sujet à l'autre. Au fond de moi, je savais que le rapport contenu dans cet ordinateur était un faux, mais la confirmation de ces soupçons me laisse sans voix. J'essaye encore de retrouver mon souffle et mes repères.

« Euh… oui.

– Dans ce cas, je vais nous chercher une autre tournée. »

Pendant que Simon passe commande au bar, je me ressaisis et quand il revient s'asseoir, je lui parle de ce qui me préoccupe.

« Ma collègue…

– Kelly Fox.

– Oui. Michael Slade l'a suivie l'autre soir. Elle rentrait de chez sa mère et il était au volant de sa Mercedes rouge de snobinard. Vous avez des trucs sur lui ? Je veux dire… il est dangereux ? »

Simon plisse les yeux.

« Est-ce que ça pourrait être une coïncidence qu'il se soit retrouvé au même endroit qu'elle, au même moment ?

– Ça m'étonnerait.

– Pourquoi la suivrait-il ?

– Je crois qu'il a appris qu'elle enquêtait sur lui,

alors il essaye de l'intimider. Car voyez-vous, Kelly est convaincue que Slade a agressé sexuellement sa fille. »

Simon lève les deux mains, comme s'il réglait la circulation.

« Attendez un peu. Revenez en arrière. Je ne suis pas au courant de cette histoire d'agression sexuelle. »

Je lui fais un topo. J'évoque l'article de Kelly sur les femmes sans-abri, pour lequel elle avait interviewé, totalement par hasard, Bella Slade.

« Kelly en sait peut-être un peu plus à l'heure où je vous parle. Elle est allée rendre visite à Bella Slade, dans un foyer ou une cité, je ne sais plus. J'attends de ses nouvelles. »

Une étincelle de folie brille dans les yeux de Simon Goodman pendant qu'il assimile tout ça. Je sais qu'il déteste Slade – je suis même certain qu'il le hait passionnément – et je n'ose imaginer ce qui se passe dans son esprit à cet instant. J'ai la désagréable impression que les informations que je viens de lui donner alimentent son côté obscur.

Il me demande l'adresse de Bella. Contre mon gré, je sors mon téléphone, je fais apparaître le message de Kelly et lui tends l'appareil. Après avoir enregistré les infos dans son propre téléphone, il répond enfin à mes questions.

« Slade n'a pas de casier. Toutefois, il a été arrêté à trois reprises durant les dix-huit mois, grosso modo, qui ont suivi l'incarcération de Melissa.

– Oh !

– Deux fois pour conduite dangereuse. Excès de vitesse à proximité d'une école et non-respect d'un feu rouge. Et une autre fois pour avoir abordé des prostituées mineures. » Je dresse les sourcils, surpris. « Mais c'était faux. »

Le coin de sa bouche tressaille soudain, mais il retrouve si vite son air impénétrable que je crois avoir rêvé. *Durant les dix-huit mois, grosso modo, qui ont suivi l'incarcération de Melissa.* Curieuse remarque. Quel rapport entre les arrestations de Slade et la peine d'emprisonnement de son ex-femme ? Non, rectification : Melissa était encore sa femme à cette époque.

Je parierais que Goodman avait tenté de lui coller un crime sur le dos, mais ça n'avait pas marché. Ou peut-être qu'il voulait juste lui pourrir la vie. Je sais qu'il fait preuve de clémence vis-à-vis des personnes dont il estime qu'elles en sont dignes. À l'inverse, inflige-t-il des châtiments à ceux qui ne méritent pas sa clémence ? Cette idée me fait froid dans le dos. *Mieux vaut ne pas l'avoir comme ennemi, Jon.*

« Vous êtes sûr que Slade est inoffensif ?

– Je ne peux pas l'affirmer à cent pour cent, mais on n'a rien sur lui en tout cas. Je vous l'ai dit, il a été inquiété deux ou trois fois, mais pour des broutilles. » Comme je ne réagis pas, Simon poursuit : « L'excès de vitesse près de l'école, c'était à minuit. Quant aux prostituées prétendument mineures, elles avaient une vingtaine d'années et elles ne racolaient pas. En vérité, ce n'étaient même pas des prostituées. Elles fêtaient un enterrement de vie de jeune fille dans un pub et elles étaient sorties pour fumer. Slade était perdu, il s'est arrêté pour leur demander son chemin. C'était sa version, en tout cas. Et qu'importe si sa Merco rouge de snobinard, comme vous dites, est équipée d'un GPS. Il n'a pas enfreint la loi. »

Simon me raconte tout ça pour minimiser les risques encourus par Kelly, mais ce faisant, il renforce mes soupçons. En dépit des connotations positives attachées à son nom, Goodman peut se montrer sournois. Pour moi, il n'y a aucun doute qu'il a fait arrêter Michael Slade délibérément. Hélas pour lui, il a dû abandonner ses accusations bidons, aussi vite qu'il les avait inventées. Mais je viens de lui fournir des munitions. Une accusation d'agression sexuelle, ce n'est pas une « broutille ». D'où cette étincelle malveillante dans ses yeux.

Autour de nous, le vacarme monte d'un cran et m'arrache à mes pensées. Je remarque que le verre de Goodman est vide, alors je finis le mien d'un trait et nous nous levons pour partir. Quand nous arrivons devant ma voiture, il me serre la main.

« Laissez-moi m'occuper de tout ça, dit-il. Je vais enquêter pour savoir ce que ce salopard a fait à sa fille. »

Ce n'était pas dans ce but que je lui avais parlé de cette histoire. Mon sang se glace soudain et je grelotte sous mon manteau.

« Je ne pense vraiment pas que Slade soit dangereux, ajoute-t-il, mais conseillez à Kelly de garder ses distances. Simple mesure de précaution. »

Alors que je regarde Simon s'éloigner dans mon rétroviseur, je pense à Holly. Je n'aurais jamais dû prendre son ordinateur. J'aimerais pouvoir oublier ce que j'ai vu et ce que j'ai appris. J'aimerais revenir en arrière. Je voulais savoir si je pouvais faire confiance à Holly. Je sais à présent que je ne peux pas. Comment le pourrais-je, alors qu'elle est capable d'une telle duperie ? J'éprouve un sentiment de colère et de trahison, je me sens meurtri, même si ce qu'elle a fait n'était pas dirigé contre moi. En regardant l'ordinateur sur le siège du passager, je décide de crever l'abcès.

J'appelle chez moi pour souhaiter une bonne nuit aux garçons et annoncer à ma mère que je rentrerai plus tard que prévu. Puis je démarre et roule en direction de l'appartement de Holly à Cotham. En chemin, je sens mon indignation enfler. Holly a commis un acte impardonnable.

Son collègue avait eu tort, lui aussi, me dis-je. Pas nécessairement dans les conclusions de son rapport d'autopsie, encore que, mais dans la manière dont il avait traité Holly. Il l'avait persécutée. En réagissant comme elle l'avait fait, en fabriquant une preuve contre lui, elle allait peut-être faire libérer une femme innocente dans quinze jours. *Attention, Jon. Tu commences à raisonner comme Simon Goodman. On ne répare pas une injustice par une autre, etc.* Même si, en l'occurrence, ce pourrait être le cas.

Me voilà arrivé à Saint Michael's Hill. Lorsque Holly ouvre la porte, j'ai le souffle coupé. Elle sort de la douche et elle est en pyjama, ses cheveux mouillés, coiffés en arrière, dégagent son visage sans maquillage. Elle commence à avoir un petit ventre, mais elle paraît menue, fragile. Je suis submergé par le désir de la prendre dans mes bras, d'inhaler son odeur de propre, de la protéger. Toute velléité d'affrontement s'enfuit à tire-d'aile. Je voulais des réponses, et voilà que soudain, j'ai oublié toutes mes questions.

« Mes parents sont venus garder les garçons, alors j'en profite pour te rapporter ton ordinateur. » Holly me gratifie de son sourire irrésistible et je comprends que j'ai fait le bon choix. « Au cas où tu en aurais besoin.

– Merci. »

Elle me propose une bière, que je refuse. Néanmoins, j'accepte son invitation à entrer un instant. Je nous fais du thé et quand je regagne le salon avec nos deux tasses, Holly est assise dans le canapé, penchée au-dessus de son ordinateur allumé.

« Je devais juste envoyer un mail vite fait », explique-t-elle d'un ton qui sonne faux.

Elle referme son ordinateur et me sourit de nouveau, mais cette fois, son sourire ne se retrouve pas dans son regard. Elle a vu que le document avait été effacé. Elle sait que je sais.

Je pose les tasses sur la table basse, m'assieds à côté d'elle et la prends par la taille. Elle tremble. Je masse son épaule.

« Tu veux toujours que je vienne ce week-end ? » demande-t-elle d'une voix qui fait vibrer ma corde sensible.

Je l'embrasse, espérant ainsi répondre à sa question.

CHAPITRE 32

Kelly

Octobre 2018

« Vous pouvez répéter ? » Jon paraît aussi abasourdi que je l'étais en entendant ces paroles. « Lentement. »

Il me fait signe de m'asseoir dans le fauteuil placé devant son bureau, mais je ne tiens pas en place. Impossible de rester assise. Alors, je demeure debout, en dansant d'un pied sur l'autre.

« Bella affirme qu'Amber a succombé à la mort subite du nourrisson, mais qu'Ellie a été tuée. Délibérément.

– Cela correspond au verdict rendu par le jury, souligne Jon. Vous êtes sûre que Bella ne se contente pas de répéter la décision du tribunal ?

– Oui, certaine. Elle sait qui a tué Ellie, dit-elle. Et son père aussi. Mais je vous ai déjà raconté tout ça. Je vous ai laissé un message hier soir sur votre téléphone.

– Désolé, je ne l'ai pas écouté. Je suis rentré tard. Continuez.

– Elle n'est pas allée jusqu'à dire que son père avait tué Ellie. Elle a juste dit que ce n'était pas Melissa. Et que son père connaissait le coupable.

– C'est tout ?

– Oui. Elle a refusé d'en dire plus. Elle s'est fermée comme une huître.

– Kelly, asseyez-vous, bon sang ! » s'emporte Jon, mais je perçois une lueur d'amusement sur son visage.

« Pourquoi ce sourire ?

– Alfie faisait comme vous quand il avait envie d'aller aux toilettes.

– Quoi donc ?

– Il sautait d'un pied sur l'autre. » Son visage s'assombrit. « Mel appelait ça "la danse du pipi". »

Il mime les guillemets avec ses doigts.

Cette expression me ferait rire si Jon ne paraissait pas aussi triste en songeant à sa femme. Je m'assieds, comme il me l'a ordonné. Je suis curieuse de savoir si tout va bien entre Holly et lui, mais je ne veux pas jouer les indiscrètes.

« Jon, vous voulez bien aller voir Michael Slade avec moi ?

– Pas question ! Simon nous interdit de l'approcher.

– Le superintendant Goodman a-t-il dit autre chose ?

– Non. Juste ça.

– Je ne le crois pas. Il en sait plus qu'il veut le faire croire. Pense-t-il que Slade est dangereux ?

– Il ne sait pas. Et si j'allais interroger Bella avec vous ?

– Elle n'en dira pas plus.

– Peut-être que si. Si je suis là. Ça vaut le coup d'essayer. »

Jon a raison. Il sait me donner une impression de sécurité et je parie qu'il se montre également très protecteur avec Holly. Si Bella se sent rassurée en sa présence, peut-être qu'elle se confiera à lui.

« OK. Allons-y !

– Nous poursuivrons cette discussion dans ma voiture. »

Je pense que nous irions plus vite à pied, mais j'accompagne Jon jusqu'à sa voiture sans rien dire.

Quand nous arrivons à St Paul's, il se gare devant la barre d'immeubles. Je l'entraîne vers l'escalier. En me retournant pour vérifier s'il suit, je le vois plisser le nez à cause de l'odeur.

Bella est chez elle et ne semble pas surprise de me voir.

« Bonjour, Bella. Je vous présente Jon.

– Hello, dit Jon. Je suis le collègue de Kelly. Ça vous ennuie si on rentre une minute ? »

L'expression de Bella indique que ça ne lui plaît pas. Néanmoins, elle recule d'un pas pour nous laisser passer. Dans le salon, elle chasse le chat lové sur le canapé et nous fait signe de nous asseoir.

« Bella, dit Jon, Kelly et moi, nous avons mené une enquête journalistique. Pour essayer de découvrir si Melissa a été victime d'une erreur judiciaire. De fait, une nouvelle preuve… suggère qu'elle a été emprisonnée à tort… »

Jon s'interrompt. Mon regard glisse vers Bella. Elle l'observe, elle attend qu'il continue, mais il semble avoir perdu le fil. Ou bien son esprit est parti ailleurs.

Je vole à son secours :

« Cette nouvelle preuve, un rapport toxicologique, suggère qu'Ellie est décédé de la mort subite du nourrisson. Comme sa sœur Amber. Voilà pourquoi j'étais si étonnée de vous entendre dire qu'Ellie a été assassinée. »

Bella secoue la tête, non pas pour nier cette affirmation, mais pour indiquer qu'elle refuse de parler.

« Vous dites que quelqu'un a assassiné Ellie. » Elle hoche la tête cette fois. « Et vous savez qui est cette personne. »

Elle hésite un instant, puis acquiesce de nouveau.

Jon demande :

« Avez-vous peur de ce qui pourrait vous arriver si vous nous le dites ?

– Oui. »

C'est la première parole qu'elle prononce depuis que nous sommes entrés dans son appartement.

Jon se penche vers elle.

« Vous craignez que la personne qui a assassiné Ellie ne vous fasse du mal si elle apprend que vous l'avez dénoncée ? »

Bella ne répond pas. Nous l'avons perdue de nouveau. Elle tète sa lèvre inférieure. Puis elle demande, d'une toute petite voix :

« Cette nouvelle preuve, ça suffira à faire libérer Melissa ?

– Nous ne savons pas, dis-je.

– L'appel va être étudié dans quelques semaines, ajoute Jon. Peut-être qu'elle aura droit à un nouveau procès ou peut-être qu'elle ressortira libre, par la grande porte.

– Quelles sont ses chances ?

– Difficile à dire. »

Bella éclate en sanglots, penchée en avant, le visage dans les mains. Jon et moi échangeons un regard étonné par-dessus sa tête. Gêné, Jon gigote sur le canapé. Je me souviens d'avoir pleuré devant lui, un jour où Saunders m'avait étrillée. Je l'avais senti mal à l'aise là aussi.

Je passe mon bras autour des épaules de Bella et, de l'autre main, j'envoie Jon faire du thé. Il semble soulagé de pouvoir s'éloigner un instant, ne serait-ce que dans la kitchenette. Quand il revient en jonglant avec trois tasses fumantes, des petites cuillères et des sachets de sucre, que Bella a sans doute volés au restaurant où elle travaille, elle s'est calmée. Il dépose les tasses sur la table basse et s'assied au bord du canapé.

Je demande : « Vous ne voulez pas que Melissa sorte de prison ?

– Bien sûr que si, répond-elle en reniflant bruyamment. Elle est innocente. »

J'ai l'impression que tout cela ne mène nulle part. Nous tournons en rond, sans soutirer à Bella la moindre information supplémentaire. Je regarde Jon, en espérant qu'il prendra le relais, mais il est concentré sur sa tasse, dans laquelle il verse un sachet de sucre.

Finalement, c'est Bella qui brise le silence.

« Il les appelait ses petites chéries.

– Qui ça ?

– Mon père. » Je dois tendre l'oreille pour entendre ses paroles murmurées. « Moi aussi, il m'appelait sa petite chérie. Je savais qu'elles seraient en danger plus tard, en grandissant. Il appelle ça de l'amour, mais c'est un amour tordu, défiguré. Aucun père ne devrait aimer ses filles de cette façon. »

Pendant quelques secondes, elle se mure dans le silence, figée comme une statue, à l'exception de son index qui arrache machinalement la peau autour de l'ongle de son pouce. Pendant qu'elle essuie son nez avec sa manche, je bois une gorgée de thé, en cherchant quelque chose à dire. Jon me devance :

« Quel âge aviez-vous quand ça a commencé, Bella ? Quand votre père a abusé de vous pour la première fois ?

– C'était le jour de mes sept ans. »

Elle pose un regard chargé d'un mélange de tristesse et de haine sur Jon, qui l'oblige à se remémorer son passé.

« Et vous n'avez jamais rien dit à personne ?

– Mon père m'avait fait jurer de ne pas en parler. Et j'étais trop jeune pour comprendre. Je l'ai dit à ma mère, plus tard, quand j'avais douze ou treize ans. Mais ça n'a rien changé. Sur le coup, elle a dit qu'elle allait quitter mon père, mais elle ne l'a pas fait. Ensuite, elle a dit qu'elle ne me croyait pas. Je pense que si. Simplement, elle ne voulait pas y croire. Finalement, c'est lui qui l'a quittée. Pour Melissa. »

Bella éclate de nouveau en sanglots. Jon lui tend un mouchoir en tissu. Je me souviens qu'il avait eu le même geste le jour où il m'avait vue bouleversée. Bella esquisse un sourire de remerciement et se mouche bruyamment.

« Ça s'est arrêté quelque temps, quand il a rencontré Melissa. Je ne l'intéressais plus, je crois. Mais après la naissance des jumelles… Je me débrouillais pour ne jamais me retrouver seule avec lui… mais… il refusait de me laisser partir de la maison. Il me gardait là-bas… pour pouvoir… abuser de moi. Il disait qu'il ne paierait pas mes études si je partais. Et que si j'essayais de trouver un boulot sans qualification, je serais toujours dépendante de lui. Il me menaçait d'un tas de choses. Je me sentais prisonnière.

– Pourquoi ne pas avoir raconté à Melissa ce qui se passait ? demandé-je.

– Je ne sais pas… j'avais envie de tout lui dire. Mais je pensais que si ma mère avait refusé de me croire, ce serait pareil avec Melissa. Je voulais protéger les jumelles. En même temps, j'étais paumée. Je me disais qu'Amber et Ellie ne craignaient rien, tant qu'elles étaient deux. Je me disais que Melissa les croirait si jamais ça leur arrivait. Je me disais qu'il les laisserait tranquilles peut-être, puisqu'elles étaient deux.

– Deux contre un, dis-je.

– Oui. Et puis, Amber est morte. »

Elle se remet à pleurer.

« Continuez. »

Je pose ma tasse et prends de nouveau Bella par les épaules.

« Je voulais sauver Ellie. »

J'entends Jon murmurer un « Seigneur », en partie couvert par les pleurs de Bella.

« Je ne voulais pas qu'elle subisse tout ce que j'avais subi. Je me disais qu'elle serait mieux avec sa jumelle. Elle dormait. Elle paraissait tellement… paisible. »

Tout son corps est secoué de sanglots à présent. Difficile de saisir ce qu'elle dit.

« Alors, je l'ai aidée à partir. Je pensais que c'était la meilleure chose à faire. Je me disais que comme ça, elle ne souffrirait pas. D'abord, je l'ai prise dans mes bras pour qu'elle se sente aimée. Puis je l'ai couchée dans son petit lit et j'ai… j'ai appuyé sur son visage le coussin du rocking-chair. »

Un long silence s'ensuit. Je suis paralysée. Je ne peux même pas détacher ma main de l'épaule de Bella. On n'entend que ses pleurs. J'ai l'impression d'être dans un film : quelqu'un a appuyé sur pause, sans couper le son.

Je repasse toute cette conversation dans ma tête. J'avais deviné, instinctivement, qu'il y avait un lien entre les violences sexuelles exercées par Slade sur Bella et la mort des jumelles. Seulement, je faisais fausse route. Slade n'avait pas tué sa fille. C'était Bella qui avait assassiné sa sœur. Je n'arrive pas à le concevoir. Certes, elle était déboussolée, mais cela n'excuse pas son geste. Pourtant, je ne peux pas la condamner, même si elle n'est pas exempte de reproches, loin de là. Elle voulait protéger sa petite sœur et pour cela, elle l'a étouffée. Toute cette histoire est complètement démente. Et affreusement triste.

Un peu remise du choc, je dis à Jon :

« Il faut appeler la police. »

Il acquiesce. Je sens Bella se raidir à côté de moi. Elle ne pleure plus. Je me tourne vers elle et dis :

« Bella, une innocente est en prison. Vous devez répéter à la police ce que vous nous avez raconté. Vous en êtes capable ? »

Dans un murmure :

« Oui.

– On va vous conduire au poste et on vous aidera à tout expliquer. N'est-ce pas, Jon ?

– Bien sûr.

– Je suis certaine que tout le monde vous trouvera des circonstances atténuantes.

– Peu importe. Je veux bien faire. Pour Melissa. »

Je me lève et glisse ma main sous le bras de Bella pour l'aider à se lever elle aussi.

« Asseyez-vous, ordonne Jon. Toutes les deux. »

Nous obéissons. Je lui lance un regard intrigué.

« Je vais appeler Simon, dit-il.

– Vous êtes sûr que c'est une bonne idée ? Il est trop impliqué dans cette histoire. Ellie était la fille de Melissa.

– Oui, mais ce n'était pas sa fille *à lui*. Il saura quoi faire. »

Je ne pense pas que ce soit une bonne idée, néanmoins je ne dis rien pendant que Jon sort son téléphone de la poche arrière de son jean, tapote plusieurs fois l'écran et approche l'appareil de son oreille.

« Simon ? Je suis chez Bella Slade avec Kelly. Je crois que vous devriez venir. C'est urgent… Oui, c'est ça. L'adresse que je vous ai donnée hier soir… Merci. » Il se tourne vers moi et se penche légèrement en avant sur le canapé pour remettre son téléphone dans sa poche. « Il sera là dans un quart d'heure. »

Un long quart d'heure. Pendant lequel Bella se remet

à pleurer. Jon se lève et fait les cent pas dans le salon. Il a trouvé un crayon quelque part. Il le tient entre deux doigts et le porte à sa bouche d'un air absent, puis semble s'apercevoir que c'est un crayon et non pas une cigarette. Je sais qu'il ne fume pas, mais on dirait qu'il a bien besoin d'une clope.

Nous attendons l'arrivée du superintendant Goodman d'une minute à l'autre, pourtant les petits coups frappés à la porte nous font tous sursauter.

Jon laisse entrer Goodman, qui s'assied de l'autre côté de Bella sur le canapé, alors que Jon reste debout. Il pose le crayon et passe sa main dans ses cheveux.

Le superintendant demeure de marbre pendant que Jon et moi lui racontons l'histoire de Bella, mais c'est elle qu'il fixe de ses yeux bleus et froids.

Notre récit terminé, le silence se répand dans la pièce et nous enveloppe.

« Bella, avez-vous parlé de ça à quelqu'un ?

– Non, chuchote-t-elle. À personne. Rien.

– Qui d'autre connaît la vérité ?

– Seulement mon père.

– Il aurait pu en parler à quelqu'un ?

– Non.

– Comment pouvez-vous en être sûre ?

– À cause de ce qu'il m'a fait. Il ne veut pas que ça se sache.

– Comment votre père a-t-il découvert ce que vous avez fait à votre sœur ? »

Je remarque que Goodman choisit ses mots avec soin.

« Il m'a vue sortir de la chambre des bébés. »

Nouveau silence. Bella ne pleure plus et un calme étrange s'abat sur le salon. Après plusieurs minutes, j'entends les aboiements d'un chien au-dehors. Qui semblent donner le signal à Jon.

« Que fait-on maintenant ? »

Je crois que nous nous posons tous la même question. Goodman lance à Jon un regard interrogateur, que je ne sais pas interpréter.

Jon hausse les épaules.

« À vous de décider, Simon. »

Celui-ci se lève.

« Rien de tout cela ne doit sortir de cette pièce, déclare-t-il. Compris ? »

Du coin de l'œil, je vois Bella relever vivement la tête.

« Compris », dis-je, sans grande conviction.

Bella hoche la tête.

Jon paraît hésitant.

« Melissa…

– Si Lissa apprend ce qui s'est passé, elle va replonger dans le désespoir. Elle est convaincue qu'Ellie est morte paisiblement, dans son sommeil. Mieux vaut lui laisser ses illusions, non ? » Il s'exprime d'un ton posé, mais autoritaire. Il n'y a pas à discuter. « L'audience de la cour d'appel a lieu dans quelques semaines. Si la vérité apparaît aujourd'hui, la procédure sera beaucoup plus longue. » Plus bas, il ajoute : « Lissa est innocente. Le plus important, c'est qu'elle sorte de prison dès que possible. Avec un peu de chance, nous n'aurons pas besoin de dévoiler la vérité pour obtenir sa libération. »

Il se tourne vers Jon, qui s'agite nerveusement sur le canapé. J'ai l'impression que l'un et l'autre savent une chose que j'ignore.

« Je veux que vous me promettiez, tous les trois, de ne parler de ça à personne. » Goodman attend que nous jurions solennellement, tour à tour, de ne jamais évoquer cette histoire. « Je vais arranger ça. »

La froideur avec laquelle il prononce ces paroles fait naître des picotements dans ma nuque.

Sur ce, le superintendant indique la porte d'un mouvement de tête : façon de nous faire comprendre, à Jon et moi, que nous pouvons disposer. Je tapote l'épaule de Bella une dernière fois et me lève. Mes membres pèsent des tonnes et tous mes gestes sont ralentis. J'ai perdu ma langue, et je ne la retrouve qu'en bouclant ma ceinture dans la voiture de Jon.

« Et maintenant, qu'est-ce qu'on fait ? »

J'ai conscience de répéter la question qu'il a lui-même posée à Goodman quelques minutes plus tôt.

« On retourne au journal et on réfléchit. On a un sacré article à écrire.

– Mais… on a promis de ne jamais parler de…

– Pas un article sur Bella. Sur Melissa. Nous allons tracer un si beau portrait d'elle que l'opinion publique ne réclamera pas seulement sa libération, elle exigera sa canonisation. »

À en juger par la couverture médiatique dont bénéficie l'affaire depuis quelque temps, l'opinion publique penche déjà largement en faveur de Melissa, mais je comprends les motivations de Jon. En partie. Il semble penser qu'il a une dette envers Goodman – j'ignore pour quelle raison –, mais il veut également protéger Bella. Si l'appel de Melissa est rejeté, cela n'augurera rien de bon pour Bella. Je doute que son histoire puisse rester secrète. Autrement dit, si la découverte du rapport de toxicologie ne suffit pas à faire libérer Melissa, Bella devra avouer qu'elle a assassiné Ellie.

« Elle est en sécurité ? Avec Goodman, je veux dire ?

– Oui, répond Jon. *Bella* est en sécurité. »

Il insiste sur ce prénom et je me demande si c'est une façon de laisser entendre que quelqu'un d'autre est en danger.

Mais peut-être pense-t-il à Melissa, une innocente qui se morfond en prison en attendant le résultat de son appel.

Elle n'a plus longtemps à attendre. Une quinzaine de jours.

CHAPITRE 33

Jonathan

Novembre 2018

Kelly et moi prenons un train tôt le matin, de Bristol Temple Meads à London Paddington, puis la Circle Line du métro jusqu'à la station Temple. Il y a déjà foule sur les trottoirs du Strand quand nous arrivons. Des journalistes armés de gobelets de café et de caméras se préparent bruyamment à réaliser des reportages en direct sur leurs chaînes respectives. Autour d'eux, des groupes de gens affichent leur curiosité ou leur angoisse. En scrutant la foule, je reconnais certains visages. Simon, Callum, les parents de Melissa. George Moore m'adresse un sourire crispé en me voyant. À côté de Simon se tient une jolie femme svelte, dont je devine qu'il s'agit de l'amie de Melissa, Jennifer Porter.

En revanche, je ne vois pas Michael Slade. Ce qui m'étonne. Après tout, il s'agit de son bébé, même s'il connaît la vérité sur son décès. Depuis le début.

Soudain, quelqu'un m'assène une grande tape dans le dos, qui me projette vers l'avant. Me retournant prestement, je me retrouve face à Dan, le journaliste qui travaillait avec moi au *Rag* autrefois. Il a réussi à concocter un article salace à partir de cette coïncidence que je lui avais signalée, à propos de maître Eleanor

Wood et Roger Sparks qui avaient étudié dans la même université.

« Ça boume, vieux ? me lance-t-il, avec une autre tape dans le dos.

– Super, ton article, Dan.

– Ouais, du bon boulot. Le boss a adoré. Merci pour le tuyau. »

Son accent de Bristol s'est un peu épaissi depuis qu'il habite Londres, curieusement. Je lui présente Kelly.

Ensemble, nous pénétrons dans la Cour royale de justice.

« Impressionnant, commente Kelly, qui observe les têtes des juges sculptées au-dessus des arches des porches. Et un peu flippant. »

Elle reste bouche bée en découvrant l'immense Main Hall et la hauteur sous plafond, les arches gothiques et les sols décorés. Je tombe sur Simon au moment où nous franchissons les contrôles de sécurité. Il est tiré à quatre épingles, mais visiblement exténué.

« Ils vont la relâcher demain ou après-demain au plus tard, annonce-t-il. Elle sortira par la grande porte. » Il fait un geste vague derrière lui. « Et elle pourra rentrer à la maison, avec Callum et moi. »

Il masse furieusement sa barbe naissante, ce qui contredit son ton plein d'assurance.

Il nous précède dans la salle d'audience, suivi de près par Callum, épaules basses et yeux rivés au sol. Un panneau installé à côté de la lourde porte en bois indique : salle numéro trois.

Kelly me la montre.

« Le chiffre porte-bonheur de Melissa. »

Nous entrons à notre tour. La porte se referme derrière nous, sur une salle pleine à craquer. Les journalistes sont si nombreux qu'il n'y a pas assez de place sur les bancs de la presse et certains sont debout, d'autres se sont faufilés dans la galerie réservée au public.

Un agent de sécurité fait entrer Melissa. Elle porte une jupe droite noire et un chemisier blanc léger. On dirait une domestique. Je suis sûr qu'elle veut paraître élégante, mais elle doit avoir froid. Et elle paraît terrifiée. Pourtant, les trois juges – une femme et deux hommes, tous dans la quarantaine ou la cinquantaine – ont plutôt l'air sympathiques. Espérons qu'ils le soient. La liberté et l'avenir de Melissa dépendent de leur décision. Elle les observe l'un après l'autre tandis qu'ils prennent place dans des fauteuils en cuir rouge à l'aspect confortable. Assis à côté de Kelly au bout du banc en bois, sur une seule fesse, je les envie. Leurs visages sont en partie cachés par des lampes vertes.

J'aperçois Simon, dont le teint a viré au gris. En dépit de sa prédiction selon laquelle Melissa sortira du tribunal, libre et par la grande porte, l'issue de cette audience n'est manifestement pas aussi évidente qu'il voudrait le croire.

Maître Martin May, l'avocat de Melissa, semble nerveux lui aussi. Il ne cesse d'ajuster sa perruque et il bafouille une ou deux fois.

Kelly l'a également remarqué.

« Il n'est pas très sûr de lui, me glisse-t-elle. C'est mauvais signe. Dans son journal, Melissa le décrivait pourtant comme une personne pleine d'assurance, non ?

– C'est sans doute l'affaire la plus importante de toute sa carrière », réponds-je tout bas, même si j'ai tendance à partager l'avis de Kelly.

L'avocat de Melissa se comporte comme si elle avait déjà perdu. À moins qu'il la croie coupable.

Une seule et même pensée traverse assurément les esprits de toutes les personnes présentes : c'est la dernière chance de Melissa. Si elle perd aujourd'hui, elle restera en prison pour purger sa peine de réclusion à perpétuité.

L'avocat de Melissa se racle la gorge avant de se lancer dans sa déclaration liminaire. Sa voix tremble tout d'abord, mais très vite, il trouve son rythme.

« À l'évidence, nous sommes en présence d'un cas de dissimulation, qui a débouché sur une grave erreur judiciaire. Des preuves irréfutables indiquent qu'Ellie Slade est décédée de cause naturelle, comme sa sœur Amber. Il apparaît clairement que si les résultats du rapport de toxicologie avaient été connus plus tôt, comme ils auraient dû l'être, Melissa Slade n'aurait jamais été inculpée, et encore moins condamnée, pour le meurtre de la petite Ellie. »

Les juges sont d'accord pour dire que l'élément principal, en l'espèce, est le rapport de toxicologie. Par conséquent, l'accusation et la défense ont le droit d'appeler à la barre un expert, et un seul.

En écoutant les dépositions d'un imminent toxicologue et d'un pathologiste pédiatrique, parce que je connais la vérité au sujet de ce fameux rapport manquant, je me sens de plus en plus nerveux à mesure que le temps passe. À un moment, je croise le regard de Simon, qui tourne aussitôt la tête.

Avant de suspendre les débats en fin de journée, le *lord justice* Hartley déclare :

« La non-divulgation des analyses toxicologiques remettant en question la fiabilité du témoignage du Dr Sparks, et par conséquent la cause du décès du bébé Ellie Slade, le Dr Sparks aura la possibilité, demain, d'apporter des précisions sur les circonstances entourant la disparition de ce document capital. »

Tandis que les trois juges quittent la salle d'audience, nous nous levons et j'éponge mon front avec ma manche.

Kelly et moi passons la nuit dans un hôtel Premier Inn, situé près de Victoria Station. Fatigués par notre réveil matinal, nous dînons sur place avant de monter nous coucher. Ma chambre est calme et mon lit confortable. Pourtant, je dors très mal. Pour éviter de devoir faire un compte-rendu complet de l'audience à Holly, je lui envoie un court texto pour lui souhaiter bonne nuit. De toute façon, le procès sera longuement traité aux infos du soir. Elle n'a pas besoin que je la tienne informée.

Mon nœud à l'estomac se resserre lorsque nous retournons à la Cour royale de justice le lendemain. Kelly essaye une ou deux fois d'évoquer l'affaire, mais elle renonce assez vite, en supposant peut-être que je ne suis pas du matin. Ne pouvant pas avouer ce qui me préoccupe, je garde mes pensées pour moi. En vérité, je redoute ce que va dire le collègue de Holly quand il viendra témoigner. Va-t-il affirmer que ce rapport est un faux ? Va-t-il détruire les dernières chances de Melissa de retrouver la liberté ? Ces questions m'ont obsédé une bonne partie de la nuit. Et maintenant, je vais connaître les réponses.

Tous les yeux sont fixés sur le Dr Sparks quand il se présente à la barre. La salle de tribunal est parcourue par une vague de grognements désapprobateurs, qui meurent rapidement. C'est un homme de taille moyenne, frêle, au visage ordinaire. Sa veste ne parvient pas à étoffer ses maigres épaules. Il est rasé de près et porte des lunettes sans monture. Malgré des efforts évidents pour se grandir, il paraît fragile.

Maître Martin May lui demande s'il peut expliquer comment une partie du rapport d'autopsie d'Ellie Slade a pu disparaître. Les juges prennent des notes pendant que Sparks répond. Kelly également. Quant à moi, je garde les yeux fixés sur les armoiries royales sculptées dans les boiseries derrière les juges, mais je ne loupe pas un seul mot de ce que dit le Dr Sparks.

« Je ne vois qu'une explication : c'est un oubli. Une terrible erreur. »

Et quand May lui demande si c'est lui qui a commis cette terrible erreur, Sparks esquive la question. On dirait qu'il va se mettre à pleurer. Il est plié en deux, brisé, incapable de continuer à se tenir droit. J'ai du mal à imaginer cet homme harcelant Holly, mais il faut croire qu'il existe différents modèles de tyrans.

Sparks prend un air contrit quand on lui demande de confirmer qu'il est bien l'auteur du rapport de toxicologie.

« Je ne me souviens pas de l'avoir rédigé, mais je reconnais mon travail. Le document était dans mon ordinateur et si les formules techniques sont celles qu'emploierait n'importe quel légiste, ce rapport contient des expressions qui semblent m'appartenir, en effet. »

J'ai de la peine pour Sparks. Il est habitué à travailler avec des preuves, et aujourd'hui les preuves se retournent contre lui.

« Qu'est-ce qu'il va lui arriver ? murmure Kelly.

– Aucune idée. Peut-être qu'il va être jugé, lui aussi. Il vient de prendre sa retraite, alors il ne sera pas suspendu ni renvoyé, c'est déjà ça. »

Au cours de son contre-interrogatoire, Eleanor Wood laisse entendre que la prétendue non-divulgation du rapport de toxicologie est plutôt une erreur de la défense, qui ne l'a pas réclamé lors du procès initial.

« Ce rapport, conclut-elle, n'a jamais été délibérément caché ni retiré du rapport d'autopsie. »

Cependant, cet argument est hors sujet. Ce n'est pas le Dr Sparks qui est jugé aujourd'hui. C'est Melissa. Et je pense qu'il y a de fortes chances qu'on lui accorde le bénéfice du doute à présent.

Je jette un coup d'œil à ma montre et étouffe un grognement. Je n'ai aucune envie de remettre les pieds dans ce tribunal pour le troisième jour d'affilée. Hélas, l'après-midi touche à sa fin et les juges semblent sur le point de suspendre la séance encore une fois. Je gigote nerveusement sur le banc.

Soudain, voilà qu'Eleanor Wood se lève de nouveau.

« Monsieur le *lord justice*, dit-elle de sa voix puissante, qui contraste avec sa frêle stature, l'accusation ne souhaite plus maintenir la condamnation. »

Je sens Kelly se raidir à côté de moi. Dans la salle, tout le monde retient son souffle comme un seul homme. S'ensuit un silence de mort dans l'attente de la réponse du *lord justice* Hartley.

« C'est noté, maître Wood. Reste la question du bien-fondé d'un nouveau procès. »

J'observe Melissa dont le regard va d'un avocat à l'autre et se pose ensuite sur les juges, avant de chercher les yeux bleus de Simon dans la galerie. Je le vois hocher la tête, pour tenter de la rassurer et sans doute de se rassurer lui-même.

« Monsieur le *lord justice*, Ellie Slade ayant été incinérée, il n'est plus possible de procéder à une nouvelle autopsie. Par conséquent, le tribunal public ne réclame pas de nouveau procès. »

Voilà, c'est terminé. Je me tourne vers Kelly, assise à côté de moi sur le banc de la presse. Des larmes mouillent ses joues. Je sors mon mouchoir de la poche de ma veste et le lui tends, ce qui me vaut une ébauche de sourire.

« Melissa est libre ? » demande-t-elle.

N'osant pas me fier à ma voix, à cause de la boule

dans ma gorge, je montre le *lord justice* Hartley d'un mouvement de tête pour inciter Kelly à l'écouter. J'essaye d'en faire autant, mais les paroles me parviennent étouffées, comme si j'étais sous l'eau et que quelqu'un me parlait depuis la surface. Je ne saisis que des bribes : *condamnation sujette à caution... pas de nouveau procès... annulation du verdict.*

Mon regard revient sur Melissa, qui semble pétrifiée, les yeux écarquillés par l'incrédulité, puis glisse vers Simon, qui s'est levé d'un bond en brandissant le poing. Quand Hartley a fini de parler, les trois juges se retirent. Maintenant, c'est terminé pour de bon.

Kelly et moi attendons devant la Cour royale de justice pour immortaliser les premiers pas de Melissa vers la liberté.

Au bout d'une demi-heure, Kelly demande :

« Pourquoi c'est si long ? Je me gèle les… Pardon, je…

– La procédure prend un certain temps, j'imagine. Il y a des documents à remplir, des formalités à accomplir. »

Nous continuons à nous geler les…, le mot ce que vous savez, pendant encore une demi-heure, avant que Melissa n'apparaisse enfin. Par la grande porte, comme l'avait prédit Simon. Pendant que je prends des photos, Kelly tweete frénétiquement des passages de la courte déclaration de Melissa sur les marches du tribunal. Les équipes de télévision, avec leurs caméras et leurs micros encombrants, bousculent tout le monde pour s'approcher au maximum.

« J'aimerais remercier toutes les personnes qui m'ont apporté un soutien sans limites. À commencer par ma famille… »

Melissa est flanquée de Callum et de Simon. Ses parents, George et Ivy, se tiennent à proximité, au pied des marches, souriants l'un et l'autre. De nouveau, je suis frappé par l'absence notable de Michael Slade. Quel message souhaite-t-il envoyer ? Veut-il montrer qu'à ses yeux, Melissa reste coupable du meurtre de leur fille ? Pourtant, il sait mieux que quiconque qu'elle est innocente.

Je reporte toute mon attention sur Melissa, au moment où elle ajoute :

« Je ne fêterai pas ma libération. Je suis folle de joie de retrouver la liberté, mais mes bébés sont morts. Ma condamnation était une erreur judiciaire, qui a été réparée ; pourtant, rien ne pourra me rendre mes bébés et à cause de cette perte irréparable, je ne considère pas cela comme une victoire. »

Dans le train qui nous ramène à Bristol, je tape sur mon ordinateur le compte-rendu de ces auditions favorables à Melissa, en piquant du nez, pendant que Kelly s'affaire sur son téléphone à côté de moi.

« Oh, bon sang ! Jon ! » s'écrie-t-elle soudain, faisant sursauter plusieurs passagers, qui lui lancent des regards inquiets.

Elle me tend son smartphone. Sur l'écran s'affiche un article publié par *The Post* quelques heures plus tôt.

Je lis le gros titre : LE CORPS D'UN HOMME RETROUVÉ SUR LES ROCHERS À PORTISHEAD BEACH.

« Ils n'expliquent pas comment il a fini là, dit Kelly.

– Chut…

– Ils ne précisent pas non plus s'il s'est échoué ou s'il est tombé des falaises. »

Obligé de faire abstraction de la voix de Kelly pour pouvoir me concentrer, je fais défiler le texte sur l'écran. Une phrase attire mon attention.

Le corps n'a pas encore été identifié formellement, mais la victime serait un entrepreneur du bâtiment de

Bristol nommé Michael Slade, porté disparu depuis la veille.

« Qu'est-ce que vous en pensez ? me demande Kelly, excitée, sans me laisser le temps de finir l'article.

– Je pense que Slade serait furieux de voir qu'ils ont écrit "entrepreneur du bâtiment" au lieu de "géomètre-expert".

– Ce n'est pas ce que je voulais dire. Je…

– J'ai compris ce que vous vouliez dire. » J'ai repris un ton grave. « Mais ne le dites pas. »

Elle le garde pour elle. Mais je suis sûr qu'elle le pense, comme moi, durant tout le trajet. Goodman a-t-il joué un rôle dans cette histoire ? Il n'a pas agi directement, c'est certain. Si Slade a disparu hier, Goodman possède un alibi en béton. Il était au tribunal. Et nous savons maintenant pourquoi Slade n'y était pas.

CHAPITRE 34

Kelly

Novembre 2018

J'entends de la musique à l'intérieur de l'appartement du superintendant Goodman. La basse d'un morceau de heavy metal ou de techno hardcore fait vibrer les murs. Une musique choisie par Callum, je suppose, plus que par son père. Je suis obligée de cogner plusieurs fois à la porte pour que quelqu'un vienne m'ouvrir.

C'est Melissa. Maquillée, vêtue d'une robe en laine bleu marine, une flûte de vin pétillant à la main, elle paraît beaucoup plus détendue que la dernière fois que je l'ai vue, dix jours plus tôt, sur les marches de la Cour royale de justice de Londres, face à la presse. Elle qui disait ne pas vouloir fêter sa libération…

« Entrez, Kelly, dit-elle en se penchant pour m'embrasser sur la joue. Je suis contente que vous soyez venue.

– Merci de m'avoir invitée. »

Je la suis dans le salon. Jon et Holly sont déjà là. Le superintendant Goodman me tend un verre de Prosecco dès que j'entre dans la pièce.

« Mon chéri, tu veux bien baisser un peu le son ? » dit Melissa.

Je me retourne et découvre Callum assis sur le

canapé. Je n'en crois pas mes yeux en voyant qui est assis à côté de lui. Bella. Elle me salue d'un petit geste de la main, pendant que Callum pointe la télécommande en direction de la chaîne hi-fi.

« C'est un peu risqué d'inviter Bella, non ? », dis-je tout bas en rejoignant Jon, tout en saluant les deux jeunes gens d'un signe de tête.

J'observe Holly et Melissa qui prennent des assiettes et des bols disposés sur la table basse pour proposer des chips, des olives et divers amuse-gueules à Bella et Callum.

« Goodman ne craint pas que Melissa découvre ce que nous a avoué Bella ? »

Jon n'a pas l'occasion de répondre, car Holly choisit ce moment pour venir vers nous avec son bol de chips. Jon prend une poignée de Doritos et je l'imite.

« Comment allez-vous ? me demande Holly.

– Bien, merci, dis-je, la bouche pleine de chips. Et vous ?

– Ça va. »

Sa voix tremblante dément cette affirmation.

À vrai dire, elle semble nerveuse, comme si elle n'avait aucune envie d'être là.

Mes yeux se posent sur son ventre.

« Tout se passe bien ? C'est pour quand ? »

Un sourire illumine son visage et elle répond en regardant Jon avec amour.

« Début février. Encore trois mois à attendre. »

Holly repartie, je glisse à Jon :

« Apparemment, Slade serait tombé du haut de cette falaise. »

J'ai lu le dernier article du *Post* en ligne avant de venir. Je voulais couvrir ce décès, mais Saunders, qui généralement kiffe ce genre d'histoire, a mis son véto.

« Ne nous mêlons pas de ce fait divers. Laissons ça au *Post* », avait-elle dit. Comme j'insistais, elle avait évoqué « un conflit d'intérêts ».

« Hmmm », fait Jon, dubitatif.

Je m'assure que Goodman et Melissa ne peuvent pas nous entendre.

« Vous croyez qu'on l'a poussé ?

– Je n'ai pas le droit de penser quoi que ce soit à ce sujet. Vous avez entendu Claire. Cela étant, je suppose qu'il ne manquait pas d'ennemis.

– Mais…

– Michael Slade était un sale type. » Il tourne la tête en direction du canapé et je suis son regard. Bella rit d'une chose que lui a dite Callum. « Et je pense que personne ne le regrettera.

– Justice immanente ? »

Les coins de la bouche de Jon se redressent, sans toutefois dessiner de sourire.

« Oui, en quelque sorte.

– La justice a de nombreux visages, dis-je ironiquement.

– Disons plutôt qu'elle porte de nombreux masques. »

Il a prononcé ces mots si bas que je me demande s'ils m'étaient destinés. Je le regarde en fronçant les sourcils, car je ne suis pas certaine d'avoir saisi le message, mais il a les yeux fixés sur Goodman, de retour dans le salon avec un plateau de petits roulés à la saucisse dans une main et une bouteille de Prosecco dans l'autre.

Je me souviens du jour où nous avons laissé Goodman dans l'appartement avec Bella. Jon m'avait assuré qu'elle était entre de bonnes mains. Celles de Goodman. *Bella* est en sécurité, avait-il dit. Comme s'il voulait signifier que ce n'était pas elle qui se trouvait en danger. Je sais que Jon nourrit les mêmes soupçons que moi. Simplement, il refuse de les formuler à voix haute et il m'interdit de le faire. D'ailleurs, même si nous le voulions, nous ne pourrions rien prouver. Néanmoins, si Michael Slade a été retrouvé mort sur une plage de Portishead, juste après que Goodman avait appris qu'il avait abusé de sa fille, ça ne peut pas être une coïncidence. Il est vrai, cependant, que cette affaire Melissa Slade regorge de coïncidences. Peut-être que c'en est une de plus.

Goodman remplit mon verre et je rejoins le canapé, sur lequel je m'assieds, après avoir laissé tomber lourdement mon sac à main, à côté de Bella.

« Je m'étonne de vous voir ici », dis-je.

Je me réprimande aussitôt. Je n'aurais pas dû dire ça. Cela donne l'impression qu'elle n'est pas à sa place. « J'ai appris pour votre père. Toutes mes… »

J'ai le mot « condoléances » au bout de langue, mais il me paraît trop formel. Et inapproprié.

Je repense à mon propre père. Il avait merdé dans les grandes largeurs, et pour couronner le tout, il s'était foutu en l'air. Quand il s'était suicidé, cela avait été une perte pour maman et moi. Toutefois, sa mort nous avait exaspérées autant qu'elle nous avait attristées. La colère le disputait au chagrin. Mon père ne nous avait pas aidées à affronter la disparition de Lily. Il ne nous avait pas aidées à la retrouver. Au lieu de cela, il avait alourdi notre fardeau. Il m'avait fallu plusieurs années pour comprendre à quel point il devait être désespéré et déprimé.

Et Bella ? Elle a perdu son père. Mais ne l'avait-elle pas perdu depuis longtemps ? Comme j'avais perdu le mien bien avant qu'il se jette du haut du pont ? C'est l'alcool qui me l'a pris. Bella avait perdu son père le jour de ses sept ans, le jour où il avait commencé à abuser d'elle. À partir de cet instant, il avait cessé d'être un père pour elle. Aujourd'hui encore, je chéris mes souvenirs d'enfance, quand nous formions tous les quatre une famille. Quels souvenirs garde Bella ? Certainement aucun qu'elle puisse chérir.

« J'espère que vous allez bien, terminé-je lamentablement.

– Merci. Ça va, je crois, répond Bella en arrachant la peau autour de l'ongle de son pouce. Je suis encore sous le choc, évidemment. Et un peu désorientée. Je ne sais pas trop ce que je ressens ou ce que je devrais ressentir, à dire vrai. Heureusement, je suis soutenue et ça fait du bien. C'est Melissa qui m'a invitée ce soir. Elle dit que je suis toujours sa belle-fille. » Elle sourit et se tourne timidement vers son demi-frère « C'est bon de rattraper le temps perdu avec Callum. » Celui-ci lui rend son sourire, aussi pudique.

« Ça veut dire que tu es toujours ma demi-sœur. »

Il est un peu plus présent que lors de ma dernière visite. Légèrement ivre, mais beaucoup moins défoncé.

Ainsi, c'est Melissa qui a invité Bella. Je me demande ce qu'en pense Goodman. Je parie qu'il aurait préféré que Bella demeure à l'écart de Melissa et de Callum.

Comme si elle lisait dans mes pensées, Bella ajoute :

« Simon dit que je devrais essayer de recoller les morceaux avec ma mère, au fil du temps, mais Melissa, Callum et lui seront toujours ma famille. Il dit qu'ils sont là pour moi. »

Je tourne la tête à la recherche de Goodman et le trouve en train de bavarder avec Jon et Holly. Pourtant, c'est moi qu'il regarde. Je m'empresse de revenir sur Bella.

« Kelly ? » Melissa a passé la tête hors de la cuisine. « Vous voulez bien me donner un coup de main ?

– Bien sûr, madame… »

Merde ! Je sais qu'elle utilise son nom de jeune fille, mais impossible de m'en souvenir sur le moment. Soudain, ça me revient : « Moore.

– Appelez-moi Melissa, dit-elle lorsque je la rejoins dans la cuisine. Ou Lissa. »

Elle ferme la porte sur nous et me fait signe de m'asseoir à une petite table de cuisine tandis qu'elle prend place en face de moi.

« Je voulais vous parler d'une chose… »

Elle pianote sur un épais dossier bleu posé sur la table et semble chercher ses mots. Je remarque le tatouage sur le dessus de sa main. *STB. Salope tueuse de bébés*.

« Ça s'est un peu effacé, dit-elle en suivant mon regard. Moins que je l'espérais, toutefois. Je vais peut-être essayer de le faire retirer. Ou peut-être pas. C'est un rappel. » J'aimerais lui demander ce que lui rappelle ce tatouage, mais elle enchaîne avant que je puisse ouvrir la bouche. « J'ai un tas de choses à régler maintenant que je suis sortie de prison. Et ce tatouage ne figure pas tout en haut de ma liste.

– Quels sont vos projets ? »

Je ne sais pourquoi elle m'a fait venir dans cette cuisine.

« D'abord, je dois trouver un appartement et un moyen de gagner de l'argent pour le payer. Simon ne peut pas dormir éternellement sur le canapé. »

Elle s'interrompt. Je ne sais pas quoi répondre. Je devine que Goodman est raide dingue de Melissa, et sans doute qu'il a d'autres idées en tête, mais ce n'est pas à moi de le faire remarquer. En voyant l'expression nostalgique sur le visage de Melissa, je me demande si elle regrette d'avoir mis fin à son mariage, elle aussi. Peut-être qu'une autre chance leur sera accordée.

Elle se racle la gorge.

« Non, ce n'est pas ce que je voulais dire. Il y a deux projets qui me tiennent à cœur, maintenant que je suis dehors. Premièrement, je me suis fait une très bonne amie en prison, Cathy. Et j'aimerais mener campagne pour obtenir sa libération. Théoriquement, tous ses recours sont épuisés. Son appel a été rejeté. Elle a tué son mari, mais c'était un salopard violent. Et je pense que cet élément n'a pas suffisamment été mis en avant. »

Je ne sais pas trop pourquoi Melissa me confie tout ça.

« Oui, dis-je, je me souviens de ce que vous avez écrit sur Cathy dans votre journal. J'ignorais que son appel avait été rejeté.

– Je l'ai raconté aussi. Mais après avoir confié mon journal à Simon. »

Elle cesse de pianoter sur le dossier et joint ses mains sur ses genoux. Pour résister à l'envie de pianoter avec son autre main ? En songeant aux TOC de Melissa, aux dégâts psychologiques qu'elle a subis, je m'aperçois qu'elle a encore un long chemin à parcourir pour guérir. Et Bella aussi.

Perdue dans mes pensées, je pose les yeux sur l'étiquette blanche qui orne le dossier. Et je ne peux retenir un hoquet de surprise en lisant, à l'envers, ce qui y est écrit. Je regarde Melissa, puis reviens au dossier, comme si j'avais mal lu.

« Ça, c'est la seconde chose, dit-elle. Si vous êtes d'accord, j'aimerais qu'on examine ensemble le contenu de ce dossier. Qu'on le passe au peigne fin. »

Mes yeux se mouillent de larmes. Je ne vois plus ce qui est écrit sur l'étiquette. Mais je sais que c'est un nom. Le nom de ma sœur. En lettres majuscules. LILY FOX.

« Si vous ne voulez pas, dit Melissa, je comprendrais. »

Je m'entends répondre :

« Non, non. Je veux.

– Simon m'a fourni en douce des photocopies de tous les rapports et ainsi de suite. » Elle tapote le dossier. « Tout est là. Je l'ai juste survolé. Il faudra éplucher chaque élément, évidemment, mais je crois que… certaines pistes n'ont peut-être pas été explorées. Ou pas totalement. Ce sera une enquête officieuse. Au départ, du moins. J'ai décidé de ne pas réintégrer la police. Mais Simon nous aidera et si nous découvrons quelque chose… » Elle n'achève pas sa phrase. « Ne vous faites pas trop d'illusions quand même. Il se peut que… Votre sœur est peut-être… »

Je hoche la tête. Je sais très bien ce qu'elle tente de me dire. Il se peut que l'on découvre ce qui est arrivé à Lily, mais il est peu probable qu'on la retrouve. Vivante en tout cas, si longtemps après. Toutefois, cela pourrait mettre fin à la torture. Aux interrogations. Incapable de parler, la gorge nouée, je me penche en avant pour enlacer Melissa. Elle me prend dans ses bras.

« Pourquoi ? »

Je parviens à articuler ce simple mot, d'une voix éraillée.

« Vous m'avez aidée. Jon et vous. Sans vous deux, je ne suis pas sûre que je serais ici aujourd'hui. De plus, j'ai enquêté sur cette affaire à l'époque. Et j'aime bien aller au fond des choses.

– Tout va bien, mesdames ? »

C'est Goodman. Je ne l'ai pas entendu entrer dans la cuisine. Je lâche Melissa et me rassieds au fond de ma chaise en séchant mes larmes.

« Je crois que vous en avez bien besoin, dit-il en remplissant mon verre de Prosecco. Bella a été obligée de partir. Elle travaille ce soir. Elle vous salue. Elle ne voulait pas vous déranger. »

Sur ce, il retourne dans le salon.

Quelques instants plus tard, Jon, Holly et moi prenons congé à notre tour. Mes jambes flageolent dans l'escalier. J'ai bu beaucoup trop de Prosecco.

« Comment rentrez-vous, Kelly ? me demande Jon.

– Je vais appeler ma mère. Elle viendra me chercher.

– Holly et moi, on peut vous déposer, si vous voulez. Ça lui évitera de sortir.

– Oh, non, merci. » Je me dis que l'air frais me fera du bien. Je vais marcher un peu. Cela me permettra de dessaouler et d'analyser cette discussion avec Melissa dans la cuisine. « Rentrez vite, les garçons vous attendent.

– Bon. OK. Si vous en êtes certaine.

– Oui. À lundi. »

Je m'aperçois alors que j'ai laissé mon sac à main dans l'appartement. Je l'avais posé près du canapé quand je suis allée m'asseoir avec Bella et Callum. Tandis que Jon et Holly s'éloignent en direction de leur voiture, je fais demi-tour et remonte l'allée et les marches.

La musique est de nouveau à fond et quand je frappe, personne n'entend. Je tourne la poignée à tout hasard. La porte n'est pas verrouillée, alors j'entre.

Arrêtée sur le seuil du salon, j'entends des éclats de voix. Je reconnais celles de Callum et de Melissa. Je me fige, ne sachant pas quoi faire. Dois-je ressortir et frapper de nouveau, plus fort ? Dois-je toussoter pour essayer d'attirer l'attention ? Ou bien entrer et récupérer mon sac, mine de rien ?

« Tu n'es qu'une sale hypocrite ! »

C'est Callum.

« Pourquoi donc ? demande Melissa.

– Ne parle pas à ta mère sur ce ton ! »

C'est la voix de Goodman.

« Ne me dis pas ce que je dois faire. Je t'ai entendu parler tout bas dans la cuisine.

– Qu'est-ce que tu as entendu ?

– Tu as dit à maman qu'elle avait gâché toutes ces années en prison en croyant l'avoir mérité, alors que c'était un cas de mort subite du nourrisson, depuis le début. Tu parlais de tout recommencer. De prendre un nouveau départ. Et blablabla. Tu sais très bien ce que tu as dit.

– Callum…

– Mon chéri, ce n'est pas ce que tu crois, intervient Melissa d'une voix tremblante.

– Si, justement ! Ce n'est pas ce que *lui* croyait ! Il croyait que c'était moi que tu voulais protéger ! »

Un hoquet de stupeur m'oblige à plaquer ma main sur ma bouche. Heureusement, personne ne m'a entendue.

« Papa, tu as vraiment cru que j'aurais pu tuer ma propre sœur ? C'est ça que maman t'a raconté ? Et *toi…* » J'imagine son visage rouge de colère, tourné vers Melissa. « Comment peux-tu fêter ta libération après ce que tu as fait ? Toi et moi, on est les seuls à connaître la vérité.

– Calme-toi, Callum !

– Tu ne vois donc pas ce qu'elle a fait, papa ? Elle a tué Ellie et rejeté la faute sur moi.

– Ta mère n'a pas tué Ellie, Callum. Elle…

– Si ! Je l'ai vue ! »

La musique s'est arrêtée dans les enceintes et un bref silence s'installe, terrifiant, avant que ne débute le morceau suivant. Personne ne parle. Soudain, la musique s'interrompt de nouveau et le silence revient. Quelqu'un a éteint la chaîne. Je m'aperçois que je retiens mon souffle, terrorisée à l'idée d'être découverte, mais incapable de bouger.

« Qu'as-tu vu ? demande Melissa.

– Je t'ai vue ressortir le coussin du lit à barreaux et le reposer sur le rocking-chair. Et tu t'es aperçue que je te regardais. Alors, tu as pris Ellie dans tes bras pour faire semblant d'essayer de la ranimer. C'est plus tard seulement que j'ai compris pourquoi tu m'as demandé de partir avant l'arrivée de l'ambulance et pourquoi tu n'as jamais dit à quiconque que j'étais à la maison ce soir-là. J'ai menti pour toi. Et malgré ça, tu as quand même fini en prison. »

Je perçois des sanglots à présent : Melissa.

« Callum, dit-elle, le coussin était dans le lit, aux pieds d'Ellie. J'ai cru qu'il avait servi à... J'ai cru que tu... Je ne sais pas comment j'ai pu imaginer que mon propre fils... Tu es resté planté pendant que j'essayais d'appeler une ambulance et de ramener ta sœur à la vie. Tu devais être en état de choc. Je t'ai demandé de ne pas avouer que tu étais là pour que personne ne te suspecte.

– Mais toi... pourquoi tu m'as soupçonné ? » Je ne reconnais pas immédiatement la voix de Callum, sorte de gémissement aigu. « Comment as-tu pu croire que je ferais un truc pareil ?

– Pendant longtemps, tu avais été enfant unique et puis j'avais quitté ton père et...

– Alors, tu as pensé que j'avais tué Ellie parce que j'étais jaloux ? Ou en colère ?

– Non, pas seulement.

– Quoi, alors ? »

C'est Goodman qui répond :

« Tu as dit quelque chose ce soir-là, quand tu es entré dans la chambre des bébés. Tu te souviens ?

– Oui. Non. Plus ou moins.

– Tu as dit que c'était mieux ainsi. Comme ça, Ellie et Amber…

– … seraient ensemble. » Callum finit la phrase de son père. D'une voix étranglée par l'émotion, mais plus calme. « Ellie ne serait pas obligée de grandir sans Amber, privée de sa moitié. » Callum pleure à présent. « Je ne savais pas quoi dire. J'essayais de réconforter maman. Je ne trouvais pas les bons mots. C'est pour ça que tu as cru que j'avais tué Ellie ? Pour qu'elle soit avec Amber ?

– Oui, avoue Melissa dans un souffle, entre deux sanglots. Je suis désolée. Est-ce qu'un jour tu pourras me pardonner d'avoir cru que… tu étais capable de ça ? »

Je demeure derrière la porte du salon. Mon cœur bat si fort que je suis certaine qu'il va me trahir. Pendant quelques secondes, tout le monde redevient muet. Melissa et Callum pleurent en chœur. J'ai les larmes aux yeux, moi aussi. J'espère qu'ils s'étreignent affectueusement.

Puis Callum dit :

« J'ai pensé la même chose de toi. Tu pourras me pardonner toi aussi ?

– Comme je le disais à ta maman, intervient Goodman, toujours pragmatique, nous avons besoin de prendre un nouveau départ. »

Je n'entends pas la suite, car je recule dans le vestibule pour ressortir de l'appartement. Une fois dehors, je dévale l'escalier et cavale dans l'allée.

Pendant plusieurs minutes, je reste assise sur le muret, adossée à la haie ; je me repasse mentalement ce que je viens d'entendre. Melissa croyait que son fils avait tué sa petite sœur. Callum était convaincu d'avoir vu sa mère tuer son bébé. C'était d'une infinie tristesse. Pas étonnant, dès lors, que Melissa ait accepté son triste sort. Elle souhaitait même plaider coupable au départ. Elle avait perdu ses jumelles et elle devait couvrir son fils, porter le chapeau à sa place. Pas étonnant, non plus, que Goodman soit à ce point convaincu de l'innocence de son ex-femme. Jusqu'à ce que Bella passe aux aveux, il était certain que son fils était coupable. Les parents de Callum avaient tenté de le protéger.

Les paroles acerbes que je viens d'entendre continuent à résonner dans mon esprit. *Tu as vraiment cru que j'aurais pu tuer ma propre sœur ? Ta mère n'a pas tué Ellie, Callum. Ce n'est pas ce que tu crois.* Je suis encore sonnée et je ne peux qu'imaginer ce que ressentent Melissa, Callum et Simon à cet instant.

Le coussin dans le lit à barreaux. Je me représente la scène. Bella avait utilisé ce coussin pour étouffer sa petite sœur et l'avait laissé à ses pieds. Telle est la version à laquelle s'en tient Goodman, du moins. C'est plus facile pour Melissa, a-t-il dit. Et je crois que je le comprends à présent. Ses actes sont motivés par ses proches – sa famille – et il fait tout ce qui est en son pouvoir afin que le monde dans lequel ils vivent leur soit le plus agréable possible.

Je descends du muret et remonte l'allée. Je frappe à la porte, plus fort cette fois, bien qu'il n'y ait plus de musique à l'intérieur. Plus de cris. Le calme après la tempête.

Goodman vient ouvrir. Il tient mon sac.

« C'est ce que vous venez chercher ?

– Oui. J'étais arrivée en bas de la colline quand je me suis aperçu que je l'avais oublié.

– Vous voulez que je vous appelle un taxi ? Je ne vous propose pas de vous raccompagner, car j'ai trop bu.

– Ne vous inquiétez pas. Mon téléphone est dans mon sac, je vais appeler ma mère.

– OK. Nous espérons vous revoir bientôt, Kelly. Vous reviendrez nous rendre visite ?

– Bien sûr. Merci, j'ai passé une excellente soirée. »

Il ferme la porte, me laissant seule sur le palier. En redescendant l'allée, dégrisée à présent, je me dis que cette dispute à laquelle j'ai assisté n'était pas destinée à mes oreilles. C'est une histoire entre Goodman et sa famille. Cela devrait rester entre leurs quatre murs. Ça ne me regarde pas. Et ça ne change rien. Je décide de ne rien dire. À personne. Pas un mot.

ÉPILOGUE

Melissa

Aujourd'hui, j'ai décidé de laisser mon souvenir le plus traumatisant remonter à la surface. J'ai tenté de l'enterrer, mais il continue à me hanter. J'ai tenté de réécrire l'histoire dans mon esprit, mais les images sont trop nettes.

Mes mains tremblent sur le clavier et les larmes coulent déjà sur mes joues. Le psychiatre de la prison disait que l'écriture d'un journal possédait des vertus thérapeutiques. En tout cas, cela a eu un effet cathartique.

Ce sera le dernier chapitre de mon journal et la chose la plus difficile que j'aie eu à exprimer par des mots. En vérité, j'ignore d'où me vient ce désir de narrer cet épisode. Je n'ai pas l'intention de partager cet instant avec quiconque et je ne vois pas comment le fait de revivre cette expérience peut m'aider. Toutefois, ne pouvant pas avouer mes pensées les plus intimes à quiconque, je dois à mes filles de me les avouer à moi-même, au moins. Alors, ce qui suit est pour elles. Et pour moi.

Avril 2012

Ils allaient arriver d'une minute à l'autre. J'étais en retard. Au début, je ne voulais pas les inviter. C'était une idée de Michael. Je n'avais pas envie d'organiser de dîner. J'avais quand même fait un effort, j'étais allée chez le coiffeur, j'avais acheté une nouvelle robe, etc. Jamais je ne pourrais être aussi élégante que mon amie Jenny, mais je pouvais quand même me faire belle. Si seulement j'avais une minute à moi.

« Chut, mon petit bébé, ne pleure pas » chantonnai-je, mais Amber n'en avait cure. Elle brailla de plus belle, couvrant mon chant dissonant et me donnant l'impression – une fois de plus – d'être une mère indigne.

J'arpentais la chambre des bébés de long en large, en tenant Amber dans mes bras, je lui massais le dos. Soudain, elle vomit. J'avais pensé à étaler un torchon sur mon épaule. Malgré cela, presque tout atterrit sur ma nouvelle robe. Je soupirai. Ça n'avait pas d'importance. Je la nettoierais avec un gant de toilette.

Après avoir enfilé un pyjama propre à Amber, je m'installai avec elle dans le rocking-chair pour la bercer. Elle continuait à pleurer. Je la tenais au creux de mon bras, sa tête dans ma main. Elle commençait à devenir grande et je dus changer de position, car le bras du fauteuil me gênait. Parfois, être allongée à plat ventre sur mon avant-bras l'apaisait, et je la tenais souvent dans cette position. Ce soir, hélas, impossible de l'empêcher de pleurer.

J'avais tout essayé. Mon médecin généraliste, indifférent, m'avait envoyée chez une pédiatre. Qui m'avait dit : « Les bébés pleurent. Certains plus que d'autres. Votre fille n'est pas un cas particulier. » J'avais essayé le Calpol et divers remèdes homéopathiques ou à base de plantes pour l'aider à digérer. J'avais même prié, pour la première fois depuis des dizaines d'années. Rien ne marchait. J'avais suggéré de lui acheter une tétine. « Pas question, avait déclaré Michael. Les bébés sont hideux avec ces saloperies dans la bouche. Et plus tard, ça les empêche de parler correctement. Pas de ça pour mes petites chéries. »

Les hurlements d'Amber étaient de plus en plus angoissés, alors je la changeai de position pour la tenir droite, contre mon épaule. En me levant du fauteuil, j'appuyai ma main à l'arrière de sa tête, plaquant sa bouche dans mon cou pour l'inciter à téter ma peau nue. Comme cela semblait la calmer, je la serrai contre moi, en balançant le haut de mon corps. J'envisageai d'appeler Clémentine, mais elle était occupée en cuisine. Et puis, si elle était formidable avec Ellie, elle l'était beaucoup moins avec sa jumelle. Alors que je me faisais cette réflexion, je m'aperçus qu'Amber ne pleurait plus.

Je compris alors, je crois, que c'était mauvais signe. Malgré cela, je demeurai immobile, figée dans le temps et l'espace. Après quelques secondes, je déposai délicatement Amber dans son petit lit à barreaux, à côté de celui de sa sœur. Ellie avait continué à dormir malgré le vacarme. Je ressortis de la chambre sur la pointe des pieds.

Dans la salle de bains, j'ôtai ma robe et essuyai le vomi avec un gant de toilette. Puis je me maquillai rapidement : trop de fond de teint et de blush, un peu de mascara et de rouge à lèvres. Je remontais la fermeture éclair de ma robe quand on sonna à la porte.

À table, je m'efforçai de me comporter normalement. C'était une imposture. J'avais le sentiment de ne pas être à ma place, sous mon propre toit. Je n'étais plus moi-même, j'étais une personne qui s'était introduite dans ma vie et se faisait passer pour moi. Avant même de ressentir les effets de l'alcool dans mon sang, j'avais du mal à tenir des propos cohérents.

Durant toute la soirée, je priai pour que le babyphone

se manifeste. Je le serrais dans ma main, convaincue qu'Amber allait se réveiller en hurlant. Quelques heures plus tôt, je priais pour qu'elle cesse de pleurer. Maintenant, j'aurais donné n'importe quoi – *n'importe quoi* – pour qu'elle recommence.

Quand les gazouillis d'Ellie crépitèrent dans l'appareil, alors qu'Amber restait muette, je n'eus plus aucun doute. Je montai le son, inutilement. Car quand Amber braillait pour réclamer à manger, on l'entendait dans toute la maison, sans babyphone. Mais surtout parce qu'elle ne braillerait plus jamais à cause de la faim.

Je retardais le moment fatidique, cependant. Je ne voulais pas affronter la réalité. Alors je sortis fumer une cigarette avec Jenny, provoquant le dégoût de Michael. Curieusement, la nicotine me détendit légèrement, à moins que ce soit le fait de respirer l'air frais de la nuit.

Puis vint le moment de monter voir Amber.

Arrivée devant la porte de la chambre des bébés, je dessoulai en un instant, frappée par la réalité de mon geste. Malgré tout, j'osais encore espérer. Je me trompais, me disais-je, Amber respirait encore dans son lit. Je tendis l'oreille. Tout était calme. Trop calme. Je n'entendais pas les reniflements d'Amber, le bruit de sa respiration.

Aujourd'hui encore, je ne me souviens pas d'être entrée dans la chambre et d'avoir regardé à l'intérieur du lit à barreaux. Je me souviens seulement de mon hurlement lorsque je ne pus continuer à me mentir et à faire croire aux autres que tout allait bien.

On m'a condamnée pour le meurtre d'Ellie. Je l'ai accepté. Pourtant, je n'ai pas tué Ellie. C'est Amber que j'ai tuée. Même si, techniquement parlant, ce n'était pas vraiment un meurtre, je suppose. C'était un homicide involontaire. Un accident tragique, une erreur fatale. Je l'avais serrée contre moi pour qu'elle cesse de pleurer. Je n'avais pas eu l'impression de serrer trop fort, mais j'avais obstrué ses voies respiratoires en appuyant sur sa petite tête. J'aurais dû essayer de la ranimer aussitôt. Au lieu de cela, je l'avais allongée dans son lit et j'étais allée me maquiller.

Je méritais de finir en prison. Je méritais de mourir. Pas Amber. Pas Ellie.

J'ai été condamnée à la réclusion criminelle à perpétuité pour un crime que je n'ai pas commis. Récemment, j'ai été libérée. Pourtant, je ne suis pas libre. Je passerai le restant de ma vie à payer pour le crime que j'ai commis.

Remerciements

Un ÉNORME merci à…

… Clio Cornish, ma formidable éditrice. Ce livre est bien meilleur qu'il l'aurait été sans ton travail intense et tes commentaires pertinents.

… toute l'équipe de HQ Digital. Un grand merci à Anna Sikorska pour la formidable couverture.

… Jean Esch pour cette traduction. Vos tournures de phrases en français sont souvent bien meilleures que ce que j'avais écrit en anglais.

… ma camarade d'écriture, Amanda Britanny, auteure de *Tell the Truth* et *Her Last Lie*. Tes suggestions, tes encouragements et tes idées durant l'élaboration de ce livre n'ont pas de prix.

… Andy Keeble. Merci d'avoir pris le temps de me parler de votre carrière de journaliste et de rédactrice en chef dans le North Devon. Vous m'avez fourni un tas d'idées pour le personnage de Jon, et vous m'avez appris quelques mots de jargon journalistique.

… mes bêta-lectrices : ma mère, Caroline Maud, mon amie Emmeline Blairon, et ma cousine, Anne Nietzel-Schneider. Merci à toutes pour votre temps, vos commentaires et votre soutien.

… mes collègues : Caroline Mitchell, auteure de *Silent Victim* et de *Witness* ; et Imran Mahmood, auteur de *You Don't Know Me*, qui ont répondu respectivement à mes questions sur les femmes dans la police et sur le fonctionnement des cours d'assises. Des remerciements particuliers aux Savvies.

… à ces merveilleuses blogueuses et à ces merveilleux blogueurs qui m'ont aidée au fil du temps. Une mention spéciale à Mark Fearn, Book Mark !

… et par-dessus tout à ma famille : mon mari, Florent, et nos enfants, Benjamin, Amélie et Elise, pour m'avoir supportée, pour m'avoir préparé d'innombrables tasses de thé pendant que je tapais sur mon ordinateur, et à mon labrador, Cookie, qui me tient chaud aux pieds pendant que j'écris.

Pour finir, un immense merci à vous tous, lectrices et lecteurs, qui que vous soyez, où que vous soyez, qui prenez le temps de lire mes romans. J'espère qu'ils vous procurent autant de plaisir que j'en ai à les écrire.

Diane
XXX

Chère lectrice, cher lecteur,

Merci infiniment d'avoir lu *The Guilty Mother*.

L'écriture de ce roman était un sacré défi, car j'étais parfois hors de ma zone de confort. Tout d'abord, j'ai dû me mettre dans la tête d'un personnage masculin, mais c'était très amusant de créer Jon. Il va me manquer, tout comme Melissa et Kelly, avec qui il partage le rôle de narrateur.

Par ailleurs, ce livre a demandé énormément de recherches, et quelques personnes m'ont gentiment aidée en répondant à mes questions. S'il y a des erreurs, j'en suis responsable. En outre, j'ai fait un usage immodéré de la licence artistique. Ainsi, la seconde audience en appel de Melissa se serait certainement déroulée en vidéo, mais cela n'aurait pas constitué un prologue très intéressant, et je voulais absolument que Melissa soit présente au tribunal à la fin !

Bien à vous,
Diane
XXX

Les Éditions Points s'engagent pour la protection de l'environnement et une production française responsable

Ce livre a été imprimé en France, sur un papier certifié issu de forêts gérées durablement, chez un imprimeur labellisé Imprim'Vert, marque créée en partenariat avec l'Agence de l'eau, l'ADEME (Agence de l'environnement et de la maîtrise de l'énergie) et l'UNIIC (Union nationale des industries de l'impression et de la communication).

La marque Imprim'Vert apporte trois garanties essentielles :

- La suppression totale de l'utilisation de produits toxiques
- La sécurisation des stockages de produits et de déchets dangereux
- La collecte et le traitement de produits dangereux

RÉALISATION : NORD COMPO À VILLENEUVE-D'ASCQ
IMPRESSION : CPI FRANCE
DÉPÔT LÉGAL : JUIN 2025. N° 157774-6 (3063730)
IMPRIMÉ EN FRANCE